Von Victoria Holt sind unter dem Pseudonym Philippa Carr
als Heyne-Taschenbücher erschienen:

Das Schloß im Moor · Band 01/5006
Geheimnis im Kloster · Band 01/5927
Der springende Löwe · Band 01/5958
Sturmnacht · Band 01/6055
Sarabande · Band 01/6288
Die Dame und der Dandy · Band 01/6557
Die Erbin und der Lord · Band 01/6623
Die venezianische Tochter · Band 01/6683
Im Sturmwind · Band 01/6803
Die Halbschwestern · Band 01/6851
Im Schatten des Zweifels · Band 01/7628
Der Zigeuner und das Mädchen · Band 01/7812

Von Victoria Holt sind als Heyne-Taschenbücher erschienen:

Die geheime Frau · Band 01/5213
Die Rache der Pharaonen · Band 01/5317
Das Haus der tausend Laternen · Band 01/5404
Die siebente Jungfrau · Band 01/5478
Der Fluch der Opale · Band 01/5644
Die Braut von Pendorric · Band 01/5729
Das Zimmer des roten Traums · Band 01/6461
Der scharlachrote Mantel · Band 01/7702
Die Schöne des Hofes · Band 01/7863

VICTORIA HOLT

DIE BRAUT
VON PENDORRIC

Roman

WILHELM HEYNE VERLAG
MÜNCHEN

HEYNE ALLGEMEINE REIHE
Nr. 01/5729

Titel der englischen Originalausgabe
BRIDE OF PENDORRIC
Deutsche Übersetzung von Nora H. Wohlmuth

11. Auflage

Genehmigte, ungekürzte Taschenbuchausgabe
Copyright © 1963 by Victoria Holt
Copyright © der deutschen Übersetzung by
Wolfgang Krüger Verlag GmbH, Hamburg
Printed in Germany 1989
Umschlaggestaltung: Atelier Heinrichs & Schütz, München
Gesamtherstellung: Ebner Ulm

ISBN 3-453-01173 2

1

Ich sah Roc Pendorric zum erstenmal, als ich eines Morgens vom Strand heraufkam und er bei meinem Vater im Atelier saß. Er hielt eine Terrakotta-Figur in den Händen, für die ich als Kind von sieben Jahren Modell gesessen hatte. Mein Vater hatte sie vor mehr als elf Jahren angefertigt. Er bemerkte stets dazu, sie sei unverkäuflich. Die beiden Männer wirkten außerordentlich gegensätzlich: mein Vater so blond, der Fremde so dunkel. Hier auf Capri wurde mein Vater oft ›Angelo‹ genannt, wegen seiner blonden Haare, seiner weißen Haut und wegen seines arglosen Gesichtsausdrucks; er war ein weichherziger, nachgiebiger Charakter.

»Ach, da kommt ja meine Tochter Favel«, sagte mein Vater, als hätten sie gerade von mir gesprochen.

Sie standen beide auf. Der Fremde überragte meinen Vater, der nur mittelgroß war. Er nahm meine Hand, und seine mandelförmigen, dunklen Augen sahen mich forschend an. Er war mager, was seine Größe noch hervorhob, und sein Haar war fast schwarz. In seinen Augen lag ein Ausdruck, als entdeckte er etwas, was ihn belustigte, und es kam mir so vor, als wäre diese Belustigung nicht ohne eine Spur von Mutwillen. Er hatte ganz spitze Ohren, was ihm das Aussehen eines Satyrs gab. Um seine vollen Lippen spielte etwas, was ebenso Güte wie Sinnlichkeit sein konnte, und sein festes, energisches Kinn ließ keinen Zweifel zu über seine Entschlossenheit und Härte. Die lange, gerade Nase verriet Arroganz, und das Zwinkern seiner lebhaften Augen zeugte von Humor, hatte aber zweifellos auch eine Andeutung von Mißtrauen. Ich kam später zu dem Schluß, daß ich von ihm deshalb so fasziniert war, weil man bei ihm nicht wußte, woran man war. Und es nahm eine lange Zeit in Anspruch zu entdecken, was er eigentlich wirklich für ein Mensch war. Jetzt im Augenblick jedenfalls wünschte ich, ich hätte mich umgezogen, ehe ich hereingekommen war.

»Mr. Pendorric hat sich im Atelier etwas umgesehen«, sagte mein Vater, »und hat das Aquarell ›Bucht von Neapel‹ gekauft.«

»Oh, das freut mich«, antwortete ich, »das ist sehr schön.« Mr.

Pendorric hielt eine kleine Statue hoch und sagte: »Die ist es auch.«

»Ich glaube nicht, daß sie zu verkaufen ist«, erklärte ich ihm.

»Natürlich, sie ist viel zu wertvoll«, antwortete er darauf.

Er schien mich mit der Figur zu vergleichen. Sicherlich hatte Vater ihm erzählt, wie er es jedem erzählte, der die Figur bewunderte, ›das ist meine Tochter, als sie sieben war‹. »Immerhin«, fuhr er dann fort, »habe ich den Künstler zum Verkauf zu überreden versucht. Schließlich besitzt er ja das Original.«

Vater war stets glücklicher, wenn er ein Stück in Arbeit hatte, als wenn er es verkaufen konnte. Als Mutter noch lebte, lag der Verkauf in ihren Händen. Aber seit ich die Schule hinter mich gebracht hatte, was erst einige Monate zurücklag, hatte ich es übernommen. Vater würde seine Arbeiten jedem geben, von den er annahm, er würde sie schätzen, und er brauchte eine in dieser Beziehung strenge Frau, die nach dem Geschäft sah. Deshalb waren wir auch nach Mutters Tod sehr arm geworden. Ich schmeichelte mir, daß es uns, seitdem ich wieder zu Haus war, langsam besser ging.

»Favel, bringst du uns etwas zu trinken?« fragte mein Vater.

Ich sagte, sie müßten ein bißchen warten, bis ich mich umgezogen hätte. Dann ging ich in mein Schlafzimmer, das wie das meines Vaters neben dem Atelier lag. In ein paar Minuten hatte ich ein blaues Leinenkleid angezogen und sah dann in unserer winzigen Küche nach den Getränken. Als ich ins Atelier zurückkam, zeigte Vater dem Fremden gerade eine Venus aus Bronze, eines der teuersten Stücke.

Wenn er die kauft, dachte ich, kann ich ein paar Rechnungen bezahlen, bevor Vater das Geld beim Kartenspiel oder beim Roulett vertut. Aber er stellte die Figur wieder hin, als ob er sich nicht weiter dafür interessiere, und ich war sehr ärgerlich, daß ich die beiden Männer gestört hatte.

Er sprach dann über die Insel. Er wäre erst gestern angekommen und hätte weder die Villa des Tiberius noch San Michele besucht. Aber er hätte von Angelos Atelier gehört und einiges von den wundervollen Kunstwerken, die man dort erwerben könnte. Und so wäre das sein erster Ausflug gewesen.

»Und als ich hierherkam, fand ich heraus, daß Angelo Mr. Frederic Farington heißt, daß seine Muttersprache Englisch ist, und das freute mich noch mehr. Mein Italienisch ist nicht besonders gut. Bitte, Miß Farington, sagen Sie mir, was ich mir ansehen muß, solange ich hier bin.«

Ich erzählte ihm von den Villen, den Grotten und den anderen bekannten Attraktionen der Insel.

»Es müßte hübsch sein, eine Begleitung zu haben, die an meinen Ausflügen teilnimmt«, sagte er.

»Sind Sie allein unterwegs?« fragte ich.

»Ganz allein.«

»Es gibt so viele Besucher auf Capri«, tröstete ich ihn. »Sicherlich finden Sie jemanden, der Sie begleitet.«

»Natürlich muß man den richtigen Partner finden. Jemanden, der die Insel wirklich kennt.«

»Nun, die Fremdenführer hier kennen sie gut.«

Er zwinkerte mir zu. »Ich habe nicht an einen Fremdenführer gedacht.«

»Die wenigen Einheimischen haben zuviel zu tun.«

»Ich werde schon finden, was ich suche«, versicherte er mir, und davon war ich überzeugt. Er wandte sich wieder der Bronze-Venus zu und drehte sie hin und her.

»Die Figur gefällt Ihnen ...«, kommentierte ich.

Er drehte sich um und sah mich genauso intensiv an, wie er sich zuvor die Bronze-Statuette besehen hatte. »Ich bin außerordentlich angetan davon«, sagte er. »Ich kann mich aber einfach nicht entschließen. Darf ich später einmal wiederkommen?«

»Aber natürlich!« riefen Vater und ich wie aus einem Munde.

Er kam wieder. Er kam ziemlich oft wieder. In meiner Ahnungslosigkeit dachte ich zuerst, daß er sich nicht entschließen könne, ob er die Bronze-Venus kaufen sollte oder nicht. Und dann meinte ich, es sei vielleicht das Atelier, das ihn interessierte.

Ich fing an, nach ihm auszuschauen. Es gab Zeiten, da war ich sicher, daß er meinetwegen kam. An anderen Tagen wiederum sagte ich mir, das sei alles nur Einbildung, und dieser Gedanke bedrückte mich.

Drei Tage nach seinem ersten Besuch ging ich zum Baden zu einer der kleinen Buchten der Marina Piccola, und da traf ich ihn. Wir schwammen zusammen hinaus und lagen dann später am Strand in der Sonne.

Ich fragte ihn, wie es ihm hier gefiele.

»Über alle Erwartungen gut«, antwortete er.

»Ich nehme an, Sie haben schon alle Sehenswürdigkeiten der Insel besucht?«

»Nicht viele. Ich hätte es sehr gern getan, aber ich bin immer noch der Meinung, allein ist es zu langweilig.«

»Wirklich? Im allgemeinen klagen die Leute über die viel zu vielen Menschen und darüber, daß sie nirgends allein sein können.«

»Ich würde mir ja auch nicht irgendeine Begleitung wünschen.« Seine schmalen Augen mit den leicht schrägen Winkeln blickten mich an. In diesem Augenblick war ich sicher, daß er der Typ war, den die meisten Frauen unwiderstehlich finden, und daß er das genau wußte. Auch ich war nicht ganz gefeit gegen diese anmaßende Männlichkeit und fragte mich, ob ich es mir hatte anmerken lassen.

»Übrigens, jemand hat sich heute früh nach der Bronze-Venus erkundigt«, warf ich ziemlich kühl ein.

In seinen Augen blitzte es belustigt auf. »Na gut«, sagte er, »wenn ich sie nicht bekomme, so ist es meine eigene Schuld.«

Das war nur zu deutlich, und ich ärgerte mich über ihn.

»Wir würden es Ihnen übelnehmen, wenn Sie sie nähmen, ohne daß Ihnen wirklich viel daran liegt.«

»Nun, ich nehme mir nie etwas, an dem mir nicht viel liegt«, erwiderte er, »und im Moment ziehe ich die Figur der jüngeren Venus vor.« Er legte seine Hand auf meinen Arm und sagte: »Sie ist bezaubernd.«

»Ich muß jetzt wieder heim.«

Er lehnte sich zurück und lächelte mich an. Ich hatte das Gefühl, er wußte viel zu gut, was in mir vorging, daß ich seine Gesellschaft anregend fand und nicht genug davon bekommen konnte — daß er für mich mehr war als irgendein Käufer. Er sagte leichthin: »Übrigens, Ihr Vater erzählte mir, Sie seien der geschäftliche Kopf dieses Unternehmens.«

»Künstler brauchen jemanden mit dem Sinn für das Praktische, der sich um sie kümmert«, antwortete ich. »Und nun, da meine Mutter tot ist ...« Ich wußte, daß meine Stimme schwankte, wenn ich von ihr sprach, obgleich ihr Tod schon drei Jahre zurücklag. »Sie starb an Tuberkulose. Wir kamen in der Hoffnung hierher, es würde besser mit ihr werden.«

Wenn ich mich auch mehr und mehr zu diesem Mann hingezogen fühlte, so spürte ich doch, daß etwas an ihm war, das ich nicht verstand, irgendeine Eigenart oder etwas, was er vor mir geheimhalten wollte. Das machte mich zwar oft befangen, verminderte aber in keiner Weise mein wachsendes Interesse an ihm, im Gegenteil, es vermehrte es nur.

»Sie muß eine ausgezeichnete Geschäftsfrau gewesen sein«, sagte er.

»Ja, das war sie.«

Bilder aus der Vergangenheit tauchten in mir auf. Ich sah sie — schmal und zart, mit ihren rosigen, glänzenden Wangen, die ihren Liebreiz noch erhöhten und doch ein Zeichen ihrer Krankheit waren. Die Insel war anders gewesen, als es sie noch gab. Anfangs hatte sie mich lesen und schreiben und rechnen gelehrt. Ich erinnerte mich langer, fauler Tage, an denen ich auf einer der kleinen Sandbänke lag oder in dem blauen Wasser auf dem Rücken schwamm und mich treiben ließ. Die Schönheit der Landschaft war der Hintergrund zu dem glücklichsten Leben, das ein Kind sich wünschen konnte. Ich teilte Vaters Stolz auf seine Arbeit und Mutters Freude, wenn sie gut verkauft hatte. Die beiden lebten nur füreinander.

Als sie mir erzählten, ich müsse auf eine Schule nach England, war ich sehr ungehalten. Meine Mutter überzeugte mich aber, daß es nötig sei. Obgleich ich mich in mehreren Sprachen leidlich verständigen konnte, fehlte mir doch eine richtige Ausbildung.

Meine Mutter hatte dafür gesorgt, daß ich auf ihre alte Schule kam, die im Herzen von Sussex lag. Nach einem Schuljahr oder zweien söhnte ich mich mit dieser Regelung aus. Aber dann starb Mutter, und ich erfuhr, daß sie ihren Schmuck für meine Ausbildung verkauft hatte. Eigentlich hatte sie mich auch noch auf die Universität schicken wollen, aber der Schmuck hatte nicht genügend Geld gebracht. So ging ich nach ihrem Tode noch zwei Jahre zur Schule.

Der Blick in Roc Pendorrics Gesicht, nahe vor mir, brachte mich wieder in die Gegenwart, und ich las in seinen Augen nichts als Sympathie.

»Habe ich traurige Erinnerungen aufgewühlt?«

»Ich habe an meine Mutter und an die Vergangenheit gedacht.«

Er nickte und war eine Zeitlang still. Dann sagte er: »Haben Sie eigentlich jemals daran gedacht, zu Ihren Verwandten nach England zurückzugehen?«

»Verwandte?« fragte ich.

»Hat Ihnen Ihre Mutter nie etwas von ihrem Elternhaus in England erzählt?«

»Nein, sie hat es niemals erwähnt«, sagte ich und war selber ganz verblüfft darüber.

»Vielleicht hatte sie keine guten Erinnerungen?«

»Ich habe vorher nie darauf geachtet, aber weder Vater noch Mutter sprachen von der Zeit, bevor sie heirateten. Ich hatte den Eindruck, daß alles, was vorher war, für sie ganz unwichtig geworden war.«

»Es muß eine sehr glückliche Ehe gewesen sein.«

»Das war es.«

Wir schwiegen wieder, dann sagte er: »Favel! Welch ein ungewöhnlicher Name.«

»Nicht ungewöhnlicher als Ihrer. Ich hielt Roc immer für einen sagenhaften Riesenvogel.«

»Von riesiger Gestalt und so stark, daß er einen Elefanten hochheben könnte, wenn er wollte«, sagte er geradezu selbstgefällig, und ich erwiderte: »Na, einen Elefanten könnten selbst Sie nicht hochheben, bestimmt nicht. Roc ist wohl ein Spitzname?«

»Ich war Roc so lange, wie ich zurückdenken kann. Es ist eine Abkürzung von Petroc.«

»Auch ein ungewöhnlicher Name.«

»Nicht in dem Landstrich, aus dem ich herstamme. Ich hatte eine Reihe von Vorfahren mit diesem Namen. Der ursprüngliche Petroc war ein Heiliger im sechsten Jahrhundert, der ein Kloster gründete. Ich glaube, Roc ist eine moderne Version dieses Namens. Finden Sie, daß er zu mir paßt?«

»Ja«, antwortete ich, »das tut er wohl.«

Zu meiner Verwirrung beugte er sich vor und küßte meine Nasenspitze. Ich stand hastig auf. »Es ist jetzt wirklich an der Zeit, daß ich wieder ins Atelier hinaufgehe«, sagte ich.

Unsere Freundschaft wuchs schnell, und es war für mich sehr aufregend. Ich wußte nicht, wie unerfahren ich noch war, und dachte, ich sei in der Lage, jede Situation zu meistern. Ich bildete mir ein, ich sei bereits eine Frau von Welt, während sich doch keine Frau, die auf eine solche Benennung Anspruch erheben konnte, in den ersten Mann verliebt hätte, der sich von allen anderen unterschied, die sie bisher getroffen hatte.

Roc kam jetzt jeden Tag ins Atelier. Immer wieder nahm er die kleine Figur in die Hand und streichelte sie liebevoll. Und eines Tages sagte er entschlossen: »Ich will und muß sie haben.«

»Vater wird sie nie verkaufen.«

»Ich gebe nie die Hoffnung auf.«

Und ich glaubte ihm. Dieser Mann hier nahm sich, was er haben wollte. Und wahrscheinlich gab es kaum jemanden, der ihm etwas verweigern konnte.

Und dann kaufte er die Bronze-Venus.

»Glauben Sie ja nicht«, sagte er zu mir, »daß dies heißt, ich hätte den Wunsch nach der anderen Venus aufgegeben. Auch sie wird mir noch gehören, Sie werden es erleben.«

Seine Augen funkelten begehrlich, als er das sagte, und natürlich wußte ich, was er meinte.

Wir gingen zusammen schwimmen. Wir durchstreiften die Insel kreuz und quer und suchten uns gewöhnlich die weniger bekannten Plätze, um dem Getümmel zu entgehen. Er engagierte zwei neapolitanische Schiffer, die uns aufs Meer hinausruderten, und es waren herrliche Tage, wenn wir im Heck des Bootes lagen, die Hände in das türkis- und smaragdfarbene Wasser hängen ließen, während uns Giuseppe und Umberto Arien aus italienischen Opern vorsangen.

Roc mußte doch wohl etwas typisch Englisches an sich haben. Giuseppe und Umberto hatten doch sofort seine Nationalität erraten. Was mich betraf, so war es allerdings nicht allzu schwer. Mein Haar war dunkelblond, mit platinblonden Strähnen darin, was es noch blonder wirken ließ, als es in Wirklichkeit war. Meine Augen waren hell wie das Wasser, manchmal grün, manchmal blau, je nachdem, was für ein Kleid ich anhatte. Ich hatte eine kurze, kecke Nase, einen breiten Mund und gute Zähne. Ich war keineswegs eine Schönheit, aber für die Einheimischen hier hatte ich einen fremdartigen Reiz.

Während all dieser Wochen war ich Rocs nie ganz sicher. Es gab Zeiten, da war ich vollkommen glücklich, genoß den Augenblick und dachte nicht an morgen. Aber wenn ich allein war, nachts zum Beispiel, grübelte ich darüber nach, was wohl aus mir würde, wenn er nach Hause führe. Und schon damals, zu Anfang, lernte ich diese Beklemmung kennen, die später so viel Angst und Schrecken in mein Leben bringen sollte. Seine Fröhlichkeit schien oft wie ein Mantel über tieferen Gefühlen zu liegen, und sogar in den zärtlichsten Augenblicken bildete ich mir ein, in seinen Augen einen grüblerischen Ausdruck zu sehen. Er fesselte mich, gab mir Hunderte von Rätseln auf. Ich wußte, ich würde ihn aus ganzem Herzen lieben können, wenn er mir auch nur die kleinste Ermutigung gäbe. Aber ich war seiner nie ganz sicher.

Eines Tages stiegen wir zu der Villa des Tiberius hinauf, und noch niemals war mir die Aussicht so wundervoll erschienen wie an diesem Tag.

»Hast du jemals etwas so Bezauberndes gesehen?« fragte ich.

Er schien nachzudenken, dann sagte er: »Ja, wo ich zu Hause bin, finde ich es ebenso schön.«

»Wo denn?«

»In Cornwall. Unsere Bucht ist genauso schön — fast noch schöner, abwechslungsreicher. Wird man nicht mal dieses saphirblauen Meeres überdrüssig? Ich habe unser Meer schon genauso blau gesehen oder fast genauso; ich habe es grün gesehen unter peitschendem Regen und braun nach einem Sturm und rosa in der Abenddämmerung; ich habe es gegen die Felsen schlagen sehen, und ich habe es gesehen so seidig wie dieses Meer hier. Ich bilde mir nicht ein, römische Imperatoren wären je darauf verfallen, uns in Cornwall mit ihren Villen, ihren tanzenden Knaben und Mädchen zu beehren. Aber wir haben unsere eigene Geschichte, die genauso bezaubernd ist.«

»Ich bin noch nie in Cornwall gewesen.«

Mit einem Ruck drehte er sich zu mir um, und seine Arme umfingen mich. Sein Gesicht gegen das meine gepreßt, sagte er: »Aber du wirst es sein ... bald.«

Ich sah die rosaroten Ruinen, die grünliche Statue der Madonna, das tiefe Blau des Meeres, und das Leben schien plötzlich zu schön, um wahr zu sein.

Er ergriff mich, hob mich hoch und lachte mich an.

»Aber ... wenn uns jemand sieht!« meinte ich schüchtern.

»Na und? Stört es dich?«

»Ja, es stört mich, wenn mir buchstäblich der Boden unter den Füßen weggezogen wird.«

Er ließ mich los, und zu meiner Enttäuschung sagte er kein Wort mehr über Cornwall. Dieser Zwischenfall war typisch für unser Verhältnis zueinander.

Mein Vater war jedesmal entzückt, Roc zu sehen. Meinte er, Roc würde um mich anhalten? Waren Rocs Gefühle für mich vielleicht doch stärker, als ich zu hoffen wagte, und hatte mein Vater dies schon bemerkt? Und gesetzt, ich heiratete Roc, was sollte aus dem Atelier werden? Wie würde mein Vater ohne mich auskommen? Wenn ich Roc heiratete, mußte ich ja mit ihm fortgehen.

Ich wußte nicht aus noch ein. Ich wollte zwar Roc heiraten — aber wußte ich denn, was er für mich empfand! Und konnte ich meinen Vater verlassen? Aber ich hatte es ja auch damals getan, als ich noch zur Schule ging. Ich wußte nur noch das eine: Vom ersten Augenblick an, da ich Roc liebte, schwebte ich sozusagen zwischen Himmel und Hölle.

Aber Roc sprach nicht von Heirat.

Vater lud ihn oft zum Essen ein, und Roc sagte jedesmal, er komme gern, aber nur, wenn er den Wein mitbringen dürfe. Und dann machte ich Omeletten, Fisch, Pasta und sogar Roastbeef mit Yorkshire Pudding; die Gerichte gerieten mir vortrefflich, hatte ich doch von meiner Mutter kochen gelernt, und sie war immer darauf bedacht, daß auch englische Gerichte auf den Tisch kamen. Roc schien immer alles köstlich zu schmecken. Er saß und trank und redete, erzählte von sich und seinem Heim in Cornwall und brachte Vater zum Sprechen und bekam sehr schnell heraus, wie wir lebten, wie schwierig es für uns war, in der Fremdensaison so viel Geld zu verdienen, daß es uns in den mageren Monaten über Wasser hielt. Mir fiel es auf, daß Vater niemals die Zeit vor seiner Ehe erwähnte, und Roc machte nur ein- oder zweimal den Versuch, ihn dazu zu überreden. Dann gab er es auf.

Ich erinnere mich eines Tages. Ich traf die beiden beim Kartenspielen an. Vaters Gesicht hatte diesen gespannten Ausdruck, der mich immer erschreckte; seine Wangen waren gerötet, und er schaute kaum auf, als ich hereinkam.

Roc stand zwar von seinem Stuhl auf, aber ich konnte sehen, daß er von dem Spiel genauso fasziniert war wie Vater. Ich fühlte mich sehr unglücklich und dachte: ›So ist also auch er ein Spieler!‹ »Favel, bitte unterbrich unser Spiel nicht«, sagte mein Vater.

Ich sah Roc in die Augen und meinte kalt: »Ich hoffe nur, ihr spielt nicht mit hohen Einsätzen.«

»Zerbrich dir darüber nicht den Kopf, mein Liebling«, sagte Vater.

»Er will mir unbedingt die letzten Lire aus der Tasche locken«, fügte Roc glänzenden Auges hinzu.

»Ich gehe und mache etwas zu essen«, erklärte ich und verschwand in der Küche. Ich hätte ihm zu verstehen geben sollen, daß Vater es sich nicht leisten konnte zu spielen.

Aber als wir dann beim Essen saßen, war Vater glänzender Laune, und ich schloß daraus, daß er wohl gewonnen hatte.

Am nächsten Tag am Strand sprach ich mit Roc darüber.

»Bitte animiere Vater nicht zum Spielen, er kann es sich nicht leisten.«

»Aber es macht ihm doch solchen Spaß«, antwortete er.

»Bitte, hör mir zu. Wir sind nicht reich genug, um das Geld aufs Spiel zu setzen, das so mühsam verdient wird. Wir leben hier sehr billig, aber es ist nicht einfach. Ist das so schwer zu verstehen?«

»Bitte, mach dir keine Gedanken, Favel«, sagte er und legte seine Hand auf die meine.

»Dann wirst du also nicht mehr mit ihm um Geld spielen?«

»Nimm an, er fragt mich? Soll ich sagen: Ich lehne Ihre Einladung ab, weil Ihre gestrenge Tochter es verbietet?«

»Es könnte dir vielleicht etwas Besseres einfallen.«

Er sah mich lammfromm an. »Aber es wäre nicht wahr.«

Ich zuckte ungeduldig die Achseln. »Du könntest sicherlich andere Leute zum Spielen finden, warum hast du dir ausgerechnet ihn ausgesucht?«

Er sah nachdenklich vor sich hin und sagte: »Wahrscheinlich ist es die Atmosphäre eures Ateliers.« Wir lagen am Strand, und er streckte den Arm aus und zog mich näher, sah mir tief in die Augen und sagte: »Ich liebe nämlich die Schätze, die er dort hat.«

In einem Moment wie diesem glaubte ich, daß seine Gefühle mit den meinen übereinstimmten. Ich lächelte ihn an. Ja, dachte ich, sein Blick ist voller Liebe.

Wir waren glücklich und sorglos, während wir nebeneinander hinausschwammen. Und auch später, als wir in der Sonne am Strand lagen, fühlte ich die Glückseligkeit, zu lieben und geliebt zu werden.

Doch zwei Tage später kam ich vom Markt und traf die beiden wieder beim Kartenspielen. Das Spiel war schon zu Ende, aber ich konnte an Vaters Gesicht ablesen, daß er verloren hatte. Mir stieg die Zornesröte in die Wangen, ich warf Roc einen bösen Blick zu und ging wortlos in die Küche. Wütend setzte ich meinen Korb hin und fühlte plötzlich zu meiner Bestürzung Tränen in meinen Augen. Er hatte mich zum Narren gehalten. Ihm war nicht zu trauen; er versprach das eine und tat das andere.

Da hörte ich seine Stimme hinter mir: »Kann ich dir helfen?« Ich drehte mich um und stand ihm gegenüber. Ich sagte kurz: »Nein, danke, ich schaffe es schon.« Ich drehte mich wieder dem Tisch zu und spürte ihn dicht hinter mir. Er faßte mich bei den Schultern und lachte, und mit dem Mund ganz nah an meinem Ohr flüsterte er: »Übrigens, ich hab' mein Versprechen gehalten. Wir haben nicht um Geld gespielt.«

Ich schüttelte seine Hände ab, zog eine Tischschublade auf und wühlte darin herum, ohne zu wissen, wonach ich suchte.

»Begreifst du denn nicht, ich habe mein Versprechen gehalten!«
»Langweile mich nicht mit Erklärungen. Ich kann schließlich meinen eigenen Augen trauen.«

»Wir haben gespielt ... gut. Und es hätte uns nicht gereizt ohne Einsatz. Wer, glaubst du, hat diesesmal gewonnen?«
»Ich muß das Essen machen.«
»Ich habe gewonnen, und zwar dies hier.« Er griff mit der Hand in die Tasche und zog die kleine Figur heraus.

Er lachte. »Ich mußte sie haben, auf redliche Weise oder auf unredliche. Zum Glück konnte ich mich an die redliche halten. Nun gehört dieses entzückende Geschöpf mir.«

»Nimmst du bitte die Messer und Gabeln mit hinein?«

Er ließ die Figur wieder in seine Tasche gleiten und lachte mich mutwillig an.

»Mit dem größten Vergnügen.«

Am nächsten Tag fragte er mich, ob ich ihn heiraten wolle.

Auf seinen Vorschlag stiegen wir den steilen Pfad nach der Grotte Matrimonia hinauf. Ich hatte sie immer für die reizloseste Grotte gehalten, und die Blaue, Grüne, Gelbe und Rote Grotte oder die Grotte der Heiligen lohnten eher den Besuch als sie, aber Roc sagte, er hätte sie noch nicht gesehen und möchte von mir hingeführt werden.

»Ich hörte, daß dieser Ort dem Mithras geweiht war«, sagte ich.

»Unsinn«, erwiderte er. »Hier hielt Tiberius seine Gelage mit jungen Mädchen und Knaben. Das weiß ich aus dem Reiseführer. Es bedeutet matrimonia, weil sie sich hier miteinander vermählten.«

»Darüber gibt es also zweierlei Ansichten?«

»Dann wollen wir ihr noch eine andere Bedeutung geben. Dies also ist die Stelle, wo Petroc Pendorric Favel Farington fragte, ob sie seine Frau werden wolle, und wo sie sagte ...«

Er sah mich an; in dem Augenblick wußte ich, daß er mich ebenso leidenschaftlich liebte wie ich ihn.

Ich brauchte nicht mehr zu antworten.

Wir gingen in das Atelier zurück. Roc war froh erregt und ich glücklicher als je zuvor.

Vater war so entzückt, als wir ihm die Neuigkeit erzählten, daß es fast aussah, als wollte er mich gern loswerden. Er lehnte es ab zu erörtern, was er nach meiner Abfahrt tun wolle. Ich war darüber sehr bekümmert, bis mir Roc sagte, er werde darauf bestehen, daß Vater einen Zuschuß von ihm annehme. Warum sollte er das auch nicht von seinem Schwiegersohn? Er könne ihm ja dafür einige Bilder in Kommission geben. Roc fügte hinzu: »Wir haben eine Menge leerer Wände in Pendorric.« Zum ersten Male begann ich ernsthaft an den Ort zu denken, der meine Heimat werden sollte. Roc redete davon immer nur in ganz allgemeinen Wendungen. Er meinte, ich solle lieber selber mir mein Urteil bilden.

Wir waren sehr verliebt. Roc schien mir nicht mehr fremd, ich fühlte, daß ich ihn verstand. Er hatte etwas Mutwilliges in seinem Wesen und neckte mich gern. »Aber nur«, wie er mir einmal sagte, »weil du in vielen Dingen zu ernst, zu altmodisch bist.«

Wahrscheinlich war ich anders als die Mädchen, die er bisher kennengelernt hatte, vielleicht lag es an der Erziehung — ich mußte mir Mühe geben, leichtlebiger, fröhlicher, moderner zu sein.

Wir wollten in aller Stille heiraten, höchstens ein paar Gäste aus der englischen Kolonie einladen und eine Woche später dann nach England fahren.

Ich fragte ihn, was wohl seine Familie dazu sagen würde, wenn er mit einer Braut heimkäme, die sie noch nie gesehen hatte.

»Ich habe ihnen geschrieben, daß wir bald nach Hause kommen. Übrigens sind sie nicht so überrascht, wie du es dir vorstellst: von mir erwarten sie immer das Unerwartete«, meinte er. »Weißt du, sie halten es für die Pflicht der Pendorrics zu heiraten, und nach ihrer Ansicht habe ich schon zu lange gewartet.«

Ich wollte noch mehr über die Familie hören, aber er vertröstete mich.

»Aber dieses Pendorric ... ist es so etwas wie ein Herrenhaus?«

»Es ist Familienbesitz, wenn du willst.«

»Und wer gehört alles zur Familie?«

»Meine Schwester, ihr Mann und die Zwillinge, zwei Mädchen. Keine Angst, sie wohnen in ihrem eigenen Flügel. Es ist Familienbrauch, daß alle, soweit es möglich ist, zu Hause wohnen und auch ihre Familien dorthin mitbringen.«

»Es liegt dicht am Meer?«

»Gleich an der Küste. Es wird dir gefallen. Alle Pendorrics lieben es. Und dazu gehörst du ja nun auch bald.«

Eine Woche vor meiner Hochzeit fiel mir auf, wie verändert mein Vater war.

Einmal kam ich unbemerkt ins Haus, und da saß er am Tisch und starrte vor sich hin. Er sah auf einmal ganz alt aus und mehr noch ... verängstigt.

»Vater«, rief ich, »was ist denn los?«

Er sprang auf und lächelte mir zu, aber das Lächeln war nicht echt.

»Was soll sein? Nun, gar nichts.«

»Aber du sitzt hier so ...«

»Warum soll ich hier nicht sitzen? Ich habe die ganze Zeit gearbeitet und bin müde.«

Ich gab mich mit dieser Ausrede zufrieden und vergaß die Angelegenheit.

Aber nicht lange. Eines frühen Morgens, ungefähr zwei Tage vor meiner Hochzeit, wachte ich von einem Geräusch im Atelier auf. Das Leuchtzifferblatt meiner Armbanduhr zeigte drei Uhr. Ich warf schnell meinen Morgenrock über, öffnete leise die Tür und spähte hinaus. Ein dunkler Schatten saß am Tisch.

»Vater«, rief ich.

Er fuhr auf. »O Kind, hab' ich dich gestört? Es ist schon gut, geh nur wieder zu Bett.«

Ich setzte mich neben ihn. »Hör mal«, sagte ich, »ist es nicht besser, du sagst mir, was los ist?«

Er zögerte etwas und sagte dann: »Aber es ist wirklich nichts. Ich konnte nicht schlafen und dachte, es wäre besser, ein wenig hier zu sitzen.«

»Aber warum kannst du nicht schlafen? Dich bedrückt doch etwas, nicht wahr?«

»Nicht daß ich wüßte.«

»Nun sag doch nicht so was, man sieht doch, daß etwas nicht stimmt. Bist du traurig ... weil ich jetzt heirate?«

Er sagte: »Mein liebes Kind, du liebst Roc sehr, nicht wahr?«

»Ja, Vater.«

»Favel ... bist du dessen auch ganz sicher?«

»Meinst du, weil wir uns erst so kurze Zeit kennen?«

»Du wirst von hier fortgehen ... nach Cornwall ... nach Pendorric."

»Aber wir werden dich besuchen kommen! Und du wirst uns besuchen.«

»Ich glaube«, fuhr er wie im Selbstgespräch fort, »dir würde es das Herz brechen, wenn irgend etwas deine Hochzeit verhinderte.«

Plötzlich stand er auf. »Mir ist kalt. Gehen wir zu Bett. Es tut mir leid, daß ich dich gestört habe, Favel.«

»Vater, wir sollten wirklich einmal miteinander reden. Ich möchte so gern wissen, was dich bedrückt.«

»Geh nur schlafen, Favel. Mach dir keine Gedanken.«

Er gab mir einen Kuß. Und wir gingen wieder in unsere Zimmer. Wie oft sollte ich mir später noch vorwerfen, daß ich ihn gehen ließ. Ich hätte darauf bestehen sollen, daß er sich aussprach.

Es kam der Tag, an dem Roc und ich getraut wurden, und ich war überwältigt von meinem jungen Glück. In diesen Tagen konnte ich nur noch an Roc und mich denken.

Es war so herrlich, Tag und Nacht beisammen zu sein, und ich entdeckte, wie leicht einem das Lachen vor lauter Glück über die Lippen kommt. Die Erinnerung an jene Tage, wie oft sollte sie mir noch Kraft geben, später, wenn ich glaubte, aufgeben zu müssen.

Roc war ein fordernder und leidenschaftlicher Liebhaber. Er riß mich mit sich fort, und manchesmal verwirrten mich die reichhaltigen Erfahrungen, die ich machte. Doch davon war ich überzeugt, alles würde sich wunderbar fügen. Und jetzt lebte ich nur dem Augenblick. Ich fragte mich nicht einmal mehr, wie wohl mein neues Zuhause wäre, und sagte nur immer wieder, daß mein Vater sich keine Sorgen zu machen brauche, Roc würde immer für ihn da sein, so wie er für mich da war.

Eines Tages kam ich früher als erwartet vom Markt nach Hause. Die Tür zum Atelier stand offen, da sah ich sie sitzen, meinen Vater und meinen Mann. Roc blickte grimmig vor sich hin, während Vater gequält aussah. Ich hatte den Eindruck, Vater habe Roc soeben etwas eröffnet, was Vater mißfiel, aber ich konnte nicht entscheiden, ob er nun verärgert oder entsetzt war.

»Ist etwas los?« fragte ich.

»Ja, wir sind hungrig«, antwortete Roc, kam mir entgegen und nahm mir den Korb ab. Er lächelte mich an und legte seinen Arm um mich. »Es kommt mir vor, als hätte ich dich eine Ewigkeit lang nicht mehr gesehen.«

Ich schaute Vater an, der ebenfalls lächelte, aber ein Schatten schien über seinem Gesicht zu liegen.

»Vater«, bestand ich, »sag doch, was los ist.«

»Du bildest dir etwas ein, Liebling«, versicherte er mir.

Mir war unbehaglich, aber ich ließ mich beschwichtigen. Ich konnte es nicht ertragen, daß irgend etwas mein junges Glück trüben sollte.

Mein Vater ging immer zum Schwimmen, während ich Mittagessen kochte. An diesem Tag überredete ich Roc, Vater zu begleiten.

»Warum kommst du nicht mit?«

»Weil ich kochen muß — und es geht schneller, wenn ihr beide fort seid.«

Zehn Minuten später kehrte Roc zurück. Er kam zu mir in die Küche und schwang sich auf den Tisch, den Rücken zum Fenster.

»Warum kommst du schon wieder?« fragte ich.

»Ich hielt die Trennung von dir nicht länger aus.«

Ich lachte. »Du bist ja verrückt! Kannst du es nicht einmal eine Viertelstunde ohne mich aushalten?«

»Das ist viel zu lange.« Ich freute mich, daß er da war und mir helfen wollte. Doch als wir uns zu Tisch setzen wollten, fehlte Vater.

An diesem Tag war Vater ins Meer hinausgeschwommen und nicht mehr lebend wiedergekehrt. Sein Leichnam wurde gegen Abend gefunden. Man behauptete, ein Krampf habe ihn überrascht und er habe sich nicht mehr selbst retten können. Es schien die einzig mögliche Erklärung zu sein. Aber mein Glück war erschüttert, und ich war sehr dankbar, daß ich Roc an meiner Seite hatte. Wie oft sagte ich zu ihm, daß ich diese Zeit nicht überstanden hätte, wenn er nicht bei mir gewesen wäre. Mein einziger und größter Trost nach Vaters Tod war, daß es Roc gab. Die schlimmen Zweifel sollten mich erst später heimsuchen.

2

Natürlich war uns nun jede Freude an den Flitterwochen vergällt, und ich wurde den Gedanken nicht los, daß ich meinen Vater irgendwie im Stich gelassen hatte.

Ich erinnere mich noch an die Nacht, die auf den Unfall folgte, als ich in Rocs Armen aufschrie: »Irgend etwas hätte ich tun müssen. Ich weiß es ganz genau!«

Roc wollte mich beruhigen. »Aber was denn, Liebling? Woher konntest du wissen, daß er einen Krampf bekam? Das kann jedem passieren. Selbst wenn die See ruhig ist — wenn niemand die Hilferufe hört, so bedeutet das das Ende.«

»Er hat noch nie einen Krampf bekommen.«

»Einmal muß es ja das erstemal sein.«

»Aber Roc ... irgend etwas stimmt hier nicht.«

Sanft strich er mir die Haare aus dem Gesicht. »Mein Engel, du mußt dich nicht so aufregen. Wir können doch nichts mehr tun.«

Er hatte recht, was sollten wir noch tun?

»Er würde froh sein«, meinte Roc, »mich an deiner Seite zu wissen.«

Roc kümmerte sich um alles. Und ich überließ ihm alles. Ich fühlte mich einfach zu unglücklich, um irgend etwas zu unternehmen. Einige von Vaters wertvollsten Arbeiten wurden eingepackt und nach Pendorric vorausgesandt. Der Rest wurde verkauft. Roc verhandelte mit dem Eigentümer des Ateliers, der Mietvertrag wurde gelöst, und nach zwei Wochen verließen wir Capri.

Zwei Tage blieben wir in Neapel. Roc erwähnte dabei, daß er es keineswegs eilig habe, nach Hause zurückzukehren. Ich sollte mich erst einmal von dem Schock erholen, ehe er mich nach Pendorric brächte.

»Wir wollen doch unsere Flitterwochen beschließen, mein Liebling«, sagte er.

Meine Erwiderung klang recht lustlos. In Gedanken sah ich wieder meinen Vater am Tisch sitzen und grübelte darüber nach, was ihn wohl bedrückt hatte.

»Ich hätte nicht lockerlassen dürfen«, sagte ich. »Wie konnte ich nur so gedankenlos sein? Wenn ihn etwas bedrückte, so hätte er es mir bestimmt einmal gesagt.«

»Was meinst du?« fragte Roc.

»Vielleicht war er krank. Vielleicht hatte der Krampf da seine Ursache. Roc, was passierte an jenem Tag am Strand? Sah er leidend aus?«

»Nein, er sah aus wie immer.«

»O Roc, wenn du doch nur nicht vom Strand zurückgekommen wärst, wenn du doch nur geblieben wärst!«

»Es hat doch keinen Sinn, immer ›wenn nur‹ zu sagen, Favel. Ich bin nicht bei ihm geblieben. Wir fahren jetzt von Neapel weg. Wir müssen alles hinter uns lassen.«

Zart und doch voller Leidenschaft nahm er meine Hände in die seinen, zog mich an sich und küßte mich. »Du bist meine Frau, Favel. Denke daran. Ich werde dir helfen zu vergessen, wie er starb, und du mußt immer nur daran denken, daß wir beide nun zusammengehören. Sicher wollte er nicht, daß du so um ihn trauerst.«

Er hatte recht, im Laufe der Wochen ließ mein Schmerz nach. Ich sagte mir wieder und wieder vor, daß der Tod meines Vaters gar nicht so ungewöhnlich sei. Ich mußte daran denken, daß ich jetzt einen Mann hatte, einen Mann, der alles tat, mich glücklich zu machen. Ihm zuliebe mußte ich mir große Mühe geben.

Das wurde um so leichter, je weiter wir Capri hinter uns ließen. Roc war während dieser Tage bezaubernd zu mir. Er hatte nichts anderes im Sinn, als mich meine Trauer vergessen zu lassen.

Wir blieben zwei Wochen in Südfrankreich. Die Landschaft entzückte mich. Doch wenn ich wie gebannt auf die orangefarbenen Villen sah, die an den Bergflanken zu hängen schienen, schnippte Roc nur mit den Fingern.

»Wart ab«, meinte er, »bis du Pendorric siehst.«

Es war ein beliebter Scherz zwischen uns, daß weder die Schönheit der Seealpen noch die Klippen, Schroffen und wahrhaft majestätischen Schluchten, die von der Corniche aus zu sehen sind, einen Vergleich mit seiner Heimat in Cornwall aushielten.

Wenn wir unter einem bunten Sonnenschirm in Cannes saßen

oder uns am Strand von Menton sonnten, so kam es vor, daß ich an seiner Stelle sagte: »Das ist natürlich nichts gegen Cornwall.«

Anfangs war meine Fröhlichkeit ein wenig gezwungen. Aber bald brauchte ich mich nicht mehr zu verstellen. Ich liebte meinen Mann von Tag zu Tag mehr. Das Zusammensein mit ihm stellte alles andere in den Schatten. Roc tat alles, mich von meiner Trauer abzulenken, und da er zu den Menschen gehört, die ihren Kopf durchsetzen können, so hatte er auch hierin Erfolg. Ich spürte wohl seine Stärke, seine Herrschernatur, aber ich freute mich darüber und hätte ihn mir nicht anders gewünscht. Er war der vollkommene Ehemann, und ich staunte selbst, daß ich jemals den geringsten Zweifel daran gehegt hatte.

Doch in einer Nacht in Nizza bekam ich es plötzlich mit der Angst zu tun. Wir kamen von Villefranche und bemerkten unterwegs dunkle Wolken über den Bergen. Roc schlug vor, das Kasino zu besuchen, und wie üblich stimmte ich ihm zu. Er nahm an einem der Tische Platz, und als ich das Leuchten in seinen Augen sah, erinnerte ich mich daran, wie er mit Vater im Atelier gesessen hatte.

In dieser Nacht gewann er und war bester Stimmung, aber ich konnte meinen Kummer nicht verbergen. Doch als ich später in unserem Zimmer im Hotel davon anfing, lachte er mich aus.

»Reg dich nicht auf«, sagte er, »den Fehler mache ich nie, mehr einzusetzen, als ich mir leisten kann zu verlieren.«

»Du bist ein Spieler«, klagte ich.

Er nahm mein Gesicht zwischen seine Hände. »Nun, und warum nicht?« fragte er. »Heißt es nicht, das Leben sei ein Spiel? Nun, vielleicht sind es die Spieler, die am besten zurechtkommen?«

Dieser kleine Zwischenfall veränderte plötzlich unser Verhältnis. Ich hatte den ersten Schock überwunden; es war nicht mehr nötig, mich mit zartfühlender Sorge zu umgeben. In diesem Augenblick erkannte ich es, Roc würde immer ein Spieler bleiben, ganz gleich, mit welchen Überredungskünsten ich ihn auch davon abzubringen versuchte.

Wenn ich an die Zukunft dachte, und das geschah jetzt immer häufiger, beschlich mich Unbehagen. Ich spürte es zum erstenmal in dieser Nacht. Endlich sah ich der Wahrheit ins Gesicht: Ich wußte sehr wenig von meinem Mann und nichts von dem Leben, zu dem er mich mitnahm.

Ich beschloß, mit ihm zu reden, und tat es am nächsten Morgen, als wir in die Berge fuhren. In einem kleinen Hotel aßen wir zu Mittag.

Beim Essen war ich nachdenklich, und als Roc mich nach dem Grund fragte, platzte ich heraus: »Ich möchte mehr über Pendorric und deine Familie wissen.«

»Ich bin zum Gefecht bereit. Gib Feuer.«

»Zuerst einmal der Ort selbst. Ich möchte ihn vor Augen haben.«

Er stützte die Ellbogen auf den Tisch und kniff die Augen zusammen.

»Zuerst das Haus«, begann er. »Es ist etwa vierhundert Jahre alt, das heißt zum Teil, manches ist restauriert worden. Es steht auf einer Felsklippe, etwa fünfhundert Yards vom Meer entfernt. Ich glaube, wir waren früher noch weiter vom Meer entfernt als heute, das Wasser frißt sich langsam ins Land hinein. Das Haus ist aus grauem cornischem Granit, der gegen die Südwest-Stürme schützen soll; als Beweis hierfür ist über dem Eingangsportal — einem der ältesten Teile des Hauses — ein Spruch eingemeißelt, der etwa heißen würde: Wenn wir bauen, glauben wir für die Ewigkeit zu bauen. Ich erinnere mich noch, wie mich mein Vater hochhob, damit ich den Spruch lesen konnte, und mir erzählte, daß wir Pendorrics ebenso ein Teil dieses Hauses seien wie jener alte Bogen. Und wenn die Familie eines Tages den Ort verlassen sollte, würden die Pendorrics nicht mehr ruhig in ihren Gräbern schlafen können.«

»Seid ihr eine Art Lehnsherren für den weiteren Umkreis?«

»Lehnsherren gibt es schon lange nicht mehr. Uns gehören die meisten Höfe im Distrikt. Überlieferungen sterben in Cornwall schwerer als im übrigen England. Wir hängen an den alten Sitten und Gebräuchen. Sicherlich wird eine praktische junge Frau wie du über so manche Geschichte, die sie zu hören bekommt, aufbegehren, aber denke daran, wir sind Einwohner Cornwalls auf Gedeih und Verderb, und du hast da hineingeheiratet!«

»Ich werde mich nicht beklagen. Erzähl weiter.«

»Das Haus ist ein festgebautes Rechteck mit freier Sicht nach allen vier Himmelsrichtungen. Im Norden schauen wir über die Ländereien, im Süden über das offene Meer, und im Osten und Westen haben wir eine prächtige Aussicht auf die Küste, eine der schönsten von ganz England, leider auch eine der trügerischsten. Bei Ebbe kannst du Felsbrocken wie Haifischzähne sehen, und du kannst dir vorstellen, was passiert, wenn ein Schiff auf einen solchen Felsen aufläuft. Ach ja, ich vergaß es fast zu erwähnen: aus dem Ostfenster haben wir außerdem einen Ausblick auf etwas, das wir ganz und gar nicht schätzen. Es heißt bei uns in der Familie nur ›Polhorgans Trugschloß‹. Es ist ein Haus, das wie die getreue Nachbildung unseres eigenen aussieht. Wir verachten es. Nachts beten wir, daß es der Wind ins Meer blasen möge.«

»Du meinst doch das nicht im Ernst?«

»Nein?!« Seine Augen blitzten, doch er lachte mich an. »Nun, es ist auch nicht zu befürchten. Das Haus steht dort schon etwa fünfzig Jahre und versucht, den Besuchern, die von der Küste aus nach oben schauen, weiszumachen, es sei Pendorric.«

»Wer hat es denn erbaut?«

»Ein gewisser Josiah Fleet, der sich Lord Polhorgan nennt. Er kam vor fünfzig Jahren aus Mittelengland, wo er mit was weiß ich für Geschäften ein Vermögen gemacht hatte. Unsere Küste gefiel ihm, auch das Klima, und also baute er sich hier einen Herrensitz. Dort brachte er dann jedes Jahr einen Monat oder mehr zu, bis er ganz umsiedelte und sich seinen Namen von der Bucht vor seinem Haus entlieh.«

»Du magst ihn wohl gar nicht, oder übertreibst du nur?«

Roc zuckte die Achseln. »Vielleicht. Es ist die natürliche Feindschaft zwischen den Neu-Armen und den Neu-Reichen.«

»Sind wir denn sehr arm?«

»An Lord Polhorgan gemessen — ja. Durch die fortschreitende Industrialisierung und seine angeborene Schlauheit ist er zum Millionär geworden. Faulheit und angeborene Nachlässigkeit brachten uns vornehme Armut ein. Wir überlegen von Woche zu Woche, ob wir nicht dem National-Trust unser Haus übertragen sollen, der uns dann gestattet, darin wohnen zu bleiben und gegen einen halben Shilling Eintritt dem neugierigen Publikum zu zeigen, wie die Aristokratie früher lebte.«

Plötzlich kam mir in den Sinn, daß seine Familie, die sicherlich ebenso an Pendorric hing wie er, womöglich enttäuscht darüber war, daß er ein Mädchen ohne Geld geheiratet hatte. Um so mehr rührte es mich und machte es mich glücklich, daß er mich genommen hatte, ein Mädchen ohne Mitgift.

»Verkehrst du freundschaftlich mit Lord Polhorgan?« fragte ich schnell, um meine Bewegung zu verbergen.

»Freundschaftlich, das gibt's bei ihm nicht. Wir sind höflich zueinander, wir sehen auch nicht viel von ihm. Er ist krank, eine Pflegerin und ein Stab von Bediensteten kümmern sich um ihn.«

»Und seine Familie?«

»Mit der ist er verfeindet, und nun lebt er allein in seiner Pracht. Dieses Polhorgan hat an die hundert Zimmer, alle aufs glänzendste ausstaffiert, wenn auch, glaube ich, diese Pracht sich unter Schonbezügen versteckt; darum eben heißt es ja auch das Trugschloß.«

»Armer alter Mann.«

»Dacht' ich's mir doch, das rührt dein weiches Herz. Nun, du wirst ihn schon noch kennenlernen. Wahrscheinlich trägt er sich schon mit dem Gedanken, die neue Braut von Pendorric zu sich zu bitten.«

»Warum eigentlich nennst du mich die ›Braut von Pendorric‹? Und mit besonderer Betonung?«

»Ach, es gibt da eine Sage in Pendorric. Es gibt viel verrücktes Zeug bei uns. In Pendorric ist alles etwas anders als sonstwo. Bei uns gibt es Zimmer, wo nicht ein Möbelstück verrückt ist seit vierhundert Jahren. Dann gibt es bei uns die alte Mrs. Penhalligan, eine Tochter von Jesse und Lizzie Pleydell — die Pleydells dienen seit Generationen bei den Pendorrics. Die alte Mrs. Penhalligan ist eine ganz vortreffliche Haushälterin. Sie bessert sogar die Steppdecken und die Vorhänge aus, die ständig auseinanderzufallen drohen. Sie hält Ordnung unter den Dienstboten und gleichzeitig auch unter uns. Sie ist heute ungefähr fünfundsechzig, doch ihre Tochter Maria, die ledig geblieben ist, wird wohl einmal in ihre Fußstapfen treten.«

»Nun zu deiner Schwester.«

»Meine Schwester ist mit einem Charles Chaston verheiratet. Wir beide verwalten den Besitz. Sie wohnen im Nordflügel. Wir ziehen in den Südflügel. Du brauchst also keine Angst zu haben, daß dir die Familie im Wege ist. So etwas gibt es in Pendorric nicht. Wenn du nicht willst, siehst du nie jemanden von uns — außer bei den Mahlzeiten. Wir essen nämlich immer gemeinsam, ist so Sitte bei uns von alters her und jetzt, bei dem Mangel an Dienstboten, ist es sowieso nicht zu umgehen.«

»Wie heißt denn deine Schwester?«

»Morwenna. Unsere Eltern folgten dem alten Familienbrauch, den Kindern möglichst cornische Namen zu geben. Daher die Petrocs und Morwennas. Die Zwillinge heißen Lowella und Hyson — Hyson war Mutters Mädchenname. Lowella nennt sich selbst Lo und Hyson Hy; sicherlich hat sie für jeden von uns einen Spitznamen.«

»Wie alt sind die Zwillinge?«

»Zwölf.«

»Gehen sie zur Schule?«

»Nein. Hin und wieder hat man sie zwar zur Schule geschickt, aber Lowella hat die unglückselige Angewohnheit davonzulaufen und Hyson mit sich zu ziehen. Sie behauptet, sie könne eben nur in Pendorric glücklich sein. Im Augenblick haben wir einen Kompromiß geschlossen und eine Hauslehrerin eingestellt. Sie war eine Schulkameradin von Morwenna. Unser Verhältnis ihr gegenüber ist mehr freundschaftlich. Charles und Morwenna wollen sie noch ein Jahr behalten, bis Lowella etwas vernünftiger geworden ist. Du mußt dich vor Lowella in acht nehmen.«

»Wieso?«

»Wenn sie dich mag, ist alles gut, aber sie neigt zu allen möglichen Streichen. Hyson ist ganz anders. Sie ist wesentlich ruhiger. Dabei sehen sie sich ähnlich wie ein Ei dem anderen, nur die Temperamente sind verschieden. Gott sei Dank. Kein Haushalt könnte zwei Lowellas verkraften.«

»Erzähl mir bitte von deinen Eltern.«

»Sie sind beide tot, ich erinnere mich kaum noch an sie. Mutter starb, als wir fünf Jahre alt waren. Eine Tante kümmerte sich um uns. Sie kommt immer noch zu uns und bewohnt eine Reihe von Zimmern in Pendorric. Vater lebte viel im Ausland, als Charles zu uns zog. Er ist fünfzehn Jahre älter als Morwenna.«

»Du sagtest, daß *wir* fünf Jahre alt waren, als Mutter starb? Wer sind *wir*?«

»Habe ich dir nicht gesagt, daß Morwenna und ich Zwillinge sind?«

»Nein, du erwähntest das nur bei Lowella und Hyson.«

»Ja, ja, Zwillinge kommen in unserer Familie immer wieder vor.«

»Sieht Morwenna dir ähnlich?«

»Die Leute finden, wir sähen uns ähnlich.«

»Roc«, sagte ich »ich kann es kaum erwarten, deine Familie kennenzulernen.«

»Dem kann man abhelfen«, antwortete er, »es ist Zeit, daß wir nach Hause fahren.«

Nach dem Lunch fuhren wir aus London ab, und es war acht Uhr, als wir aus dem Zug stiegen.

Der alte Toms, Chauffeur, Gärtner und Mädchen für alles, stand schon bereit.

Da saß ich nun neben Roc in einem ziemlich schäbigen Daimler Benz. Roc bog vom Bahnhofsplatz ab, und gleich hinter der Stadt umfing uns die Ruhe eines schönen Sommerabends. Die schmale, sich windende Straße war mit Heckenrosen gesäumt, und in der Luft lag der süße Duft von Geißblatt.

»Ist es noch weit bis Pendorric?« fragte ich.

»Etwa acht Meilen. Vor uns liegt das Meer, hinter uns das Moor. Da werden wir noch manchesmal spazierengehen oder reiten. Du kannst doch reiten?«

»Leider — nein.«

»Na, dann bringe ich es dir bei. Du sollst dich hier zu Hause fühlen, Favel. Manche gewöhnen sich nie ein, aber du bestimmt.«

»Das glaube ich auch.«

Wir schwiegen, und ich sah mir die Landschaft an. Die kleinen Häuser waren alles andere als schön — ja, sie sahen geradezu schmutzig aus, wie sie da hockten in diesem cornischen Granit.

»Wenn du die See siehst, sind wir nicht mehr weit von unserem Haus«, sagte Roc. Auf der Kuppe eines Hügels stoppte Roc, legte den Arm auf meine Rücklehne und zeigte mit dem anderen hinüber zum Meer.

»Kannst du das Haus dort rechts an der Klippe sehen? Das ist das Trugschloß. Pendorric kannst du von hier aus nicht sehen, ein Hügel ist dazwischen, es liegt ein wenig mehr nach rechts.«

Das Trugschloß sah wirklich wie eine mittelalterliche Burg aus. Nach wenigen hundert Metern konnte ich den ersten Blick auf Pendorric werfen. Es sah dem anderen Haus so ähnlich, daß ich nur staunen konnte.

»Von hier aus sieht es aus, als ob sie beide ganz dicht nebeneinander stünden«, sagte Roc, »aber auf der Küstenstraße sind sie fast zwei Kilometer voneinander entfernt. Du wirst jetzt sicher den Zorn der Pendorrics begreifen, daß sie *dies* da hingesetzt bekamen und ständig vor Augen haben müssen.«

Wir fuhren nun auf der Hauptstraße, bis nach einer Kurve die Straße steil abfiel. Zu beiden Seiten wuchsen wilde Blumen und verkrüppelte Tannen, die einen harzigen Duft ausströmten.

Am Fuß des Steilhanges bogen wir auf die Uferstraße ein, und dann sah ich die Küste in all ihrer Pracht, und ich hörte, wie das Wasser gegen die Felsen schlug. Die weitausschwingende Bucht war zauberhaft. Es war gerade Ebbe, und im Dämmerlicht sah ich die Felszacken aus dem seichten Wasser ragen.

Und da, etwa eine halbe Meile vor uns, lag Pendorric! Als massiver, grauer Steinklotz ragte es über dem Meer auf, mit Zinnen, Wehrtürmen, trutzig, vornehm und arrogant, als wollte es das Meer, die Stürme und jedweden Gegner herausfordern.

»Dies ist nun dein Heim, mein Schatz«, sagte Roc, und Stolz klang aus seiner Stimme.

»Es ist ... herrlich!«

Je näher wir dem Haus kamen, desto mehr beherrschte es die Landschaft. In manchen Fenstern war schon Licht, und ich erkannte den Bogengang des Nordportals.

»Die Ländereien«, erklärte mir Roc, »sind auf der südlichen Seite. Wir könnten auch von dort aus in das Haus kommen; es hat nämlich vier Eingänge, das Nord-, Süd-, Ost und Westportal. Aber wir fahren heute durch das Nordportal ein, da Morwenna und Charles bestimmt dort auf uns warten. Da sieh nur«, fuhr er fort, und als ich seinem Blick folgte, erkannte ich eine schmale Gestalt in Reithosen und roter Bluse, die uns entgegenlief. Roc bremste, und sie sprang auf das Trittbrett. Ihr Gesicht war von Sonne und Wind gebräunt, die Augen schmal und schwarz und denen Rocs sehr ähnlich. »Ich wollte die erste sein, die die Braut sieht!« rief sie.

»Du setzt ja stets deinen Kopf durch«, gab Roc zurück. »Favel, das ist Lowella, und vor der mußt du dich hüten.«

»Ach, hör nicht auf ihn«, meinte das Mädchen, »wir werden bestimmt Freunde.«

»Danke«, erwiderte ich, »ich hoffe es sehr.«

Ihre schwarzen Augen musterten mich neugierig. »Ich habe gesagt, sie ist blond«, fuhr sie fort, »und ich habe recht behalten.«

»He, du hinderst uns an der Weiterfahrt«, sagte Roc. »Entweder du steigst ein, oder du springst hinunter.«

»Ich bleibe hier auf dem Trittbrett«, verkündete sie, »fahr nur.«

Roc gehorchte, und wir fuhren langsam auf das Haus zu.

»Sie warten schon alle auf dich«, erzählte mir Lowella. »Wir sind alle ganz aus dem Häuschen und haben hin und her geraten, wie du wohl aussiehst. Auch im Dorf will dich jeder sehen. Jedesmal, wenn einer von uns ins Dorf kommt, heißt es: Wann kommt denn nun die Braut nach Pendorric?«

»Nun, hoffentlich gefalle ich auch allen.«

Lowella sah ihren Onkel mutwillig an. »Es war nämlich höchste Zeit, daß er heiratete«, meinte sie, »wir haben uns schon richtig Sorge gemacht.«

»Hatte ich nicht recht, dich vor ihr zu warnen?« rief Roc. »Sie ist ein enfant terrible.«

»Ich bin kein Kind mehr«, widersprach Lowella. »Ich bin schließlich schon zwölf, weißt du?«

»Du wirst mit den Jahren immer schrecklicher, und ich zittere bei der Vorstellung, daß du einmal zwanzig bist.«

Inzwischen passierten wir das Tor, über uns sah ich den Steinbogen. Dahinter dehnte sich ein Säulengang, von zwei riesigen Steinlöwen flankiert, verwittert zwar, aber immer noch wild dreinschauend, als wollten sie ungebetenen Gästen den Eintritt verwehren.

Da stand auch eine Frau — sie glich Roc so sehr, daß ich sofort wußte, es mußte die Zwillingsschwester sein —, hinter ihr ein Mann, wahrscheinlich Charles, der Vater der Zwillinge. Morwenna trat an das Auto. »Roc! Endlich bist du da, und dies ist also Favel! Herzlich willkommen auf Pendorric, Favel!«

Ich lächelte sie an und war sehr froh, daß sie Roc so ähnlich sah. Das machte sie mir gleich vertrauter. Ihr dunkles, dichtes und leicht welliges Haar gab die Stirn frei. Das smaragdgrüne Leinenkleid paßte gut zu dem dunklen Haar und ihren Augen; in den Ohrläppchen trug sie goldene Ringe.

»Ich bin so froh, euch endlich zu sehen«, sagte ich, »hoffentlich bin ich für euch nicht eine zu große Überraschung.«

»Aber gar nicht; außerdem sind wir von meinem Bruder Überraschungen gewöhnt.«

»Oh, und da kommt ja auch Charlie«, sagte Roc.

Meine Hand wurde so fest gedrückt, daß ich zusammenzuckte. »Wir alle hier konnten es kaum erwarten, dich kennenzulernen.«

Unterdessen tanzte Lowella im Kreise um uns herum, das lange, schwarze Haar flatterte im Wind; sie erinnerte mich wirklich an eine kleine Hexe.

»Lowella, so hör doch schon auf«, rief ihre Mutter mit leichtem Lachen. »Wo bleibt denn Hyson?« Lowella hob die Arme und zuckte die Achseln.

»Lauf und hole sie, sie soll Tante Favel guten Tag sagen.«

»Wir werden nicht Tante zu ihr sagen«, beschloß Lowella. »Dazu ist sie zu jung. Sie soll auch für uns Favel sein. Das magst du doch auch lieber, nicht wahr, Favel?«

»Ja, es klingt viel freundlicher.«

»Na also«, gab Lowella zurück und lief ins Haus.

Morwenna hakte mich unter, und Roc nahm meinen anderen Arm, während er rief: »Toms! Wo steckst du? Komm und bring unser Gepäck hinauf.«

Und eine Stimme antwortete: »Jawohl, Herr, ich komme schon.«

Morwenna und Roc führten mich durch das Portal, und mit Charles im Gefolge betraten wir das Haus.

Ich befand mich in einer riesigen Halle, an deren Ende eine wunderbar geschwungene Treppe nach oben führte zur Galerie. An den getäfelten Wänden hingen Schwerter und Schilde, und am Fuße der Treppe standen zwei Ritterrüstungen.

»Das hier ist unser Flügel«, erklärte mir Morwenna. »Das Haus schließt mit seinen vier Flügeln einen Innenhof ein. Eigentlich sind es vier Häuser in einem, und sie wurden in der Absicht erbaut, alle Pendorrics — zu der Zeit, als sie noch eine große Familie waren — unter einem Dach zu beherbergen. Nur ein paar Dienstboten wohnten in der Mansarde, die andern hausten in den Katen. Das waren sechs Häuschen, die Wand an Wand sehr malerisch und unhygienisch dort standen, bis Roc und Charles sich darum kümmerten. Wir sind immer noch dabei, Abhilfe zu schaffen, und nahmen nur Toms und seine Frau und Tochter Hetty, Mrs. Penhalligan und ihre Tochter Marie mit ins Haus. Ja, das war früher anders ... aber du wirst hungrig sein.«

Ich sagte, wir hätten schon im Zug gegessen.

»Nun, dann nehmen wir später einen kleinen Imbiß. Du willst sicherlich gern das Haus sehen, vor allem euren Trakt.« Ich stimmte zu. Dabei blieb mein Blick an einem Porträt hängen, das sich an einer Wand der Galerie befand. Es war das Bildnis einer jungen, blonden Frau in einem enganliegenden, blauen

Kleid, das ihre wohlgeformten Schultern frei ließ. Das Haar war hochgesteckt, und nur eine Strähne hing ihr über die Schulter. So wie das Bild plaziert war, beherrschte es die ganze Halle und Galerie.

»Wie entzückend!« entfuhr es mir.

»Ja, auch eine Braut von Pendorric«, erklärte mir Morwenna.

Da war sie schon wieder, diese Bemerkung, die ich nun schon so oft gehört hatte.

»Sie ist wunderhübsch ... und sieht so glücklich aus.«

»Sie ist meine Ur ... Ur ... Ur ... ach Gott, man verliert die Übersicht über die vielen Urgroßmütter«, lachte Morwenna. »Als sie gemalt wurde, war sie noch glücklich, aber sie starb früh.«

Ich konnte meine Augen nur schwer von dem Bild losreißen, so anziehend war dieses junge Gesicht.

»Ich dachte mir, Roc«, fuhr Morwenna fort, »jetzt, wo du verheiratet bist, liegt dir sicherlich an der großen Zimmerflucht.«

»Ich danke dir«, erwiderte Roc, »das ist genau das, was ich mir vorgestellt habe.«

Morwenna wandte sich mir zu. »Die einzelnen Flügel des Hauses sind alle miteinander verbunden. Du brauchst nicht den Extraeingang zu benutzen, wenn du nicht willst. Wenn du bitte mit auf die Galerie kommst, zeige ich dir den Durchgang.«

Wir gingen an der Waffensammlung vorbei und stiegen zur Galerie hinauf.

»Eins ist wichtig: Wenn du den von dir bewohnten Teil des Hauses kennst, kennst du alle anderen auch. Du mußt dir nur deine eigenen Zimmer in anderer Himmelsrichtung vorstellen.«

Sie ging voran, und Roc und ich folgten ihr. Von der Galerie aus kamen wir durch eine Seitentür in einen Korridor, in dessen Nischen herrliche Marmorstatuen standen.

Durch ein Fenster konnte ich auf einen großen Innenhof hintersehen, der mit den schönsten Hortensien bewachsen war, die ich je gesehen hatte.

»Sie werden hier besonders groß«, meinte Morwenna, »es mangelt nie an Regen; Frost kennen wir hier kaum, und außerdem stehen sie im Innenhof sehr geschützt.«

Dieser Innenhof war ein zauberhafter Fleck. Es gab da einen kleinen Weiher, mit einer Hermesfigur in der Mitte, und zwei große Palmen. Blühende Büsche und kleine Sträucher wuchsen zwischen den Steinen, und da und dort standen weiße Stühle mit vergoldeten Verzierungen. Mir fiel auf, daß sämtliche Fenster auf den Innenhof hinuntersahen, so daß man wahrscheinlich, wenn man dort unten saß, nie das Gefühl los wurde, beobachtet zu werden. Roc erklärte mir, daß aus jedem Flügel eine Tür in den Hof hineinführe.

Wir gingen dann weiter den Korridor entlang und gelangten durch eine Tür in den südlichen Flügel, wo wir wohnen sollten. Wieder stiegen wir eine Treppe hinauf, dann öffnete sich eine Tür in ein großes Zimmer, dessen riesige Fenster auf das Meer schauten. Die dunkelroten Samtvorhänge waren zurückgezogen. Man konnte von hier aus die ganze Bucht übersehen, die Klippen wirkten im Zwielicht drohend, und ich konnte gerade noch die zackigen Umrisse der Felsen erkennen.

Roc, der hinter mir stand, meinte: »So geht es jedem, niemand schaut sich im Zimmer um, jeder ist von der Aussicht überwältigt.«

»Der Blick ist von der Ost- und Westseite fast derselbe und ebenso eindrucksvoll«, ergänzte Morwenna.

Sie knipste einen Lichtschalter an, und das Zimmer wurde im Augenblick durch einen Kronleuchter strahlend hell erleuchtet. Ich wandte mich vom Fenster ab, mein Blick fiel auf das große Himmelbett, die Kommode, die Schränke — Zeugen einer früheren Generation, einer Generation mit Charme und Kultur.

»Wie schön«, sagte ich.

»Wir sind sehr stolz darauf, daß wir das Beste aus beiden Welten gemacht haben«, erklärte mir Morwenna. »Eine alte Toilette haben wir in ein Badezimmer verwandelt.« Und dabei öffnete sie eine Tür, die in ein modernes Badezimmer führte. Mein Blick wurde ganz sehnsüchtig, und Roc mußte lachen.

»Du kannst ja gleich baden«, meinte er, »ich will nur noch sehen, wo Toms mit dem Gepäck bleibt. Danach wollen wir etwas essen, und hinterher können wir vielleicht noch einen kleinen Spaziergang im Mondschein machen — wenn er überhaupt scheint.«

Ich stimmte zu und blieb dann allein zurück.

Ich trat noch mal ans Fenster und genoß die herrliche Aussicht. Ich ließ die Augen bis zum Horizont schweifen, wo ich das regelmäßige Aufblitzen des Leuchtturmfeuers erkennen konnte. Dann ging ich ins Bad.

Als ich das Badezimmer verließ, war Roc nicht da, aber die

Koffer waren bereits heraufgebracht worden. Ich packte schnell den kleineren aus und zog ein Seidenkleid an. Ich ordnete gerade mein Haar vor dem dreiteiligen Toilettenspiegel, als es an der Tür klopfte. Ich rief »Herein!« und eine junge Frau mit einem Kind traten ein. Im ersten Augenblick hielt ich das Kind für Lowella und lächelte sie an. Mein Lächeln wurde nicht erwidert. Das Kind sah mich ernsthaft an, und die junge Frau sagte: »Mrs. Pendorric, ich bin Rachel Bective, die Hauslehrerin. Ihr Mann bat mich, Sie hinunterzuführen, sobald Sie fertig sind.«

»Guten Tag«, sagte ich, verblüfft darüber, wie fremd Lowella auf einmal tat.

Rachel Bective, die ich so um die Dreißig schätzte, schien eine sehr energische Persönlichkeit zu sein. Ihr Haar war sandfarben, Augenbrauen und Wimpern waren sehr blond. Ihre Zähne waren spitz und weiß. Sie war mir nicht sehr sympathisch.

»Das ist Hyson«, erklärte sie. »Ihre Schwester haben Sie ja schon gesehen.«

»Ach so.« Ich lächelte dem Mädchen zu. »Ich habe dich für Lowella gehalten.«

»Das dachte ich mir.« Sie sah mürrisch vor sich hin.

»Du bist ihr sehr ähnlich.«

»Aber nur äußerlich.«

»Sind Sie fertig?« fragte Rachel Bective. »Es wird nur ein leichtes Abendessen gereicht, Sie haben ja bereits im Zug gegessen.«

Zum erstenmal fühlte ich mich unbehaglich in diesem Haus und war froh, als Rachel Bective den Weg durch den Korridor und die Treppen hinab vor mir herging.

Wir kamen zu der Galerie, die ich zuerst von der Nordseite aus gesehen hatte. Plötzlich fielen meine Blicke auf ein Bild, das ich vorher nicht bemerkt hatte. Es stellte eine blonde Frau im schwarzen Reitdreß dar. Sie trug einen steifen schwarzen Hut, um den ein blaues Seidenband geschlungen war. Sie sah wunderschön aus, doch die großen blauen Augen, die die gleiche Farbe zeigten wie das Band, blickten traurig.

»Ein prachtvolles Bild«, rief ich aus.

»Es ist Barbarina«, sagte Hyson, und ihr Gesicht belebte sich.

»Ein seltsamer Name. Wer war sie?«

»Sie war meine Großmutter«, teilte mir Hyson stolz mit.

»Ich glaube, sie starb eines ... tragischen Todes«, warf Rachel Bective ein.

Ich erinnerte mich, daß ich schon einmal ein Bildnis einer schönen Frau in der Nordhalle gesehen und ebenfalls von ihrem frühen Tod gehört hatte.

Hyson bemerkte: »Sie war auch eine Braut von Pendorric.«

»Nun, das habe ich angenommen«, sagte ich, »nachdem sie deinen Großvater geheiratet hat.«

Hyson war ein seltsames Kind. Vor Minuten noch völlig teilnahmslos, war sie jetzt lebendig und aufgeregt.

»Sie starb vor fünfundzwanzig Jahren; meine Mutter und Onkel Roc waren gerade fünf Jahre alt.«

»Ihr Bildnis wird auch gemalt werden, Mrs. Pendorric«, bemerkte Rachel Bective. »Sicher wird es Mr. Pendorric wünschen.«

»Bisher hat er es noch nicht erwähnt.«

»Es ist höchste Zeit, gehen wir weiter, die andern warten sicher schon.«

Wir gingen die Galerie hinunter, durch eine Tür hindurch und durchquerten den Korridor, dann hatten wir wieder den Innenhof im Blick. Ich bemerkte, wie Hyson mich verstohlen ansah.

Am nächsten Tag herrschte strahlender Sonnenschein. Ich stand am Fenster und beobachtete das Licht auf dem Wasser; es sah aus, als hätte ein Riese eine Handvoll Diamanten darüber ausgestreut.

Roc stellte sich hinter mich und legte mir die Hände auf die Schultern. »Ich sehe, du erliegst wie jeder andere dem Zauber von Pendorric.«

Langsam drehte ich mich um und lächelte ihn an. Ich warf ihm meine Arme um den Hals. Er tanzte mit mir durchs Zimmer und rief: »Wie schön ist es, mit dir hier in Pendorric zu sein. Heute morgen noch machen wir eine Ausfahrt, und ich zeige dir die Umgebung. Am Nachmittag muß ich mit Charles arbeiten. Ich war ja so lange fort, länger als ich eigentlich geplant hatte, so daß vieles liegengeblieben ist. Und du kannst dann auf eigene Faust auf Entdeckungen gehen. Vielleicht wird Lowella dich begleiten.«

Ich überließ mich Rocs Führung, denn ich war mir über die Aufteilung des Hauses noch immer nicht ganz im klaren. Wir hielten uns im dritten Stock auf, und anscheinend gab es Verbindungstüren zu allen Flügeln auf jeder Etage. Wiederum konnte ich in den Innenhof hinunterschauen, als wir an den Fenstern vorbeikamen. Im Sonnenlicht wirkte er besonders hübsch. Ich sah mich schon unter einer der Palmen sitzen und in einem Buch lesen.

»Schade«, sagte ich. »Da unten hat man immer das Gefühl, als wäre man nicht allein.«

»Oh ... du meinst die Fenster? Aber das sind doch alles Korridorfenster. Man kann sich da nirgends hinsetzen.«

»Ja, vielleicht macht das einen Unterschied.« Ich merkte gar nicht, daß wir inzwischen die Nordseite des Hauses erreicht hatten, bis Roc an einer Tür anhielt, klopfte und eintrat.

An einem Tisch saßen die Zwillinge, Schulhefte vor sich. Rachel Bective saß bei ihnen. Sie lächelte etwas mühsam, als sie mich sah.

»Hallo, Favel«, schrie Lowella und sprang auf. »*Und* Onkel Roc!« Sie warf die Arme um Rocs Hals, zog die Füße an und ließ sich von ihm herumwirbeln. Rachel Bective sah leicht amüsiert zu, Hysons Gesicht blieb ausdruckslos.

»Hilfe!« rief Roc. »Komm her, Favel ... Rachel ... befreit mich!«

Lowella ließ ihren Onkel los. »Ich wollte doch nur zeigen, wie ich mich freue, Roc und die Braut zu sehen.«

»Ich wollte Lowella gern diesen Nachmittag vom Unterricht befreien«, sagte Roc. »Ich muß nämlich arbeiten. Geht das?«

»Natürlich.« Lowella strahlte mich an. »Ich hab' dir so viel zu erzählen.«

»Da bin ich aber gespannt.« Ich lächelte auch Hyson an, die sich aber schnell abwandte.

»Nachdem du nun schon einmal da bist«, sagte Roc, »mußt du dir auch das alte Schulzimmer genau ansehen. Es ist ein Überbleibsel aus der Vergangenheit. Generationen von Pendorrics saßen an diesem Tisch. Mein Großvater schnitzte hier seine Initialen ein und wurde dafür von seinem Lehrer bestraft.«

Er ging zum Schrank hinüber und zeigte mir Bücher, die dort schon seit Jahren stehen mußten. Manche Hefte waren mit ungelenker Kinderhand beschrieben. Und dann gab es noch ein paar Schiefertafeln und Federkästen.

»Du wirst dir alles besser ansehen können, wenn nicht gerade

Unterricht ist, Favel. Ich glaube, Rachel wird ein bißchen ungeduldig.«

Er lächelte Rachel flüchtig zu. Ich bemerkte eine Spur von Intimität zwischen ihnen und wurde eifersüchtig. Es fiel mir auf, daß er sehr freundlich zu Rachel war — und sie zu ihm. Denn wenn er sie herzlich anlächelte, so war ihr Lächeln noch um einige Grade herzlicher, und ich begann mich zu fragen, wie weit diese Freundschaft wohl reiche. Ich war froh, als wir das Schulzimmer verließen. Die überschwengliche Lowella, die stille Hyson und Rachel, die zu herzlich war — zu Roc.

Ich hätte ihm gern einige Fragen über Rachel Bective gestellt, aber ich wollte meine Eifersucht nicht verraten und schob es lieber auf. Erst als wir im Auto saßen, fühlte ich mich wieder glücklich. Er hatte recht, als er annahm, daß ein ganz neues Leben mir helfen würde, die Vergangenheit zu vergessen. Die vielen neuen Eindrücke verdrängten die alten, so daß sie einem anderen Leben anzugehören schienen. Roc legte seine Hand auf die meine und sah sehr zufrieden aus.

»Wie ich sehe, fühlst du dich in Pendorric so wohl wie eine Ente im Wasser.«

»Es ist alles so schön, so aufregend ... und die Familie ist wirklich interessant.«

Er zog eine Grimasse. »Das schmeichelt uns aber sehr. Und jetzt zeig ich dir das Trugschloß.«

Wir fuhren die steile Straße hinunter, auf der anderen Seite wieder hinauf und waren dann auf gleicher Höhe mit Polhorgan. Einen Augenblick wirkte es genauso alt und würdig wie Pendorric.

»Hier ist es ja totenstill.«

»Ja, auf dieser Seite. Der Herr des Hauses bewohnt die Räume auf der Südseite, die aufs Meer hinaussieht. Der Strand darunter gehört ihm, und er hat einen prachtvollen Blumengarten auf den Klippen angelegt. Einen sehr viel größeren als wir, er hat das Land von meinem Großvater gekauft.«

»Er hat ja eine herrliche Aussicht.«

»Er genießt sie auch, er verbringt nämlich die meiste Zeit in seinem Zimmer.«

Wir fuhren am Haus vorbei, und Roc sagte: »Ich nehme diese Straße hier nach Pendorric, weil ich dir unser kleines Dorf zeigen möchte. Du wirst begeistert sein.«

Wir wendeten und fuhren wieder zur Küstenstraße hinunter, die an Pendorric vorbeiläuft, und dann die steile Straße zur Hauptstraße hinauf. Ich konnte die See zur Linken liegen sehen. »Durch die Buchten der Küste und die Windungen der Straße verliert man leicht die Orientierung«, erklärte Roc. »Das Land muß hier einmal vor langen Zeiten durch ein schreckliches Erdbeben nach allen Richtungen auseinandergerissen worden sein. Wir haben eben eine Art Vorgebirge umfahren und kommen nun in das kleine Dorf Pendorric hinein.«

Wir kurvten abwärts, und da lag es auch schon – das entzückendste kleine Dorf, das ich je gesehen habe. Da stand in der Mitte des Kirchhofs eine kleine Kirche mit einem alten Turm, in normannischem Stil erbaut. Auf der einen Seite waren die Steine im Lauf der Zeit stark nachgedunkelt, während sie auf der anderen Seite noch weiß und wie neu aussahen. Da stand auch das Pfarrhaus, ein graues Haus in einer Bodensenke, mit Garten und Rasen an den Hängen. Hinter der Kirche sah ich eine Reihe kleiner Katen, die Morwenna schon erwähnt hatte. Sie waren mit Stroh gedeckt, hatten winzige Fenster und lehnten alle aneinander, sechs im ganzen. Sie waren wohl zur selben Zeit erbaut worden wie die Kirche.

Nicht weit von den Katen entfernt entdeckte ich eine Garage, die aufgestockt war. »Das war einmal die Schmiede«, erklärte Roc. »Die Bonds, die heute dort leben, sind seit Generationen Schmiede. Es brach dem alten Jim Bond schier das Herz, als es im Distrikt immer weniger Pferde gab und er kaum noch Arbeit hatte. Aber nun haben sie sich angepaßt. Die alte Schmiede arbeitet noch, und ich gehe oft hinüber, um mir die Pferde beschlagen zu lassen.«

Der Wagen fuhr langsamer, und er rief: »Jim, he, Jim!«

Oben wurde ein Fenster geöffnet, und eine junge Frau sah heraus. Ihr schwarzes Haar fiel offen über ihre Schultern, die scharlachrote Bluse war ihr zu eng. Sie sah aus wie eine Zigeunerin.

»Morgen, Mr. Roc«, sagte sie.

»Hallo, Dinah.«

»Na, sind Sie schon wieder zurück, Mr. Roc?«

Roc winkte mit der Hand, im selben Augenblick kam ein Mann zu uns heraus.

»Guten Morgen, Jim!« sagte Roc.

Jim war ein Mann Anfang Fünfzig, ein Hüne von Gestalt, genauso, wie man sich einen Schmied vorstellt. Roc meinte: »Ich habe meine Frau mitgebracht und wollte ihr die alte Schmiede zeigen, damit sie ein bißchen mit dem Dorf vertraut wird.«

»Ich freue mich sehr, gnädige Frau«, sagte Jim. »Kommen Sie doch herein zu einem Glas Apfelwein.«

Wir stiegen aus und gingen in die Schmiede. Es roch nach verbranntem Horn, und ein junger Mann, der gerade ein Pferd beschlug, grüßte zu uns herüber. Ich erfuhr, daß es der junge Bond war.

Old Jim kam mit einem Tablett voller Gläser. Er füllte sie aus einem großen Faß, das rechts und links je einen Hahn hatte.

»Die Bonds sind berühmt für ihren Apfelwein«, erklärte Roc.

»Ja, ja, mein Lieber«, sagte Old Jim, »es ist immer noch der Saft guter, alter, cornischer Äpfel, so wie nur wir Bonds ihn keltern.«

»Er ist genauso stark wie immer«, sagte Roc.

»Er ist sehr gut«, stimmte ich ihm zu.

»Für Fremde manchmal reichlich stark«, meinte Old Jim und betrachtete mich in der Hoffnung, an mir einen Schwips zu entdecken.

Der jüngere Mann ließ sich in seiner Arbeit nicht stören und sah kaum zu uns herüber.

Dann ging die Tür auf, und die junge Frau, die wir vorher am Fenster gesehen hatten, trat herein. Ihre schwarzen Augen glänzten, und sie wiegte die Hüften beim Gehen. Sie trug einen engen, kurzen Rock, die wohlgeformten Beine waren braun, die bloßen Füße steckten in abgetragenen Sandalen.

Ich sah wohl, wie sich die Aufmerksamkeit aller drei Männer ihr zuwandte. Old Jim sah sie finster an und schien nicht sehr erfreut, sie zu sehen, während der junge Jim seine Augen nicht von ihr wenden konnte. Nur Rocs Ausdruck war schwer zu deuten. Ich merkte zwar sofort, wie sie auf die anderen wirkte, nicht aber wie auf Roc, und wieder einmal war mir mein Mann fremd.

Sie ihrerseits musterte mich von Kopf bis Fuß. Mein sauberes Leinenkleid sah sie etwas verächtlich an, wie mir schien. Dabei strich sie sich mit den Händen über die Hüften und lächelte Roc zu. Es war ein vertrauter, fast intimer Blick. Was hatte es für einen Sinn, wenn ich mich über jede Bekanntschaft, die Roc vor unserer Ehe mit jungen Frauen hatte, aufregte?

»Das hier ist Dinah, die junge Frau Bond«, stellte Roc vor.

»Guten Tag«, sagte ich. »Wie geht es Ihnen?«

Sie lachte mich an. »Mir geht es sehr gut. Ich freue mich sehr, daß Mr. Roc endlich eine Braut nach Pendorric gebracht hat.«

»Danke«, sagte Roc kurz und trank sein Glas aus. »Wir haben noch eine Menge zu erledigen heute morgen«, fügte er hinzu.

»Soll ich den Wagen auftanken?« fragte Old Jim.

»Nein, nein, es reicht noch, Jim«, antwortete Roc, und mir war, als hätte er es plötzlich eilig, hier fortzukommen.

Ich fühlte mich ein bißchen schwindlig. Das kam von dem Wein, und ich war froh, wieder an die frische Luft zu kommen.

Der alte Mann und Dinah sahen uns nach, als wir wegfuhren. Auf Dinahs Gesicht lag ein kleines Lächeln.

»Dinah störte etwas das Zusammensein«, sagte ich.

»Ich fürchte, der Alte haßt sie. Seitdem Dinah in die Schmiede eingezogen ist, herrscht dort Unfriede.«

»Sie ist eine attraktive Person.«

»Das ist die Meinung der meisten, ihre eigene mit eingeschlossen. Der junge Jim hat kein leichtes Leben zwischen dem alten Mann und der jungen Frau. Der Alte hätte es lieber gesehen, wenn er eines der Pascoe-Mädchen aus den Katen geheiratet hätte, dann hätten sie jetzt schon einen kleinen Jim. Aber der junge Jim — ein fügsamer, gutmütiger Bursche, bis er Dinah kennenlernte — heiratete sie, und der Friede verließ die alte Schmiede. Sie ist eine halbe Zigeunerin, und ihre Leute leben in Wohnwagen in den Wäldern, ein paar Kilometer von hier entfernt.«

»Ist sie wenigstens eine gute und treue Frau?«

Roc lachte laut heraus. »Hattest du den Eindruck?«

»Absolut nicht.«

Roc nickte. »Dinah gibt nicht vor, was sie nicht ist.«

Er hielt vor einem Gartentor. Jemand rief: »Nanu, Mr. Pendorric, ist das aber hübsch, daß Sie wieder da sind.«

Eine mollige, rotwangige Frau, mit einem Korb voll Rosen am Arm und einer Gartenschere in der Hand, kam näher und lehnte sich über den Zaun.

»Das ist Mrs. Dark«, sagte Roc, »die Frau unseres Pfarrers.«

»Nett von Ihnen, uns so bald zu besuchen, wo wir doch schon so neugierig auf die neue Mrs. Pendorric sind.«

Wir stiegen aus, und Mrs. Dark führte uns durch den Garten.

Sie wandte sich an mich. »Wir freuen uns so, daß Sie jetzt hier sind, Mrs. Pendorric, und wir hoffen nur, daß es Ihnen hier gefällt und daß Sie oft zu uns herunterkommen.«

»Favel ist schon ganz begierig auf alles, was Pendorric angeht«, erklärte Roc, »und möchte zu gern die Kirche ansehen.«

»Ich sage schnell Peter Bescheid, daß Sie hier sind.«

Wir wandten uns der gegenüberliegenden Kirche zu, während Mrs. Dark über den Rasen dem Haus zulief.

»Sieht so aus, als ob wir heute morgen den Leuten nicht entkommen können«, sagte Roc und nahm meinen Arm. »Alle wollen dich sehen, und ich wollte dir doch selbst unsere Kirche zeigen. Aber Peter Dark wird sich sehr bald an unsere Fersen heften.«

Die Kirche, die aus dem 13. Jahrhundert stammte, war seit ihrer Erbauung kaum verändert worden. Durch die bunten Kirchenfenster fiel das Licht auf den Altar und ließ die wertvollen Schnitzereien und das herrliche gestickte Altartuch besonders hervortreten. In die Wand waren die Namen der Pfarrer seit 1280 eingemeißelt.

»Sie stammten alle aus diesem Ort«, erklärte mir Roc. »Erst die Darks kamen aus Mittelengland, doch scheinen gerade sie über unsere Gegend mehr zu wissen als wir selbst. Dark ist Experte für alte cornische Bräuche. Er will demnächst ein Buch darüber schreiben.«

Als ich Roc zuhörte und ihn ansah, dachte ich weder an die Darks noch an die Kirche, sondern an den Ausdruck in Rachel Bectives Augen heute morgen und später dann in denen von Dinah Bond. Roc war schon außerordentlich anziehend. Auch ich hatte das vom ersten Augenblick an gespürt und mich sterblich in ihn verliebt, als ich ihn noch kaum kannte. Nun, viel besser kannte ich ihn auch heute noch nicht und war doch verliebter in ihn als je zuvor. Ja, ich war sehr glücklich mit ihm – es sei denn, die Zweifel kamen. Vielleicht hatte ich einen Herzensbrecher geheiratet, vielleicht war er ein so vollkommener Liebhaber, weil er soviel Erfahrung hatte?

»Stimmt irgend etwas nicht?« fragte Roc. Er nahm mich bei den Schultern und zog mich an sich, so daß ich seine Augen nicht sehen konnte. »Ich bin doch bei dir hier in Pendorric, du brauchst dir keine Sorgen zu machen.«

Schritte schreckten uns auf. Ich sah einen Mann im Talar durch die Kirche kommen. »Hallo, Herr Pfarrer«, sagte Roc leichthin.

»Susanne sagte mir, Sie seien hier.« Er trat näher, ein liebenswürdiger Mann, dem man es vom Gesicht ablas, daß er zufrieden war mit seinem Leben. Er ergriff meine Hand. »Willkommen in Pendorric, Mrs. Pendorric. Wir freuen uns sehr, daß Sie da sind. Gefällt Ihnen die Kirche? Ist sie nicht bezaubernd?«

»Ja, wirklich, das ist sie.«

»Ich bin gerade dabei, nach Herzenslust in den alten Archiven zu stöbern. Es war schon immer mein Wunsch, in Cornwall zu leben. Es ist die geheimnisvollste aller englischen Grafschaften — finden Sie nicht auch, Mrs. Pendorric?«

»Ich kann es mir gut vorstellen.«

Wir gingen durch die Kirche, und er erklärte: »Hier stehen die Kirchenstühle der Pendorrics, wie Sie sehen, von den übrigen getrennt. Sie wurden früher von der Familie und ihrem Gefolge eingenommen.« Dann wies er auf das schönste Kirchenfenster. »Dieses wurde 1792 zur Erinnerung an Lowella Pendorric eingesetzt. Das Erlesenste an Glasmalerei, was ich jemals gesehen habe.«

»Du hast ihr Bild doch in der nördlichen Halle gesehen«, erinnerte mich Roc.

»Ja natürlich ... starb sie nicht sehr jung?«

»Jawohl«, sagte der Pfarrer. »Sie starb bei der Geburt ihres ersten Kindes. Sie war erst achtzehn, und die Leute hier nennen sie die *erste* Braut.«

»Die erste? Aber es muß doch andere Bräute vor ihr gegeben haben? Heißt es nicht, die Pendorrics säßen seit Jahrhunderten hier?«

Der Pfarrer blickte verwirrt zu dem Fenster hinauf. »Die Sagen sind mit der Wirklichkeit verknüpft, und die Wirklichkeit ist oft in Sagen eingehüllt.«

Er zeigte uns noch weitere Einzelheiten seiner Kirche. Dann verabschiedete er sich, doch nicht ohne zu betonen, er hoffe, mich bald wiederzusehen, und falls ich irgendwelche Fragen über das alte Cornwall hätte, so würde er mir mit Vergnügen Auskunft geben.

Sein freundliches Gesicht wurde etwas nachdenklich, als er seine Hand auf meinen Arm legte und sagte: »Sie dürfen sich nicht soviel um diese alten Geschichten kümmern, Mrs. Pendorric. Sie sind ... nun ja, interessant als Kuriositäten.«

Als er fort war, seufzte Roc erleichtert auf. »Wenn er auf seine Lieblingsthemen kommt, kann er die Geduld seiner Zuhörer auf eine harte Probe stellen. Ich dachte schon, wir würden in eine seiner längeren Abhandlungen verwickelt und ihn nie mehr loswerden.« Er warf einen Blick auf seine Uhr. »Wir müssen uns beeilen. Aber trotzdem wollen wir noch kurz einen Blick auf den Friedhof werfen. Einige Grabinschriften sind sehr hübsch.«

Wir schlenderten an den Grabsteinen entlang. Manche waren schon so alt, daß die Inschriften fast ausgelöscht waren, andere standen schief.

»Ich möchte gern einmal einen Grabstein sehen, auf dem nicht nur vom Tod die Rede ist«, sagte ich.

»Das ist gar nicht so einfach«, meinte Roc. »Aber komm einmal mit.« Er führte mich durch hohes Gras, hielt plötzlich an, und ich konnte lesen:

> Ich war zwar taub und stumm,
> doch hatte viel Vergnügen
> mit Fingern und mit Daumen,
> all meinen Willn zu kriegen.

Wir lachten. »Das ist entschieden erfreulicher«, stimmte ich zu. »Der hier konnte wenigstens aus seinem Unglück noch das Beste machen.«

Ich wandte mich dem danebenstehenden Grabstein zu und stolperte dabei über eine Einfassung. Ich fiel der Länge nach hin, quer über das Grab.

Roc hob mich schnell auf. »Es ist dir doch nichts passiert, Liebling?«

»Ach wo. Danke.« Ich sah besorgt auf meine Strümpfe hinunter.

»Eine Laufmasche. Das scheint der ganze Schaden zu sein.«

»Bestimmt?« Die Sorge, die aus seinem Blick sprach, machte mich glücklich, und ich vergaß mein Mißtrauen. Nachdem ich noch einmal beteuert hatte, daß wirklich nichts passiert sei, meinte er: »Einige unserer Nachbarn sähen bestimmt ein Omen darin.«

»Was für ein Omen denn?«

»Das kann ich nicht sagen. Aber über ein Grab zu stolpern — wie bedeutungsvoll. Noch dazu bei dem ersten Gang zum Friedhof.«

Er schaute sich um und sagte: »Da drüben ist unsere Familiengruft.«

»Die muß ich mir ansehen.«

Diesmal gab ich acht auf den Weg. Die Gruft war ein Mausoleum, geschmückt mit Schmiedeeisen und Vergoldungen, und drei Stufen führten zu einer Tür hinab.

»Dahinter sind zahlreiche tote Pendorrics eingeschlossen«, sagte Roc. Ich wandte mich ab. »Weißt du, ich habe jetzt genug vom Tod an einem so schönen Sommermorgen.«

Er legte die Arme um mich und küßte mich. Dann ließ er mich los und ging die drei Stufen hinunter, um die Tür zu prüfen. Ich wartete auf ihn und sah dabei einen Lorbeerkranz an einer vergoldeten Spitze des Geländers hängen. Ich trat näher. Ein Kärtchen hing daran und darauf stand: »Für Barbarina.«

Ich erwähnte den Kranz Roc gegenüber nicht. Anscheinend hatte er ihn gar nicht bemerkt, mich aber drängte es auf einmal, diesen Ort des Todes hinter mir zu lassen und zu Sonne und Meer zurückzukehren.

Der Lunch wurde in einem der kleineren Räume neben der Nordhalle serviert. Während des Essens lernte ich Charles und Morwenna besser kennen. Auch die Zwillinge und Rachel Bective aßen mit uns. Lowella schwatzte pausenlos, Hyson sagte kaum ein einziges Wort. Und Rachel benahm sich, als gehörte sie tatsächlich zu der Familie. Sie rügte Lowella wegen ihrer Quecksilbrigkeit und tat alles, um besonders nett zu mir zu sein, so daß ich mich schon fragte, ob ich nicht etwas zu rasch gewesen sei mit meinem Urteil über sie.

Nach dem Essen verließen Roc und Charles das Haus, und ich holte mir ein Buch aus meinem Zimmer. Ich wollte jetzt endlich das tun, was ich seit dem ersten Augenblick an im Sinn hatte — mich unter eine der Palmen im Hof setzen.

Es war herrlich kühl unter dem Baum, und die Schönheit dieses kleinen Fleckens entzückte mich. Ich versuchte zu lesen, aber die Fenster gaben mir das Gefühl, nicht allein zu sein, und ich konnte mich kaum konzentrieren. Ich schaute immer wieder hinauf. Aber wer sollte schon auf die Idee kommen, mich zu beobachten? Und wenn schon, was störte es mich? Ich wandte mich wieder meinem Buch zu, als sich plötzlich ein paar Hände über meine Augen legten. Kaum konnte ich einen Aufschrei unterdrücken und sagte daher schärfer als beabsichtigt: »Wer ist es?« Die Hände, die ich berührte, waren nicht sehr groß, und mit leisem Kichern sagte eine Stimme: »Rat einmal.«

»Lowella.«

Das Mädchen sprang vor mich hin. »Ich kann einen Kopfstand«, rief sie. »Ich wette, du nicht.« Sie ließ ihren Worten die Tat folgen, und ihre langen, dünnen Beine in marineblauen Shorts kamen dem Teich gefährlich nahe.

»Gut, gut«, rief ich bewundernd. »Du hast es bewiesen.« Sie schlug einen Purzelbaum und stellte sich dann lächelnd vor mir auf, das Gesicht rot vor Anstrengung.

»Wieso hast du gleich Lowella erraten?« fragte sie.

»Es konnte niemand anders sein.«

»Es hätte ja auch Hyson sein können.«

»Ich wußte bestimmt, daß es Lowella war.«

»Hyson tut so was nie, nicht wahr?«

»Nun, Hyson ist wohl ein bißchen schüchtern.«

»Hast du Angst?« fragte sie plötzlich.

»Angst wovor?«

»Eine Braut zu sein.«

»Was für eine Braut?«

»Natürlich eine Braut von Pendorric.« Sie stand ganz still und kniff die Augen zusammen. »Du weißt wohl gar nichts, nicht wahr?«

»Nun, willst du es mir nicht erzählen?«

Sie kam ganz nahe heran, legte ihre Hände auf meine Knie und sah mich forschend an.

»Also, wie ist es, erzählst du es mir?« Statt zu antworten, blickte sie über ihre Schulter zu den Fenstern hinauf, und ich fuhr fort: »Und warum fragtest du mich, ob ich Angst hätte?«

»Natürlich, weil du eine der Bräute bist. Meine Großmama war auch eine. Ihr Bild hängt in der Südhalle. Hast du es nicht gesehen?«

»Barbarina«, sagte ich.

»Ja, Großmutter Barbarina. Sie ist tot. Sie war auch eine Braut, weißt du.«

»Das kommt mir alles sehr geheimnisvoll vor. Ich kann mir nicht vorstellen, daß sie sterben mußte, nur weil sie eine Braut war.«

»Da gab es auch noch eine andere Braut. Ihr Bild hängt in der Nordhalle. Sie hieß Lowella und spukte in Pendorric, bis Barbarina starb. Dann erst konnte sie in ihrem Grab schlafen.«

»Ach, nun verstehe ich, es ist eine Geistergeschichte.«

»In gewisser Weise ja. Aber sie handelt auch von Lebenden.«
»Erzähl weiter.«

Sie sah mich wiederum an, und ich überlegte, ob man es ihr vielleicht verboten hatte, mir solche Sachen zu erzählen.

Sie flüsterte nur noch. »Als die Lowella von der Südhalle Braut war, gab es ein großes Hochzeitsbankett. Ihr Vater, die Mutter, die Schwestern, Brüder, Kusinen und Tanten kamen alle nach Pendorric, um auf dem Ball zu tanzen. Auf der Estrade spielte eine kleine Kapelle. Man war gerade beim Essen, als die Frau die Halle betrat. Sie hatte ein kleines Mädchen bei sich. Es war ihr kleines Mädchen, verstehst du? Und sie behauptete, daß Petroc Pendorric der Vater sei. Nicht Roc — es ist ja schon etliche Jahre her. Es war ein anderer Pendorric mit demselben Namen, nur nannten sie ihn nicht Roc. Dieser Petroc war Lowellas Bräutigam, und die Frau mit dem kleinen Mädchen verlangte, daß er ihr Bräutigam sei, verstehst du? Die Frau hauste mit ihrer Mutter in den Wäldern, und die Mutter war eine Hexe, die wirksame Flüche aussprechen konnte. Sie verfluchte Pendorric und die Braut.«

»Wie lange ist das her?« fragte ich.

»Ungefähr zweihundert Jahre.«

»Das ist aber schon lange her.«

»Aber die Geschichte wirkt weiter, sie hat kein Ende, verstehst du? Es ist nicht nur Lowellas Schicksal, nicht nur Barbarinas...«

»Nanu, wie wäre das möglich?«

»Du weißt ja nicht, wie der Fluch lautete. Die Braut muß in der Blüte ihrer Jugend sterben und so lange umherirren, bis eine andere Braut ebenfalls jung stirbt. Dann erst kann sie sich ins Grab legen.«

Ich lächelte verblüfft darüber. Ich fühlte mich erleichtert; so war doch endlich diese geheimnisvolle Phrase von der ›Braut von Pendorric‹ erklärt. Es war eine alte Sage, die weiterlebte und dem alten Haus einen Geist andichtete.

»Du scheinst ja gar keine Angst zu haben. Wenn ich du wäre, ich hätte sie.«

»Wie lautet der Schluß der Geschichte? Was passierte denn nun dieser Braut?«

»Sie starb genau ein Jahr nach der Hochzeit, bei der Geburt ihres Sohnes. Sie war erst achtzehn, und du mußt zugeben, das ist sehr jung, um schon zu sterben.«

»Nun, viele junge Frauen starben im Kindbett, besonders zu jener Zeit.«

»Ja, aber sie sagen, sie muß im Haus spuken, bis eine neue Braut ihren Platz einnimmt.«

»Du meinst, um das Spuken zu übernehmen?«

»Du bist wie Onkel Roc. Der lacht auch immer darüber. Ich lache nicht. Ich weiß es genau.«

»So glaubst du also an diese Spukgeschichte?«

Sie nickte. »Ich habe das Zweite Gesicht. Darum erzähle ich dir das alles, und es gibt gar keinen Grund, darüber zu lachen.«

Sie sprang hoch, schlug wieder einen Purzelbaum, schlenkerte mit ihren dünnen, langen Beinen, und ich hatte den Eindruck, als mache es ihr richtig Spaß, mir Angst einzujagen.

Plötzlich stand sie wieder vor mir und sagte, die Augen niedergeschlagen: »Ich finde, du mußt das wissen! Die Braut Lowella spukte in Pendorric, bis Großmama Barbarina starb. Dann erst konnte sie im Grab ruhen, da sie eine andere Braut angelockt hatte, die ihren Platz einnahm und spukte. Großmama Barbarina tut das nun seit fünfundzwanzig Jahren, und sicherlich ist sie müde und möchte endlich in ihrem Grab ruhen. Wetten, daß sie nach einer anderen Braut Ausschau hält, die ihr die Arbeit abnehmen kann.«

»Aha, ich verstehe, was du sagen willst«, sagte ich leichthin. »Jetzt bin ich die Braut.«

»Du machst dich darüber lustig, wie?« Sie purzelte wieder ins Gras und rief: »Du wirst es ja sehen.«

»Du hast bestimmt noch nie den Geist deiner Großmutter gesehen, oder?« fragte ich.

Sie schaute mich, ohne etwas zu erwidern, einige Sekunden lang an. Dann schlug sie einen Purzelbaum, machte einen Handstand und erreichte schließlich das Nordtor. Sie schlüpfte hindurch, und ich blieb allein.

Ich kehrte zu meinem Buch zurück, aber ich ertappte mich wieder und wieder dabei, daß ich zu den Fenstern hinaufsah. Diese vielen Fenster konnten einen wirklich ganz konfus machen. Das kommt nun von dieser Geistergeschichte. Aber man hatte mich ja gewarnt vor dem Aberglauben hierzulande, und Lowella, diese durchtriebene Range, hatte mich wohl nur bange machen wollen.

Das Nordtor öffnete sich mit einem Quietschen, und ich sah das braune Gesicht, die leichte blaue Bluse und die dunkelbauen Shorts. »Hallo, Onkel Roc sagte, ich solle mich um dich kümmern, damit du nicht so allein wärst!«

»Nun, auf deine Art hast du das ja schon getan«, antwortete ich.

»Ich konnte dich nicht finden. Oben in deinem Zimmer warst du nicht; ich habe dich überall gesucht. Schließlich fiel mir der Innenhof ein. Und da bin ich nun.«

»Aber du bist doch gerade erst hier gewesen?« Sie sah mich verdutzt an. »Du hast mir doch die Geschichte von den Bräuten erzählt«, erinnerte ich sie.

Sie schlug die Hände vor den Mund. »Nein! Was hat sie erzählt? Um Gottes willen.«

»Du bist doch nicht ... Hyson ... oder?"

»Natürlich nicht. Ich bin Lowella.«

»Aber sie sagte ...« Hatte sie nun gesagt, sie sei Lowella? Ich war mir nicht mehr sicher.

»Gab Hy vielleicht vor, Lowella zu sein?« Das Kind begann zu lachen.

»Bist du nun Lowella, oder bist du es nicht?«

Sie leckte sich einen Finger, hielt ihn hoch und sagte: »Siehst du meinen nassen Finger?« Sie schwenkte ihn hin und her. »Siehst du meinen trockenen Finger?« Sie zog ihn quer über ihre Kehle. »Schneid mir die Kehle durch, wenn ich dich belüge.« Dabei schaute sie mich so ernst an, daß ich ihr glaubte.

»Aber warum sagte sie, sie sei du?«

Lowella sagte nachdenklich: »Vielleicht ist es ihr nicht recht, immer die stillere von uns beiden sein zu müssen. Wenn ich nicht dabei bin, spielt sie vielleicht ein bißchen Lowella. Leute, die uns nicht kennen, sehen keinen Unterschied. Willst du jetzt vielleicht mit zu den Ställen kommen und unsere Ponys anschauen?«

Das tat ich gern. Ich wollte dem Innenhof entfliehen, so wie heute früh dem Kirchhof.

Das Dinner am Abend war recht gemütlich. Die Zwillinge waren nicht dabei, und wir waren nur zu fünft.

Wir tranken in dem kleinen Salon Kaffee; Mrs. Penhalligan brachte ihn uns. Charles und Roc besprachen Geschäfte, und Morwenna und Rachel saßen links und rechts von mir und ergingen sich in Haus- und Dorfklatsch. Alles war neu und interessant für mich, besonders nach dem kurzen Besuch heute morgen in dem kleinen Dorf. Morwenna bot mir an, mich nach Plymouth zu fahren und mir die Geschäfte zu zeigen, falls ich etwas kaufen wollte.

Ich dankte ihr, und Rachel warf ein, daß ich auch auf sie zählen könne, falls Morwenna nicht frei wäre.

»Wie liebenswürdig«, antwortete ich.

»Wir tun, was wir können, für Rocs Braut«, sagte sie.

Braut! Braut! Ich wurde ganz ärgerlich. Warum sagten sie nicht Frau, es war doch viel natürlicher.

Wir gingen früh zu Bett, und als Roc und ich durch die Korridore zu unseren Zimmern auf der Südseite gingen und ich nochmals durch das Fenster in den Hof hinabsah, fiel mir meine Unterhaltung mit den Zwillingen am Nachmittag ein.

»Dieser Garten gefällt dir wohl, wie?« meinte Roc.

»Ja, abgesehen von diesen Fenstern, die einen die ganze Zeit über beobachten.«

Er lachte. »Das hast du schon mal erwähnt. Kein Mensch hier hat Zeit zum Spionieren.«

Als wir weitergingen zu unserem Schlafzimmer, sagte Roc: »Na, über was grübelst du nach, mein Schatz?«

»Ach ... es ist nichts.«

»Da ist doch irgend etwas.«

Ich erzählte Roc alles, was mir am Nachmittag widerfahren war.

»O diese schrecklichen Zwillinge«, stöhnte er.

»Aber die Geschichte über die Bräute von Pendorric ...«

»Solche Geschichten gibt es überreichlich in ganz Cornwall. Du kannst Dutzende von Orten finden, wo du ganz ähnliche Sagen hörst. Die Menschen sind hier keine kaltblütigen Angelsachsen. Sie sind Kelten, eine andere Rasse als die phlegmatischen Engländer. Das ganze Cornwall ist verhext. Da gibt es Zwerge mit roten Jacken und Zuckerhüten. Kindern, die mit den Füßen zuerst auf die Welt kommen, werden magische Kräfte angedichtet. Es gibt Hexen, schwarzmagisch und weißmagisch, und natürlich auch ein paar ganz gewöhnliche Geister.«

»Und einen dieser Art beherbergt wohl Pendorric?«

»Kein großes Haus in Cornwall käme nicht mit wenigstens einem aus. Das gehört sich so. Wetten, daß Lord Polhorgan viel Geld für einen Geist zahlen würde? Aber das wollen wir nicht. Er ist nicht einer der Unseren, und so wird ihm das Privileg, einen Geist zu besitzen, abgesprochen.«

Ich war beruhigt, obwohl ich mich selber verspottete, daß ich solche Beruhigung nötig hatte. Aber das Kind heute nachmittag hatte mich wirklich erschreckt. Hauptsächlich weil ich geglaubt hatte, mit Lowella zu sprechen. Hyson war eine seltsame kleine Person, und diese Bosheit, dieses fast hämische Vergnügen an meiner Befangenheit hatten mir doch sehr mißfallen.

»Um auf die Geschichte zurückzukommen«, sagte ich, »es ist also die Geschichte der Bräute von Pendorric, zu denen auch ich gehöre.«

»Es war ein unglücklicher Zufall, daß Lowella Pendorric genau ein Jahr nach ihrer Hochzeit starb. Das goß Öl ins Feuer. Sie brachte den Erben auf die Welt und starb. Eigentlich ein ganz gewöhnlicher Vorfall damals, aber vergiß nicht, daß hier in Cornwall die Leute immer um alles ihre Spukgeschichten ranken.«

»Und sie muß jetzt hier spuken?«

»Andere Bräute kamen und gingen, aber niemand erinnerte sich offensichtlich an die Geschichte; es hieß immer nur, Lowella Pendorric gehe um bei Nacht. Dann starb meine Mutter, als Morwenna und ich fünf Jahre alt waren. Sie war erst fünfundzwanzig.«

»Wie starb sie denn?«

»Das ist es ja gerade, was dem alten Gerede neue Nahrung gegeben hat. Sie stürzte von der nördlichen Galerie in die Halle, weil die Balustrade brach. Das Holz war wurmzerfressen und sehr brüchig. Aber da Lowellas Bild in der Galerie hängt, hieß es bald, Lowella sei schuld an dem tödlichen Sturz. Sie sei es müde, im Hause zu spuken, und nun müsse Barbarina ihren Platz einnehmen. Ich bin sicher, der Teil der Geschichte, in dem Hause spuken zu müssen, bis eine andere Braut den Platz einnimmt, stammt von diesem Ereignis. Nun weißt du es also, der Geist von Pendorric ist meine Großmutter, ein ziemlich junger Geist für so ein altes Haus. Aber bei uns wird eben in Ablösung gespukt.«

»Ich verstehe«, sagte ich langsam. Lachend legte Roc mir die Hände auf die Schultern, und ich mußte mitlachen.

Die Frau im Reitdreß und dem blaubebänderten Hut begann durch meine Gedanken zu geistern, und oft fand ich mich vor ihrem Bild wieder, wenn ich allein in diesem Teil des Hauses war.

Ich machte auch kein Hehl daraus, wie sehr mich dieses Bild anzog. Ich hätte gern gewußt, wie ihr wohl zumute war, als die Balustrade unter ihr nachgab, ob ihre Gedanken um die Braut vor ihr gekreist waren, so wie meine allmählich um sie.

Roc fand mich zwei Tage später dort. Er schob den Arm unter meinen und sagte, er wolle mich zu einer Spazierfahrt abholen.

An diesem Morgen fuhren wir hinaus aufs Moor. Ich war wie verzaubert von diesem wilden Landstrich mit seinen buckeligen Hügeln und Findlingen, so bizarr geformt, daß sie wie groteske menschliche Wesen aussahen.

Roc wollte mir wohl auf diese Weise Cornwall näherbringen, wollte mir beweisen, daß an der Sage nichts dran sei, daß man darüber lachen sollte.

Wir fuhren Meilen um Meilen, fuhren durch Callington und St. Cleer, kleine Städte mit grauen Granitfassaden, und wieder auf das Moor hinaus. Er zeigte mir Trethevy Quoit, ein Steinzeitgrab aus Steinblöcken. Er wies mich auf vorgeschichtliche Grabstätten hin. Er wollte mir zeigen, daß ein Land, das so viele Zeugnisse aus der Vergangenheit aufweise, auch voller Sagen stecken müsse. Im Hochmoor hielt er den Wagen an. In der Ferne konnte ich das phantastische Steingebilde des Cheesering erkennen.

Er legte den Arm um mich und sagte: »Nächstens fahren wir noch weiter westwärts, dann zeige ich dir die Merry Maidens, neunzehn Steine in einem Kreis, die, ob du es glaubst oder nicht, einstmals neunzehn Mädchen waren. Sie wollten der Überlieferung trotzen und gingen auf geweihter Stätte tanzen. Sie wurden in Steine verwandelt. Und tatsächlich neigt sich ein Stein hierhin, der andere dorthin, als hätte es die Mädchen mitten im Tanz getroffen.« Seine Augen waren sehr zärtlich, als er mich ansah. »Du wirst dich schon noch an uns gewöhnen«, fuhr er fort. »Wo du auch hinschaust, überall gibt es Sagen. Du mußt sie wirklich nicht so ernst nehmen.«

Er machte sich also über mich Gedanken. Und ich beruhigte ihn und wies auf meinen gesunden Menschenverstand hin.

»Ich weiß es«, sagte er. »Aber der Tod deines Vaters war für dich doch ein großer Schock. Darum muß ich besonders gut auf dich aufpassen.«

»Na dann«, gab ich zurück, »komme ich mir ja sehr wertvoll vor. Du hast schon eine ganze Menge Fürsorge seit jenem schrecklichen Tag auf mich verwandt.«

»Ich bin ja auch dein Mann.«

Ich wandte mich ihm zu und sagte leidenschaftlich: »Das könnte ich gar nicht vergessen ... nicht eine Minute ... selbst wenn ich es wollte.«

Er küßte mich zärtlich. »Und du willst es auch nicht vergessen?« Ich warf die Arme um seinen Hals, und er preßte mich an sich. Es war, als wollte jeder dem anderen die Tiefe seiner Liebe zeigen. Ich brauchte aber auch diesen Trost.

Roc konnte sich schneller von so einer Gefühlsaufwallung lösen als ich, und in kurzer Zeit hatte er zu seiner alten, fröhlichen Art zurückgefunden. Er erzählte mir lauter cornische Sagen, die so phantastisch waren, daß ich ihn beschuldigte, er habe sie erfunden. Dann erfanden wir beide neue Geschichten, immer gerade über die Plätze, an denen wir vorbeifuhren, und taten alles, uns gegenseitig an Unmöglichkeiten zu übertrumpfen. Es war ein Mordsspaß, aber wenn jemand uns zugehört hätte, so hätte er uns wahrscheinlich für verrückt gehalten. Und während wir in dieser mutwilligen Laune heimfuhren, wunderte ich mich insgeheim, wie Roc es immer wieder fertigbrachte, mich zu trösten und gleichzeitig zu unterhalten.

An einem Nachmittag fuhren Morwenna und ich nach Plymouth und tranken dort Tee. »Charles und ich freuen uns sehr, daß Roc endlich geheiratet hat«, erzählte sie mir. »Wir wünschten es ihm schon immer, daß er einmal zur Ruhe käme.«

»Du hast ihn sehr gern, nicht wahr?«

»Ja, er ist mein Bruder, sogar mein Zwillingsbruder. Und Roc ist kein Alltagsmensch, das wirst du mir sicherlich zugeben.«

Ich mußte ihr aus vollem Herzen zustimmen, und meine Zuneigung zu Morwenna wuchs. »Auf Roc kann man sich immer verlassen«, fuhr sie fort. Dabei rührte sie gedankenvoll in ihrem Tee, und ihr Blick bekam etwas Abwesendes, als schaute sie zurück in die Vergangenheit.

»Wart ihr sehr überrascht, als er schrieb, er hätte geheiratet?«

»Zuerst schon, aber er tut ja doch immer das Unerwartete. Charles und ich fürchteten schon, er bliebe ewig Junggeselle, daher war unsere Freude doppelt groß.«

»Sogar als ihr hörtet, daß er eine Fremde heiraten wolle?«

Morwenna lachte. »Dieser Zustand hält nicht lange vor. Du bist doch heute schon eine von uns.«

Es war ein hübscher Ausflug, und ich fühlte mich sehr glücklich, wenn ich über Roc sprechen konnte. Ich freute mich auch darüber, daß andere Menschen, die ihn schon sein ganzes Leben lang kannten, ihn gern mochten.

Morwenna und ich besuchten auch die Darks im Pfarrhaus, und ich lauschte gespannt den cornischen Spukgeschichten, die der Pfarrer zum besten gab.

Wir sprachen auch über die Leute, die auf dem Grund von Pendorric lebten, und ich hörte voller Stolz von den Vorteilen, die sie jetzt hatten, seitdem Roc die Verwaltung übernommen hatte.

Im Pfarrhaus war es auch, wo ich Dr. Andrew Clement, einen Mann Ende Zwanzig oder Anfang Dreißig, kennenlernte. Er war groß, blond und sehr freundlich zu mir. Wir mochten uns von Anfang an gern. Er erzählte mir, er sei aus Kent nach Cornwall gekommen und erst seit etwa achtzehn Monaten hier.

»Ich komme öfter in der Woche an Pendorric vorbei«, erklärte er mir. »Wenn ich Ihren Nachbarn, Lord Polhorgan, besuche.«

»Er ist sehr krank, nicht wahr?«

»Wie man es nimmt — sein Herz macht ihm zu schaffen. Er hat ständig eine Pflegerin im Haus, haben Sie sie noch nicht gesehen?«

»Nein.«

»Sie kommt gelegentlich nach Pendorric«, sagte Morwenna, »du wirst sie früher oder später kennenlernen.«

Bei der Heimfahrt von diesem unterhaltsamen Nachmittag sprachen wir von den Zwillingen.

»Rachel ist eine sehr gute Lehrerin, nicht wahr?« fragte ich.

»Ja, sehr.«

»Sicherlich seid ihr froh, daß ihr sie habt. Es muß ziemlich schwierig sein, heutzutage jemanden mit ihren Kenntnissen zu bekommen.«

»Sie ist nur ... vorübergehend da, ungefähr in einem Jahr müssen die Kinder in die Schule. Sie können doch nicht immer zu Hause bleiben.«

War es nur Einbildung, oder hatte sich Morwennas Stimmung geändert, als ich Rachel erwähnt hatte? Eigentlich wollte ich noch weiter über Rachel sprechen; ich war ganz versessen darauf, noch mehr über sie zu erfahren; vor allem wollte ich herausbekommen, welche Beziehung zwischen Roc und ihr bestanden hatte, falls überhaupt etwas Ungewöhnliches an dieser Beziehung gewesen war.

Aber Morwenna ging nicht mehr darauf ein, sie sprach angeregt über die Darks und über die Veränderungen, die sie am Pfarrhaus vorgenommen hatten.

Am Nachmittag ging ich wieder in den Innenhof; es zog mich geradezu dorthin. Warum nahm ich nicht mein Buch und ging in den Garten, der auf der Südseite lag und zur Küste hin abfiel? Ich hätte dort in einer geschützten Laube zwischen Hortensien, Heckenrosen und süß duftendem Lavendel sitzen können. Es wäre sicher sehr angenehm gewesen. Doch eben weil mich dort in dem Innenhof dieses Unbehagen beschlichen hatte, vor allem wegen dieser Fenster, trieb es mich wieder dorthin. Ich gehöre nicht zu den Leuten, die sich gern ein wenig gruseln, und ich war überzeugt davon, was immer mich auch beunruhigen mochte, je eher ich mich dem stellte, desto schneller würde es sich verflüchtigen.

Wieder saß ich unter einer Palme mit meinem Buch, und wieder versuchte ich vergeblich, mich zu konzentrieren. Ich hatte noch nicht lange dort gesessen, als die Zwillinge durch das Nordtor kamen. Wenn sie nebeneinander gingen, so konnte man sie leicht auseinanderhalten. Lowella war so vital, Hyson so scheu. Ich konnte es beinahe nicht glauben, daß es Hyson gewesen sein sollte, die mich vor Barbarina gewarnt hatte. Ob es nicht doch ein schlechter Scherz von Lowella gewesen war?

»Hallo«, rief Lowella. Sie kamen näher und setzten sich neben mich in das Gras.

»Wir stören doch nicht?« fragte Lowella höflich. »Sitzt du gern hier?« fuhr sie fort.

»Es ist friedlich hier unten.«

»Du sitzt genau in der Mitte, ganz von Pendorric umgeben. Hy liebt diesen Ort auch, nicht wahr, Hy?«

Hyson nickte.

»Wie findest du uns eigentlich?« begann Lowella von neuem.

»Darüber habe ich noch nicht nachgedacht.«

»Ich meine nicht uns beide, ich meine uns alle hier in Pendorric, Onkel Roc, Mummy, Daddy und Becky Sharp.«

»Becky Sharp, wer ist denn das?«

»Natürlich die alte Bective.«

»Warum nennt ihr sie so?«

»Weil Hy sagt, sie sei genau wie diese Becky Sharp; die kommt in einem Buch vor. Hy liest nämlich viel.«

Ich sah zu Hyson hinüber, die ernsthaft nickte.

»Sie erzählte mir von dieser Becky Sharp, und ich sagte: ›Das ist ja Rachel‹, und seitdem nennen wir sie Becky Sharp. Ich gebe den Leuten oft andere Namen. Ich zum Beispiel bin Lo, meine Schwester ist Hy. Das heißt, ich weiß nicht genau, ob ich gern Lo bin. Ich würde lieber Hy sein, aber nur mit dem Namen, sonst bliebe ich lieber, wie ich bin. Ich habe für jeden einen Namen — meinen Geheimnamen —, und Becky Sharp ist einer von ihnen.«

»Hast du denn auch einen für mich?«

»Für dich? Du bist doch die Braut. Du brauchst gar nicht anders zu heißen.«

»Und Miß Bective, wie gefällt ihr der neue Name?«

»Sie kennt ihn doch gar nicht, das ist ein Geheimnis. Weißt du, sie ist mit Mummy in die Schule gegangen, und Hy behauptet, sie geht nie wieder weg.«

»Hat sie das gesagt?«

»Natürlich nicht, die doch nicht. Niemand weiß, was Becky Sharp eigentlich will. Aber sie will hierbleiben. Wir dachten schon, sie heiratet Onkel Roc.«

Hyson kam näher, legte mir die Arme auf die Knie und schaute mich an: »Das wollte sie auch, und dich mag sie nicht, weil du ihn geheiratet hast.«

»Du mußt nicht immer solche Sachen sagen, Hy«, warnte Lowella sie.

»Ich kann sagen, was ich will.«

»Das kannst du nicht, und darfst du auch nicht.«

»Ich kann, und ich will«, schrie Hyson in jäher Wut. Lowella hüpfte um den Tisch herum und sang: »Du kannst es nicht, du kannst es nicht.« Hyson rannte hinter ihr her, und ich beobachtete noch, wie sie im Hof herumliefen, bis Lowella wieder durch die Nordtür verschwand. Hyson tat erst so, als wollte sie ihr folgen, zögerte dann, drehte sich langsam um und kam wieder zu mir zurück.

»Lowella ist wirklich kindisch.« Sie kniete zu meinen Füßen nieder und sah mich an. Unter ihrem prüfenden Blick fühlte ich mich etwas unbehaglich und sagte: »Du sprichst nie viel in ihrer Gegenwart. Warum eigentlich nicht?«

Sie zuckte mit den Schultern. »Ich sage nichts, wenn ich nichts zu sagen habe.«

Offensichtlich hatte sie in diesem Augenblick auch nichts weiter zu sagen. Sie kniete im Gras, und wir beide schwiegen wohl ein paar Minuten lang. Plötzlich stand sie auf und schaute zu einem der Fenster hinauf. Sie hob die Hand und winkte. Ich folgte ihrem Blick und sah, daß der Vorhang an einem Fenster leicht zurückgezogen war. Einen Fußbreit vom Fenster entfernt stand eine Gestalt und sah herab. Ich konnte gerade ein schattenhaftes Gesicht mit einem schwarzen Hut, der von einem blauen Band verziert war, erkennen.

»Wer ist das?« fragte ich scharf.

Die Antwort kam zögernd: »Das war Oma.«

Hyson lächelte mir zu und ging dann auf die Nordtür zu. Ich blieb allein im Hof sitzen, sah nochmals zu dem Fenster hinauf, wo aber niemand mehr stand, und der Vorhang hing auch wieder an seinem Platz.

»Barbarina«, flüsterte ich.

Es war kein Kind gewesen, was ich da am Fenster gesehen hatte. Es war eine hochgewachsene Frau.

Das ist absurd, schalt ich mich, als ich die Treppe hinaufstieg. Ich glaube nicht an Geister.

Hatte ich mich denn gewandelt, seit ich in Pendorric war? Ich war so ausgeglichen gewesen, bis ich Gefühle kennenlernte, die, ehe mir Roc Pendorric begegnete, nur Worte für mich gewesen waren. Liebe, Eifersucht und — nun auch noch Angst.

3

Ich lief geradenwegs in mein Zimmer. Als ich die Tür öffnete, stockte mir der Atem. In einem Sessel, mit dem Rücken gegen das Licht, saß eine Frau. Ich war so schockiert nach dem Erlebnis im Hof, daß ich Sekunden brauchte, bis ich Morwenna erkannte.

»Habe ich dich erschreckt?« fragte sie. »Das tut mir leid. Ich wollte nur nach dir sehen und setzte mich hier für einen Augenblick hin.«

»Ja, es ist albern von mir, aber ich war nicht darauf gefaßt.«

»Ich wollte dir nur sagen, Deborah ist hier. Ich würde dich ihr gern vorstellen.«

»Wer ist hier?«

»Deborah Hyson, die Schwester meiner Mutter. Sie ist oft und lange bei uns. Heute nachmittag ist sie gekommen, wahrscheinlich deinetwegen. Sie kann es nämlich nicht ertragen, wenn irgend etwas in der Familie vorgeht, von dem sie nichts weiß.«

»Habe ich sie nicht vorhin am Fenster gesehen, kann das sein?«

»Das ist gut möglich. War es auf der Westseite?«

»Ja, ich glaube schon.«

»Dann war es sicher Deborah. Sie hat dort ihre Zimmer.«

»Sie sah in den Innenhof hinunter, und Hyson winkte ihr zu, lief dann aber ohne Erklärung fort.«

»Hyson liebt sie sehr, und Hyson ist auch Deborahs Liebling. Ich bin froh darüber, gewöhnlich ist Lowella beliebter. Kommst du nun mit? Wir wollen im Wintergarten Tee trinken, und Deborah ist sehr darauf gespannt, dich kennenzulernen.«

Wir gingen zu einem kleinen Zimmer im ersten Stock des Nordflügels, wo mir eine hochgewachsene Frau entgegenkam. Ja, das mußte sie sein, die ich am Fenster gesehen hatte. Zwar hatte sie jetzt den Hut nicht mehr auf; sie trug das volle weiße Haar, wie es vor dreißig Jahren wohl modern gewesen war. Überhaupt machte ihre Kleidung einen etwas altmodischen Eindruck. Ihre Augen und ihre Crêpe-de-Chine-Bluse hatten die gleiche Farbe — tiefblau. Das schwarze Schneiderkostüm betonte, wie rank und schlank sie war. Sie ergriff meine beiden Hände und sah mich forschend an.

57

»Meine Liebe«, sagte sie, »wie bin ich froh, da bist du endlich! Als ich die Neuigkeit erfuhr, mußte ich gleich herkommen.« Sie lächelte versonnen und ließ kein Auge von mir. »Komm, setz dich neben mich«, sagte sie. »Wir haben eine Menge zu besprechen. Morwenna, wo bleibt der Tee?«

»Er kommt sofort«, antwortete Morwenna.

Wir saßen nebeneinander, und sie fuhr fort: »Du mußt mich Deborah nennen, ebenso wie die Kinder. Mit den Kindern meine ich natürlich Petroc und Morwenna. Die Zwillinge sagen ja seit jeher Großmama zu mir. Und warum auch nicht!« Sie lächelte. »Für sie ist jeder über zwanzig alt, und was danach kommt, uralt. Und das freut mich sogar, schließlich haben sie nie eine Großmama gehabt — ich bin also ein Lückenbüßer.«

Mrs. Penhalligan brachte den Tee, Morwenna schenkte ein und meinte zu Deborah gewandt: »Charles und Roc kommen frühestens in einer Stunde.«

»Dann sehe ich sie zum Abendessen. Aber da kommen ja meine Zwillinge!«

Die Tür sprang auf und Lowella schoß herein, ihr folgte langsam Hyson. »Hallo, Großmama!« rief Lowella, flog auf Deborah zu, bekam ihre Umarmung und ihren Kuß. Dann war Hyson an der Reihe, und ich sah es wohl, wieviel herzlicher die Begrüßung ausfiel. Ohne Zweifel mochten die beiden sich sehr. Lowella untersuchte den Teewagen nach etwas zum Naschen, während Hyson an Deborahs Stuhl gelehnt stehenblieb.

»Ach, ist das schön, wieder hier zu sein«, sagte Deborah, »obwohl ich das Moor vermisse.« Sie wandte sich an mich: »Ich besitze ein Haus auf dem Dartmoor. Dort sind wir aufgewachsen, und seit dem Tod meiner Eltern gehört es mir. Du mußt es dir unbedingt einmal ansehen.«

»Da komme ich mit«, rief Lowella.

»Gutes Kind«, sagte Deborah. »Du mußt auch überall dabeisein. Aber du kommst doch auch mit, Hyson?«

»Ja, gern, Großmama!«

»Du bist ein liebes Mädchen, du kümmerst dich um deine Tante Favel und machst es ihr hier recht gemütlich, ja?«

»Wir nennen sie nicht Tante. Für uns ist sie Favel, und natürlich kümmern wir uns um sie«, sagte Lowella. »Onkel Roc hat es uns auch schon gesagt.«

»Und du, Hyson?«

»Ja, Großmama, ich habe ihr schon gezeigt, was sie sehen muß, und erzählt, was sie wissen sollte.« Deborah lächelte, strich zärtlich über Hysons Schopf.

»Habe ich dich eigentlich vorhin gesehen, vom Innenhof aus?« Ich konnte diese Frage nicht mehr länger zurückhalten, so dumm es war, ich mußte mich vergewissern.

»Ja, ich war gerade angekommen. Ich hatte Morwenna und Roc nicht gesagt, daß ich heute käme. Ich lugte schnell mal aus dem Fenster, und da sah ich dich und Hyson. Ich wußte ja nicht, daß du mich gesehen hast, sonst hätte ich das Fenster geöffnet und mich gemeldet.«

»Hyson winkte, und darum sah ich hinauf. Und als sie sagte, das sei ihre Großmama, wunderte mich das.«

»Hast du ihr das nicht erklärt, Hyson? O Hyson, du Dummchen.« Und wieder streichelte sie ihr über den Schopf.

»Ich habe doch gesagt, das ist meine Großmama, und das stimmt doch auch«, verteidigte sich Hyson.

Deborah verwickelte mich in ein Gespräch, wie es sich auf Capri lebe und wie ich Roc kennengelernt hätte.

»Wie romantisch!« rief sie, als ich ihre Frage beantwortet hatte. »Wirklich bezaubernd, findest du nicht auch, Morwenna?«

»Wir freuen uns auch alle, ganz besonders, nachdem wir Favel jetzt kennengelernt haben.«

»Wir haben ja lange genug auf die neue Braut von Pendorric gewartet«, warf Hyson ein.

Alle lachten, und dann sprachen wir bis zum Schluß der Teestunde von anderen Dingen. Hyson fragte, ob sie ihrer Großmama beim Auspacken helfen dürfte. Deborah stimmte erfreut zu und meinte: »Kennt Favel eigentlich schon meine Zimmer? Wie wär's, wenn wir sie bäten mitzukommen, Hyson?«

Wir gingen also zu dritt hinüber in den Westflügel, vorbei an dem Fenster, aus dem Deborah auf mich hinuntergesehen hatte. Sie öffnete die Tür zu einem Zimmer, das ähnliche Fenster hatte wie unser Schlafzimmer, mit einem herrlichen Blick auf die Küste. Ich sah zu dem Bett hinüber, auch ein Himmelbett wie unseres, und dort auf der rosafarbenen Decke lag der schwarze Hut mit dem blauen Band. Es war nicht genau der gleiche wie der auf dem Bild, aber die Farbzusammenstellung war ähnlich. Ich fühlte mich trotzdem erleichtert. Dann bemerkte ich, daß eine der Wände mit Fotografien bedeckt war. Lachend folgte Deborah meinem Blick.

»Ich habe immer Familienfotos gesammelt, und es sieht zu Hause in Devonshire genauso aus. Nur sind dort alle Fotos von früher ... diese hier sind später entstanden. Nach Barbys Ehe.«

Unwillkürlich sagte ich: »Barbarina.«

»Ja, Barbarina. Für mich hieß sie Barby, und ich war Deb. Bis zu Barbarinas Hochzeit waren wir immer beieinander. Ach ja«, fuhr sie fort, »es ist alles schon so lange her, doch manchmal kann ich es kaum glauben, daß sie tot ist ... Nach ihrem Tod kam ich hierher und erzog Petroc und Morwenna. Ich versuchte, Barbarina zu ersetzen. Aber wer kann schon eine Mutter ersetzen? Doch ich will dir jetzt die Fotografien zeigen. Einige sind ganz entzückend, und es wird dir sicherlich Spaß machen, deinen Mann in den verschiedenen Lebensaltern zu sehen.«

Ich mußte über den kleinen, keck blickenden Jungen in dem offenen Hemd und den Knickerbockern lachen. Auf dem Bild daneben stand er mit Morwenna, Morwenna lächelte schüchtern. Roc dagegen blickte ziemlich finster. Ein anderes Bild zeigte die beiden Babys; eine sehr schöne Frau beugte sich über sie.

»Barbarina und ihre Zwillinge«, sagte Deborah.

»Wie schön sie ist!«

»Ja.« Trauer klang aus ihrer Stimme. Sie vermißt ihre Schwester noch immer sehr, dachte ich. Es kam mir das Familiengrab mit dem Lorbeerkranz in den Sinn, und ich ahnte, wer ihn hingehängt haben könnte.

Dann wandte sich meine Aufmerksamkeit einem anderen Bild zu. Es war Barbarina mit ihrem Mann, die Ähnlichkeit Rocs mit seinem Vater war verblüffend. Da war es wieder, das herausfordernde Lächeln, das Gesicht eines Mannes, der weiß, was er will, unbekümmert und mit unbestimmbarem Charme. Die Ohren liefen genau wie bei Roc spitz zu, und die Augen standen auch genau wie Rocs schräg. Es war ein hübsches Gesicht, und der kleine Zug von Mutwillen machte es fast noch anziehender.

»Das sind Rocs Eltern?« fragte ich.

»Ja, ein Jahr vor dem Unglück aufgenommen«, antwortete Deborah.

»Es ist sehr traurig. Er sieht so verliebt aus. Es muß ihm doch das Herz gebrochen haben.«

Deborah lächelte bitter und schwieg.

»Willst du Favel nicht noch die Familienalben zeigen?« fragte Hyson.

»Jetzt nicht, mein Liebling. Ich muß noch auspacken. Ich zeige Favel die Alben gern ein anderesmal.« Ich fühlte bei diesen Worten deutlich, daß sie allein sein wollte, und verabschiedete mich. Deborah nahm meine Hände, sah mich herzlich an und sagte: »Ich kann dir gar nicht sagen, wie sehr ich mich freue, daß wir dich jetzt hier haben.« In ihrer Stimme lag so viel Zuneigung, daß ich an der Aufrichtigkeit ihrer Worte nicht zweifelte.

»Alle sind so reizend zu mir«, versicherte ich ihr. »Keine Braut könnte herzlicher empfangen worden sein. Wenn man unsere plötzliche Heirat und den Überfall auf eure Familie in Betracht zieht, dann kann ich jedem von euch nur dankbar sein.«

Die Tür ging auf, und eine kleine Frau kam ins Zimmer. Sie trug ein schwarzes Kleid, was ihr fahles Gesicht noch blasser erscheinen ließ. Ihr Haar war eisgrau. Über den kleinen, unruhigen Augen lagen dunkle, buschige Brauen. Die Nase war lang und schmal, der Mund dünn wie ein Strich. Sie wollte etwas sagen, zögerte aber, als sie mich erblickte. Deborah stellte sie mir vor: »Das ist meine liebe Carrie, sie war früher unser Kindermädchen und kümmert sich immer noch um mich. Ich wüßte nicht, wie ich ohne sie auskäme. Carrie, das ist die neue Mrs. Pendorric.«

Die unruhigen Augen blickten mich an. »Oh«, sagte sie, »die neue Mrs. Pendorric? So, so.«

»Du wirst Carrie noch besser kennenlernen«, meinte Deborah freundlich. »Sicher wird sie auch für dich eine Menge tun können. Sie ist eine wahre Zauberin, was Nähen anlangt. Die meisten Kleider, die ich trage, hat sie selbst geschneidert.«

Voller Stolz sagte Carrie: »Ich konnte immer sagen, daß es in Devonshire keine besser angezogenen Mädchen gab als Miß Barbarina und Miß Deborah.«

Deborah schob ihren Arm durch den meinen, und wir gingen zusammen auf den Korridor hinaus.

»Wir müssen Carrie nehmen, wie sie ist«, flüsterte sie mir zu, »sie hat eine bevorzugte Stelle inne. Darauf pocht sie, und außerdem wird sie langsam ein bißchen wunderlich.« Sie zog ihren Arm zurück. »Ich freue mich schon darauf, dir die Bilder zu zeigen«, fuhr sie fort, »ich kann dir gar nicht sagen, wie froh ich bin, daß du hier bist.«

Ich war ihr aus vielerlei Gründen dankbar. Nicht nur weil sie mir ihre Freundschaft anbot, sondern auch weil sie mir meine Selbstsicherheit wiedergegeben hatte. Ich wußte jetzt, daß ein

Wesen aus Fleisch und Blut mich aus dem Fenster angesehen hatte.

In Pendorric wurde die Post zusammen mit dem ersten Frühstückstee auf unser Zimmer gebracht, und es war ein paar Tage später, als Roc einen Brief erhielt, über den er laut lachte.

»Da ist er!« rief er zu mir ins Badezimmer hinüber. »Ich wußte doch, daß es kommen mußte.«

»Was denn?« fragte ich und kam, in ein Badetuch gewickelt, heraus.

»Lord Polhorgan bittet um die Ehre, Mr. und Mrs. Pendorric am Mittwoch um 15.30 Uhr bei sich begrüßen zu dürfen.«

»Mittwoch, das ist doch morgen. Gehen wir hin?«

»Na klar, ich bin gespannt, was du zu diesem Trugschloß sagen wirst.«

Wir läuteten am großen Eingang. Ein würdevoller Butler öffnete die Tür und verbeugte sich feierlich: »Guten Tag, Sir, guten Tag, Madam. Seine Lordschaft erwartet Sie schon. Darf ich Sie hinaufführen?« Wir brauchten geraume Zeit, bis wir das Zimmer erreichten, in dem der Gastgeber uns erwartete. Gleich beim Eintreten fiel mir auf, daß die Möbel zwar antik waren, die Teppiche und Gardinen dagegen hochmodern.

Schließlich kamen wir in ein großes Zimmer, dessen Fenster auf den hübschen Garten hinausgingen.

Dort lag Lord Polhorgan auf einer Chaiselongue.

»Mr. und Mrs. Pendorric«, kündete der Butler an.

»Aha, ich lasse bitten, Dawson, ich lasse bitten.« Er wandte sich um. Der forschende Blick seiner grauen Augen machte mich ganz verlegen. »Nett, daß Sie kommen«, sagte er ziemlich barsch, so als wäre er anderer Ansicht. »Entschuldigen Sie bitte, wenn ich liegenbleibe.«

»Das macht nichts«, sagte ich schnell und gab ihm die Hand.

Sein Gesicht war gerötet, an seinen dünnen, langen Händen traten die Adern hervor.

»Nehmen Sie Platz, Mrs. Pendorric«, sagte er.

»Geben Sie Ihrer Frau einen Stuhl, Pendorric. Stellen Sie ihn neben mich ... so ist's recht, ins Licht. Erzählen Sie mir, wie Ihnen Cornwall gefällt, Mrs. Pendorric.«

Er sprach scharf und abgehackt, als erteile er Befehle auf einem Kasernenhof.

»Ich bin begeistert«, sagte ich.

»Hält es einen Vergleich mit Ihrer Insel aus?«

»O ja.«

»Alles, was ich von Cornwall sehe, ist diese Aussicht.« Er wies mit dem Kopf auf das Fenster.

»Ich kann mir nicht vorstellen, daß Sie woanders eine schönere fänden.«

Sein Blick ging von mir zu Roc. Ich sah wohl die höhnische Miene meines Mannes. Er mochte den alten Mann nicht, und es ärgerte ihn ein bißchen, daß er es so deutlich zeigte.

Unser Gastgeber blickte finster zur Tür und rief: »Wo bleibt denn der Tee!«

Seine Leute hatten es bestimmt nicht leicht bei ihm; selbst wenn er angeordnet hatte, daß der Tee unverzüglich zu servieren sei, so schnell konnte er nicht fertig sein; schließlich waren wir erst seit ein paar Minuten hier. Doch schon öffnete sich die Tür, und der Teewagen wurde hereingerollt. Er war beladen mit Kuchen aller Art, Brot und Butter, Keksen, Schlagsahne und Marmelade.

»Ach«, brummte Lord Polhorgan, »endlich. Wo ist denn Schwester Grey?«

»Hier bin ich schon.« Eine Frau kam ins Zimmer. Sie war sehr schön. Das Blau ihres gestreiften Kleides und das ihrer Augen stimmten überein, ihre gestärkte Schürze war schneeweiß, und das Häubchen, das keck auf ihrem dichten, goldblonden Haar saß, unterstrich noch ihre Schönheit.

»Guten Tag, Mr. Pendorric«, sagte sie.

Roc war bei ihrem Eintritt aufgestanden, so daß ich sein Gesicht nicht beobachten konnte, als er sie begrüßte. Er sagte: »Guten Tag, Schwester«, und dann wandte er sich uns zu. »Favel, das ist Schwester Grey, sie pflegt Lord Polhorgan.«

»Ich freue mich, Sie kennenzulernen.« Sie hatte volle Lippen und makellose Zähne.

»Geben Sie Mrs. Pendorric Tee«, grollte Lord Polhorgan.

»Gern«, sagte Schwester Grey, »wie ich sehe, ist alles da. Mrs. Pendorric, wollen Sie sich bitte neben Lord Polhorgan setzen? Dann stelle ich den kleinen Tisch für Sie hierher.« Ich dankte ihr. Sie ging zum Teewagen zurück und begann einzuschenken, während Roc ein Tablett mit Törtchen, Sahne und Marmelade auf unseren Tisch stellte.

»Ich brauche nicht immer eine Krankenschwester«, erklärte mir Lord Polhorgan. »Aber ich könnte sie ganz plötzlich brauchen, und darum ist sie da. Tüchtige Person.«

»Davon bin ich überzeugt.«

»Leichte Beschäftigung, viel freie Zeit, herrliche Umgebung.«

Ich überlegte, was wohl Schwester Grey davon hielt, wenn man sie mit der dritten Person titulierte. Ich warf einen kurzen Blick zu ihr hinüber und sah, wie sie Roc anlächelte.

Ich reichte Polhorgan die Törtchen und bemerkte dabei, daß er sich nur langsam bewegte und ihm das Atmen Mühe machte. »Darf ich sie Ihnen mit Marmelade und Sahne füllen?« fragte ich.

»Ham«, brummte er zustimmend und fügte ein ›danke‹ hinzu, als ich ihm den Teller reichte. »Nett von Ihnen. Vergessen Sie sich selber nicht.« Schwester Grey fragte, ob ich chinesischen oder indischen Tee haben möchte, und schenkte mir köstlichen Mandarin Pekoe ein. Dann setzte sie sich neben Roc. Ich hätte so gern gehört, was sie miteinander zu reden hatten, aber Lord Polhorgan bestürmte mich mit Fragen. Anscheinend interessierte ihn mein früheres Leben sehr, und ich versprach, ihm Arbeiten meines Vaters zu zeigen. Dann erzählte ich von meiner Kindheit.

»Sie sind nicht glücklich«, unterbrach mich plötzlich Lord Polhorgan, und ehe ich mich versah, erzählte ich ihm von Vaters Tod. Er hörte aufmerksam zu und meinte dann: »Sie hatten ihn sehr lieb. Ihre Mutter auch?«

Nun berichtete ich ihm von meinen Eltern. Und während ich redete und redete, wunderte ich mich selbst darüber, wie vertraulich ich mit diesem alten Herrn zu sprechen vermochte.

Er legte seine Hand auf meinen Arm. »Und was ist nun mit euch?« fragte er, und sein Blick ging zu Roc hinüber, der mit der Krankenschwester scherzte.

Ich zauderte eine Sekunde zu lange.

»Zu schnell geheiratet«, fügte er hinzu. »Das habe ich schon von irgendwoher gehört.«

Ich errötete. »Ich bin in Pendorric sehr glücklich.«

»Sie handeln zu unbesonnen«, sagte er. »Schlechte Gewohnheit. Tat ich nie. Traf Entschlüsse, ja ... manchmal schnelle, aber immer nach reiflichem Nachdenken. Kommen Sie mal wieder?«

»Wenn Sie mich einladen.«

»Ich lade Sie ein, jetzt.«

»Vielen Dank.«

»Sie brauchen es nicht zu tun, wenn Sie nicht wollen.«

»Ich will aber.«

»Sicher werden Entschuldigungen kommen. Zu viel Arbeit. Andere Verabredungen. Warum sollte auch eine junge Frau wie Sie einen alten, kranken Mann besuchen?«

»Aber ich würde sehr gern kommen.«

»Sie haben ein gutes Herz. Doch Freundlichkeit geht nicht immer tief. Sie wollen dem alten Mann nicht weh tun.«

»Nein, bestimmt nicht. Sie nehmen so viel Anteil an allem, und ... außerdem gefällt mir Ihr Haus.«

»Ziemlich vulgär, wie? Alter Mann aus dem Volk, der sich einen Hintergrund schaffen wollte. Da rümpfen die Aristokraten die Nase. Aber ein jeder verschafft sich das, was er haben will. Ich wollte Geld machen, und ich habe es gemacht. Ich wollte einen Herrensitz haben — nun, hier ist er. Man erhält das, wofür man bezahlt. Und wenn es anders kommt, als man es sich ausgerechnet hat, dann muß man den Fehler bei sich selber suchen. Darauf nämlich kann man Gift nehmen, irgendwo und irgendwann hat man dann etwas falsch gemacht.«

»Sie haben sicherlich recht.«

»Sogar wenn ich Sie langweile, würde ich Sie gern wiedersehen. Vielleicht bin ich amüsanter, wenn wir uns erst besser kennen.«

»Bis jetzt haben Sie mich noch nicht gelangweilt.«

»Ich bin ein alter Mann ... und krank dazu ... durch das Leben, das ich geführt habe.« Er klopfte sich auf die Brust. »Ich habe dem da zuviel zugemutet, und nun muß ich dafür bezahlen. Spielen Sie Schach?«

»Meine Mutter lehrte es mich. Sie lehrte mich auch lesen, schreiben und rechnen, ehe ich nach England auf die Schule kam.«

»Sie waren wohl ihr Augapfel, wie?«

»Ich war das einzige Kind.«

»Ich verstehe.« Er schaute mich versonnen an. »Nun, wenn Sie hin und wieder eine Partie Schach mit mir spielen, dann langweilt es Sie nicht so, was der alte Mann da schwatzt. Wann kommen Sie also?«

Ich überlegte schnell und sagte: »Übermogen.«

»Fein, zum Tee?«

»Ja, aber ich darf nicht wieder so viel von diesen Köstlichkeiten essen, sonst werde ich zu dick.«

Wieder schaute er mich an, und auf einmal wurde sein Blick ganz zärtlich. »Sie sind doch so zierlich wie eine Elfe.«

Schwester Grey trat zu uns und bot Kuchen an; doch wir hatten keinen Appetit mehr. Ich sah wohl, daß ihre Augen noch mehr glänzten als vorhin und ihre Wangen zartrosa überhaucht waren. Ob Roc dahintersteckte, fragte ich mich unbehaglich und mußte auf einmal an Rachel Bective denken und an Dinah Bond, die Frau des jungen Schmieds.

Die Konversation wurde allgemein, und nach einer Stunde gingen wir nach Hause. Roc war sichtlich belustigt. »Eine neue Eroberung, wie?« scherzte er. »Der alte Knabe war ja ganz eingenommen von dir. Ich habe ihn noch nie so freundlich und höflich gesehen.«

»Armer, alter Mann. Wahrscheinlich nimmt sich niemand die Mühe, ihn zu verstehen.«

»Wozu auch«, erwiderte Roc. »Er ist so leicht zu verstehen wie das Abc. Der typische Selfmademan, Dutzendware. Es gibt Leute, die sich selbst nach einem Klischee formen. Sie entschließen sich, einen bestimmten Typ darzustellen und spielen dann die Rolle; nach einer gewissen Zeit wird sie ihnen zur zweiten Natur. Du glaubst mir wohl nicht, wie?«

»Du verzeihst ihm einfach nicht sein Haus hier.«

Roc zuckte die Achseln. »Vielleicht. Stell dir mal vor, alle Selfmade-Männer würden an unserer Küste bauen. Was für eine Aussicht! Polhorgan ist ein Kuckucksei in der Reihe der hiesigen Häuser: Pendorric, Mount Mellyn, Mount Wissen, Cotehele, und dazu nennt er sich noch in seiner mittelenglisch-aufdringlichen Art Lord Polhorgan, wo doch Tre, Pol und Pen typische Namen aus Cornwall sind.«

»Werde doch nicht gleich so wütend!« beruhigte ich ihn und fuhr leichthin fort: »Und wenn ich nun eine Eroberung gemacht habe, wie ist das mit dir?«

Lächelnd wandte er sich zu mir. »Meinst du Thea?«

»So nennst du sie also.«

»Es ist ihr Name, mein Schatz. Althea Grey — Thea für ihre Freunde.«

»Zu denen du auch gehörst.«

»Natürlich, und du wirst auch dazu gehören«, sagte er. »Aber diese Eroberung habe ich schon vor langer Zeit gemacht. Thea ist schon seit achtzehn Monaten hier.«

Er legte seinen Arm um meine Schultern und fing an zu singen.

Zwei Tage später ging ich, wie verabredet, zu Lord Polhorgan, um Schach zu spielen. Hinterher gestand ich Roc, daß ich den alten Herrn noch sympathischer gefunden hätte als beim erstenmal. Roc schien sich nur königlich darüber zu amüsieren.

Schwester Grey war diesesmal nicht anwesend, und so schenkte ich den Tee ein. Der alte Herr war ganz glücklich, als er mich im Schach schlug, und blinzelte mich pfiffig an: »Ich wette, Sie haben mich gewinnen lassen — nur um den alten Mann bei Laune zu halten.« Ich versicherte ihm, ich hätte mir die größte Mühe gegeben, ihn zu schlagen, was er mit Genugtuung hörte. Bevor ich ging, mußte ich ihm noch versprechen, in ein bis zwei Tagen wiederzukommen, er würde mir Revanche geben.

Langsam gewöhnte ich mich in Pendorric ein. Ich half Morwenna ein bißchen im Garten.

»Das ist ein nützliches Hobby«, bekannte sie mir. »Wir haben nämlich nicht mehr so viele Gärtner wie früher. Nun kommt Bill Pascoe, aus den Katen, dreimal in der Woche nachmittags und hilft Toms.«

Charles war immer sehr freundlich zu mir, in seiner ruhigen und bescheidenen Art. Als Roc mich zum erstenmal durch das Gut führte, merkte ich sofort, welchen Respekt Charles vor Rocs Urteil hatte, und das machte ihn mir noch lieber.

Sogar Rachel Bective bat ich im Innern mein vorschnelles Urteil ab. Bei einem Spaziergang erzählte sie mir auch etwas mehr von sich: sie sei Morwenna auf der Schule begegnet und habe die Sommerferien auf Pendorric verbringen dürfen. Sie müsse ihr Geld selbst verdienen und habe daher beschlossen, Lehrerin zu werden. Das Angebot, ein Jahr lang die Erziehung der Zwillinge zu übernehmen, habe sie gern angenommen, da sie wußte, welche Plage die beiden für ihre Mutter waren.

Die Zwillinge schienen nach wie vor ein besonderes Vergnügen daran zu finden, mich zu erschrecken. Lowella nannte mich immer noch ›Braut‹, was ich anfangs für Spaß hielt, später war ich nicht mehr so sicher. Hyson dagegen richtete nur stumm ihren Blick auf mich, und auch das machte mich ganz nervös.

Eines Nachmittags, als ich im Innenhof saß, überfiel mich wieder das eigentümliche Gefühl, beobachtet zu werden. Ich sah zu den Fenstern der Westseite hinauf, wo ich Deborah am Tage ihrer Ankunft gesehen hatte, und erwartete fast, sie wieder dort zu erblicken. Dann wandte ich mich der Ostseite zu und hätte schwören mögen, dort eine Bewegung gesehen zu haben. Ich winkte hinauf, bekam aber keine Antwort.

Zehn Minuten später kam Deborah zu mir in den Hof.

»Du liebst diesen Hof, nicht wahr?« Sie zog sich einen der weiß- und goldverzierten Stühle dicht zu mir heran.

»Meine Gefühle sind etwas gemischt«, sagte ich frei heraus, »einerseits zieht es mich geradezu hierher, andererseits fühle ich mich gar nicht behaglich, wenn ich hier sitze.«

»Nanu, warum denn nicht?«

»Wegen der Fenster.«

»Ich habe schon oft gesagt, es ist ein Jammer, daß nur Korridorfenster auf den Innenhof gehen. Er bietet eine so hübsche Aussicht und gibt eine Abwechslung zu dem Meer im Süden, Westen und Osten und dem freien Land im Norden.«

»Nein, es sind die Fenster selbst, die dem Hof jegliche Gemütlichkeit nehmen.«

Sie lachte. »Du bist, glaube ich, eine phantasiereiche kleine Person.«

»Das bin ich nicht. Bist du gerade auf der Ostseite gewesen?«

Sie schüttelte den Kopf.

»Ich war sicher, jemand hätte heruntergeschaut.«

»Unmöglich, nicht von der Ostseite. Die Zimmer sind nicht mehr bewohnt. Die Möbel sind mit Staubhüllen abgedeckt ... außer in ihren Zimmern.«

»Ihren Zimmern?«

»Ja, Barbarinas. Sie liebte die Ostseite. Ihr machte der Anblick von Polhorgans Folly nichts aus. Die anderen konnten ja nicht ertragen, dort hinüberzuschauen. Sie hatte ihr Musikzimmer dort und behauptete, es sei ideal, weil sie hier nach Herzenslust üben könnte, ohne jemanden zu stören.«

»Vielleicht habe ich einen der Zwillinge gesehen?«

»Das kann sein. Von den Dienstboten kommt kaum jemand dorthin. Carrie kümmert sich um Barbarinas Zimmer, und sie wird sehr zornig, wenn jemand versucht, dort einzudringen. Aber du solltest dir die Zimmer anschauen. Du mußt das ganze Haus kennen. Schließlich bist du ja die neue Herrin.«

»Ach ja, Barbarinas Zimmer sähe ich mir gern einmal an.«
»Na, dann komm mit.«

Eilfertig stand ich auf, und sie nahm meinen Arm, als wir quer durch den Garten auf das Osttor zugingen.

»Die Dienstboten glauben fest, in diesem Teil des Hauses spuke es«, erklärte mir Deborah.

»Und Barbarina ist der Geist?« fragte ich.

»Kennst du die Geschichte schon? Lowella Pendorric wird zugeschoben, im Haus gespukt zu haben, bis Barbarina ihren Platz einnahm. Typisch für Cornwall, meine Liebe. Barbys Zimmer sind im zweiten Stock.« Deborah ging voraus. »Nach ihrer Heirat kam ich öfters her. Wir sind in unserem Leben kaum getrennt gewesen, und Barby sah nicht ein, warum das nicht auch weiterhin so sein sollte, und so wurde Pendorric für mich eine zweite Heimat.«

Im zweiten Stock öffnete Deborah einige Türen und führte mich durch Zimmer, wo weiße Laken die Möbel vor Staub schützten.

Deborah öffnete eine weitere Tür. »Das hier ist das Musikzimmer.« Hier waren keine Schonbezüge. Das riesige Fenster gab den Blick auf die Küste frei: Polhorgans Trugschloß thronte majestätisch auf den Klippen.

Dieser Raum wirkte sehr bewohnt. An einem Ende befand sich eine kleine Estrade, auf der ein Notenständer stand mit aufgeschlagenen Noten. Daneben, auf einem Stuhl, lag eine Geige, als wäre sie eben dort hingelegt worden. Der offene Geigenkasten lag auf einer Kommode daneben.

Ich fragte leise: »Das Zimmer ist seit ihrem Tod so geblieben?«

»Es ist ein eigentümlicher Brauch. Aber manchen Menschen bringt es Trost. Carrie staubt ab und legt alles wieder genau da hin, wo es lag. Sie ist ganz besessen davon. Wir lassen eigentlich ihretwegen alles so, wie es war. Ich kann gar nicht sagen, wie ergeben sie Barbarina war.«

»Und dir auch.«

Deborah lächelte. »Ja, mir auch, aber Barbarina war ihr Liebling.«

»Ihr wart doch eineiige Zwillinge, nicht wahr?«

»Ja, wie Lowella und Hyson. Als wir Kinder waren, konnte man uns kaum auseinanderhalten, aber später wurde das anders. Sie war fröhlich und amüsant, ich dagegen ziemlich schwerfällig und langsam. Barbarina war jedermanns Liebling, ich dagegen wirkte nicht anziehend, ich stand immer in ihrem Schatten.«

»Nahmst du ihr das übel?«

»Ich bewunderte Barbarina. Sie hatte keine ergebenere Anbeterin als mich. Wenn sie gelobt wurde, war ich glücklich, als wäre ich selber gelobt worden. Ach, hättest du sie nur gekannt! Sie war alles das, was ich so gern gewesen wäre. Aber da sie genauso aussah wie ich und außerdem noch meine Zwillingsschwester war, war ich auch so ganz zufrieden.«

»Es traf dich sicher schwer, als sie heiratete?«

»Ach, wir trennten uns eigentlich nur, wenn es nicht anders ging. Ich mußte zwar viel in Devonshire sein, mein Vater brauchte mich. Unsere Mutter starb, als wir ungefähr fünfzehn waren, und er hat den Verlust nie richtig verwunden. Aber wenn ich es möglich machen konnte, fuhr ich nach Pendorric. Sie war jedesmal sehr froh, wenn ich kam. Ja, ich weiß nicht, was sie gemacht hätte...« Sie zögerte und ich hatte den Eindruck, als wollte sie mir etwas anvertrauen. Doch dann zuckte sie die Achseln; sie schien es sich anders überlegt zu haben.

»War die Ehe glücklich?« fragte ich.

Deborah wandte sich ab und trat ans Fenster. Ich erschrak, womöglich hatte ich sie durch meine indiskrete Frage verletzt. Ich ging zu ihr und legte meine Hand auf ihren Arm. »Es tut mir leid. Ich frage zuviel.«

Sie sah mich an, und ich bemerkte einen feuchten Glanz in ihren Augen. Lächelnd schüttelte sie den Kopf. »Ach nein, es ist ja verständlich, daß dich das alles sehr interessiert. Schließlich gehörst du nun zu uns, und es besteht keinerlei Grund, Familiengeschichten vor dir zu verheimlichen. Setz dich her, ich will es dir erzählen.

Es besteht eine entfernte Verwandtschaft zwischen den Hysons und den Pendorrics«, begann Deborah, »und wir kannten Petroc und seine Familie seit unserer Kindheit. Natürlich meine ich nicht deinen Roc, sondern seinen Vater, Barbarinas Petroc. Als Junge war er oft bei uns. Er war ein Jahr älter als wir. Barbarina verliebte sich in ihn, als sie etwa sieben Jahre alt war, und sie hörte bis zu ihrem Tode nicht auf, ihn zu lieben.«

»Sie muß sehr glücklich gewesen sein, als sie heirateten.«

»Ja, es war eine Art Ekstase. Er war ihr ein und alles.«

»Und er?«

Deborah lächelte ein wenig wehmütig. »Petroc gefielen die Frauen zu sehr, als daß er einer einzigen seine ganze Liebe geschenkt hätte. Das hatte ich schon immer geahnt, und ich wußte auch, wie es ausgehen würde. Ich warnte Barbarina, aber natürlich wollte sie nicht auf mich hören.«

Sie schwieg einen Augenblick, dann fuhr sie fort: »Wir ritten oft ins Dartmoor hinaus. Das mußt du dir unbedingt mal anschauen. Die Aussicht ist wunderbar — wenn man das Moor liebt. Man kommt vom Garten aus gleich ins Moor hinaus. Einmal, als wir alle zusammen ausritten, verloren wir uns aus den Augen. Ganz plötzlich kam dichter Nebel auf, und wenn man auch glaubt, das Moor gut zu kennen, so kann man sich doch ganz leicht und hoffnungslos verirren. Schließlich fand ich den Heimweg, doch Barbarina und Petroc blieben bis zum nächsten Tag aus. Sie übernachteten in irgendeiner Hütte. Petroc war so klug gewesen, etwas Schokolade mitzunehmen. Manchmal kommt es mir so vor, als hätte er das Ganze geplant.«

»Ja, aber warum denn? Wenn sie sich schon so liebten, konnte er es nicht ... ein bißchen gemütlicher aussuchen?«

Wieder schwieg Deborah. Dann seufzte sie tief. »Er war vernarrt in ein Mädchen aus der Umgebung, der er die Ehe versprochen hatte, in eine Bauerntochter. Aber seine Familie wünschte die Heirat mit den Hysons, weil sie begütert waren, und Geld wurde auf Pendorric dringend gebraucht. Barbarina war sehr unglücklich, als sie von Petrocs Liebe zu dem Bauernmädchen hörte, und sie ahnte, daß diese Liebe sehr heftig sein mußte; denn Petroc hing sehr an Pendorric, und nur eine große Zuneigung konnte ihn eine Mitgift in den Wind schlagen lassen. Er mochte auch Barbarina sehr gern, und es war für ihn keine Überwindung, sie zu heiraten — wenn er nicht ausgerechnet in die andere Frau vernarrt gewesen wäre. Petroc war der Typ, der mit jeder Frau zurechtkam ... na ja, du kennst diese Art von Männern.«

»Waren die Pendorrics denn so arm?«

»Nicht gerade arm, aber es war alles nicht mehr so, wie sie es gewohnt waren. Das Haus brauchte teure Renovierungen, und Petroc hatte ziemlich viel Geld verspielt in der Hoffnung, seine Finanzen durch das Spiel aufzubessern.«

»So, er war also ein Spieler ...«

»Genau wie sein Vater.«

»Und was passierte nach der Nacht in dem Moor?«

»Ich glaube, Petroc war damals schon entschlossen, Barbarina zu heiraten. Pendorric bedeutete ihm alles, und so gab er den Wünschen seiner Familie und Barbarinas nach. Aber das konnte er doch nicht so einfach und unverhohlen Barbarina sagen. So verliefen sie sich eben in dem Moor. Barbarina wurde verführt, und die Angelegenheit war geregelt.«

»Hat sie dir das je erzählt?«

»Meine liebe Favel, Barbarina brauchte mir nichts zu erzählen. Wir waren uns so nahe, wie zwei Menschen es nur sein können. Ich wußte genau, was passiert war und warum.«

»Und danach heiratete sie ihn und wurde glücklich.«

»Wie stellst du dir das vor? Petroc konnte nicht treu sein, ebensowenig wie sein Vater. Das lag nicht in seiner Natur. Er nahm sein Verhältnis zu der Bauerntochter wieder auf, und es gab einen Skandal. Aber leider blieb er nicht der einzige. Wie sein Vater konnte er weder einer Frau noch dem Glücksspiel widerstehen. Ich hoffte darauf, daß, als Roc und Morwenna geboren waren, Barbarina es sich nicht mehr so zu Herzen nähme, und eine Zeitlang war es auch so. Und ich wünschte ihr noch mehr Kinder, damit ihr Leben ausgefüllt wäre.«

»Wurdest du in dieser Hoffnung enttäuscht?«

»Barbarina war eine gute Mutter, versteh mich nicht falsch, aber sie gehörte nicht zu den Frauen, die die Untreue ihrer Männer übersehen und in der Sorge für ihre Kinder aufgehen. Dazu bedeutete ihr Petroc viel zuviel.«

»Dann war sie also sehr unglücklich.«

»Wundert dich das? Eine sensible Frau ... an einem Ort wie diesem hier ... und ein untreuer Mann, der kein Geheimnis aus seinen Seitensprüngen macht. Geheimnisse kannte Petroc nicht. Niemals versuchte er zu vertuschen, was er tat oder was er war — ein unbekümmerter Spieler und Herzensbrecher. Er schien sich geradezu darin zu gefallen und betonte immer wieder: das liegt uns nun mal im Blut, ich kann nichts dafür.«

»Arme Barbarina«, sagte ich.

»Ich besuchte sie sooft wie möglich, und als Vater dann starb, lebte ich die meiste Zeit hier. Durch mich kam sie dann auch der Musik wieder näher. Unter anderen Umständen wäre sie sicherlich Konzertgeigerin geworden. Sie konnte hervorragend spielen. Leider hat sie nie genug geübt. Doch das Spielen machte ihr viel

Freude. Ja, sie war sehr begabt. Ich erinnere mich noch an eine Schüleraufführung ... sie spielte die Ophelia, als wäre sie ihr auf den Leib geschrieben. Du hättest sie singen hören sollen — dieses Lied der Ophelia! Sie hatte eine seltsame Stimme ... ein klein bißchen unrein. Ich kann mich noch gut erinnern, wie still es in dem Schulsaal wurde, als sie in einem weißen Kleid, mit Blumen im Haar und in den Händen, auftrat. Ich kann nicht singen, aber ein Vers klang ungefähr so:

> Er ist lange tot und hin,
> tot und hin, Fräulein!
> Ihm zu Häupten ein Rasen grün,
> ihm zu Fuß ein Stein.«

»Arme Barbarina! Ich fürchte, sie war ungleich!«

»Und sie war zum Glücklichsein geschaffen. Ich kenne keinen Menschen, der so war wie sie. Wenn Petroc so gewesen wäre, wie sie es sich erhofft hat ... Ach, es ist ja alles schon so lange her.«

»Wie ich hörte, brach die morsche Balustrade, und sie stürzte in die Halle.«

»Ja, und zu allem Unglück passierte es in der Galerie, wo das Bild von Lowella Pendorric hing. Das gab dem Gerede neue Nahrung.«

»Und ließ die alte Sage wieder aufleben.«

»Ach was, die brauchte gar nicht erst aufzuleben. Die Leute hier sprachen schon immer davon, daß in Pendorric der Geist von Lowella Pendorric umgehe.«

»Und nun soll Barbarina ihren Platz eingenommen haben.«

»Zwar lache ich immer über solches Gerede, aber wenn ich hier in diesem Haus bin, meine ich fast, es ist etwas Wahres daran. Ich wünschte nur, Barbarina würde zurückkommen! Ich gäbe was drum, wenn ich sie einmal wiedersehen könnte!« Sie stand auf. »Komm, gehen wir spazieren. Es wird einem ganz seltsam, wenn man lange hier sitzt. Wir nehmen die Regenmäntel mit — der Wind kommt aus Südwest, und das bedeutet Regen.«

Ich stimmte lebhaft zu, und wir verließen zusammen den Ostflügel. Deborah kam mit in mein Zimmer, ich suchte meine Regensachen zusammen, und dann ging ich mit zu ihr. Als wir fertig waren, führte sie mich noch durch den Nordflügel, und wir blieben auf der Galerie vor dem Bild Lowella Pendorrics stehen.

»Hier stürzte sie hinunter«, erklärte Deborah. »Schau, man kann noch erkennen, wo die Balustrade repariert worden ist.

Wahrscheinlich war sie durch Holzwürmer morsch geworden, und man hätte es eigentlich viel eher entdecken müssen. Genaugenommen ist die ganze Halle zerfressen; aber die Reparatur würde ein Vermögen kosten.«

Ich schaute Lowella Pendorrics Bild an und dachte triumphierend: aber mein Roc ist nicht wie sein Vater und sein Großvater und die vielen anderen Glücksritter und Weiberhelden. Wenn er an Stelle seines Vaters gewesen wäre, hätte er die Bauerntochter geheiratet, genauso wie er mich geheiratet hat — denn was habe ich schon mit in die Ehe gebracht?

Zehn Minuten später schlenderten wir über den schmalen Klippenweg, und der warme Seewind wehte uns ins Gesicht.

Mir lag nichts an einem untätigen Dasein, und ich gab Roc zu verstehen, daß ich irgendeine Beschäftigung brauchte.

»Geh doch mal in die Küche und rede mit Mrs. Penhalligan. Sie hat das sehr gern, und außerdem bist du ja die Hausherrin.«

Er schloß mich fest in seine Arme und flüsterte mir zu: »Bist du nicht die Herrin hier?«

»O Roc, ich bin ja so glücklich, ich hätte nie geglaubt, daß ich es so bald wieder werden würde, nach . . .«

Rocs Kuß enthob mich, den Satz zu vollenden.

»Habe ich dir nicht gesagt, daß du als Mrs. Pendorric eine Menge Pflichten hast? Du solltest dich um die Dorfbewohner kümmern. Das wird von dir erwartet, wie du ja schon von den Darks erfahren hast. Ich prophezeie, Favel, daß du dich in einigen Wochen nicht über zuwenig, eher über zuviel Arbeit beklagen wirst.«

»Na, dann fange ich mit Mrs. Penhalligan an und gehe vielleicht später zu den Darks hinüber. Heute nachmittag habe ich schon Lord Polhorgan versprochen zu kommen.«

»Was, schon wieder? Du scheinst dich in den alten Herrn zu verlieben?«

»Ich mag ihn sehr gern.«

»Na, dann amüsier dich gut. Übertreib es nur nicht.«

»Ach Roc, ich habe das Gefühl, er ist ein armer alter und einsamer Mann, er hat für mich so etwas Väterliches.«

»Du scheinst dich immer noch zu grämen.«

»Es ist schwer zu vergessen, Roc. Doch hier bin ich glücklich. Die Familie ist so nett und du . . .«

Er lachte laut auf. »Und ich bin auch nett zu dir? Du lieber Himmel, was hast du denn erwartet? Daß ich dich schlage?«

Dann zog er mich an sich und sagte ernsthaft: »Hör zu, Favel, ich möchte dich froh und glücklich sehen. Das ist mein größter Wunsch. Ich verstehe deine Gefühle für den alten Mann. Er ist so väterlich, wie du sagst, er hat etwas in seiner Art, was du hier vermißt. Ihr mögt euch, das ist verständlich.«

»Könntest du nicht ein bißchen mehr Sympathie für ihn aufbringen?«

»Kümmere dich nicht darum, was ich sage. Es ist meistens spaßhaft gemeint, und wenn du mich erst besser kennst, wirst du mich auch leichter durchschauen.«

»Kenne ich dich denn noch nicht so gut?«

»Nicht so gut wie in zwanzig Jahren, Liebling. Wir müssen uns doch gegenseitig kennenlernen. Das macht das Leben erst aufregend. Es ist wie eine Entdeckungsreise.«

Seine Worte brachten mich zum Nachdenken, und ich grübelte immer noch, als ich schon unter dem großen Torbogen war, um meinen Nachmittagsbesuch zu machen. Plötzlich hörte ich Schritte hinter mir, und beim Umwenden erkannte ich Rachel Bective, mit einem Zwilling an jeder Seite.

»Hallo«, rief Rachel, »machen Sie einen Spaziergang?«

»Ich bin zum Tee auf Polhorgans Folly eingeladen.«

Wir gingen miteinander weiter.

»Hoffentlich haben Sie einen Schirm mit«, meinte Rachel, »es wird regnen.«

»Ich habe meinen Regenmantel bei mir.«

Hyson kam auf meine andere Seite, so daß ich zwischen ihr und Rachel ging. Lowella lief voraus.

»Gehen Sie über den Klippenweg zu Polhorgan?« fragte Rachel. »Es ist eine Abkürzung von mindestens fünf Minuten.«

»Bisher hielt ich mich immer an die Straße.«

»Wir können Ihnen den Pfad zeigen, wenn Sie wollen.«

»Meinetwegen sollen Sie aber keinen Umweg machen.«

»Nein nein, wir machen doch nur einen Spaziergang.«

»Dann wäre es nett, wenn Sie mir die Abkürzung zeigten.«

»Lowella!« rief Rachel, »wir gehen durch den Schmugglerpfad. Wir wollen Tante Favel die Abkürzung zu Polhorgan zeigen.«

Wir verließen die Straße und liefen einen engen, steilen Pfad hinunter, der an beiden Seiten so dicht mit Hecken bewachsen war, daß wir manchmal im Gänsemarsch gehen mußten.

Lowella fand einen abgebrochenen Ast, marschierte vornweg und ließ dabei den Stock auf die Hecken hinabsausen. Dabei sang sie: »Hüte dich vor der schrecklichen Lawine, hüte dich vor den dürren Ästen der Tannenbäume! Excelsior!«

»Lowella, sei doch ruhig!« bat Rachel.

»Wenn du nicht willst, daß ich euch sicher hier hindurchführe, dann kann ich auch still sein.«

»Hyson liest ihr immer abends im Bett vor«, erklärte mir Rachel, »und was ihr gefällt, wendet sie bei den unmöglichsten Gelegenheiten an.«

»Du liest gern, nicht wahr?« fragte ich Hyson.

Sie nickte bloß. Dann meinte sie: »Lowella ist ein Kindskopf. Als wenn es hier eine schreckliche Lawine gäbe.«

Plötzlich endete der Pfad, und wir gingen auf einen ganz schmalen Steig zu. Unter uns — ganz tief unten — war das Meer, und an der anderen Seite erhob sich eine steile Klippenwand mit vereinzelten Büschen Stechginster und Farnkraut.

»Es ist ein sicherer Übergang«, sagte Rachel Bective, »aber Sie müssen schwindelfrei sein.«

Ich gab ihr die Versicherung, daß ich es sei.

»Hier steht ein Schild ›Betreten nur auf eigene Gefahr‹, das gilt aber nur für Besucher. Die Einheimischen benutzen alle diesen Weg.«

Lowella ging voran und tat so, als wenn sie sich den Weg erst schlagen müßte. »Wäre es nicht toll, wenn wir ein Seil hätten und uns anseilen könnten?« schrie sie. »Wenn die Braut dann hinunterfiele, könnten wir sie am Seil wieder hochziehen.«

»Das ist lieb von dir, aber ich habe nicht die Absicht, da hinunterzufallen.«

»Excelsior!« schrie Lowella. Immer wieder rief sie es und lief dabei weiter.

Rachel sah mich an und zuckte ergeben mit den Schultern.

Auf ungefähr zwei Meter war der Steig nicht breiter als ein schmales Brett. Mutig schritten wir hintereinander her. Als wir um eine Klippe gebogen waren, die weit in das Wasser hinausragte, befanden wir uns schon fast in Polhorgan.

»Das ist wirklich schnell gegangen«, sagte ich, »herzlichen Dank, daß Sie mir das gezeigt haben.«

»Gehen wir denselben Weg zurück?« fragte Rachel die Zwillinge.

Ohne zu antworten, drehte sich Lowella um und machte sich auf den Heimweg. Ich hörte noch in der Ferne ihr ›Excelsior‹-Rufen.

Lord Polhorgan freute sich sehr, mich zu sehen, und der Butler behandelte mich mit ausgesuchter Hochachtung. Wahrscheinlich geschah es ganz selten, daß ein Fremder so schnell mit Lord Polhorgan Freundschaft schloß.

Schwester Grey las ihm gerade aus der *Financial Times* vor.

»Lassen Sie sich bitte nicht stören«, entschuldigte ich mich. »Ich komme zu früh. Ich gehe solange in den Garten hinunter, den wollte ich mir sowieso schon einmal näher ansehen.«

Lord Polhorgan sah auf seine Uhr. »Nein, Sie sind pünktlich«, konstatierte er und winkte mit einer Hand der Schwester zu, die sofort die Zeitung zusammenfaltete und aufstand. »Kann die Leute nicht leiden, die keinen Respekt vor der Zeit haben. Freut mich, Sie wiederzusehen, Mrs. Pendorric. Würde Ihnen gern den Garten zeigen, schaffe es aber leider zur Zeit nicht. Es ist zu steil für mich. Schwester Grey wird ihn Ihnen einmal zeigen.«

»Das will ich gern tun«, sagte Althea Grey.

»Lassen Sie den Tee bringen, dann dürfen Sie gehen. Mrs. Pendorric wird schon nach dem Rechten sehen.«

Schwester Grey sagte: »Ich schicke ihn herauf«, und ließ uns beide allein.

»Zuerst Tee«, bestimmte er, »später spielen wir Schach. Setzen Sie sich und erzählen Sie ein bißchen. Haben Sie sich nun eingewöhnt, gefällt es Ihnen? Alles in Ordnung auf Pendorric?«

»Ja«, sagte ich lebhaft, »oder erwarten Sie etwas anderes?«

Meine Frage wurde übergangen. »Es ist nie ganz einfach, sich in ein neues Leben einzugewöhnen. Muß doch schön gewesen sein — Ihre Insel da unten. Ist es nicht zu ruhig hier?«

»Ich liebe diese Ruhe.«

Der Tee wurde hereingebracht, und ich schenkte ein. Lord Polhorgan hatte seinen Spaß daran, mich dabei zu beobachten.

Während ich ihm die Tasse reichte, sah ich durchs Fenster, wie Althea Grey durch den Garten zum Strand hinunterging. Sie hatte ihre Schwesterntracht gegen lange braune Hosen und eine blaue Bluse vertauscht. Dieses Rittersspornblau bildete einen schönen Kontrast zu ihrem blonden Haar und paßte sicherlich genau zu dem Blau ihrer Augen. Sie drehte sich kurz um und winkte mir zu. Ich winkte zurück.

»Das war Schwester Grey«, erklärte ich dem alten Herrn, »sie hat nun für einige Stunden frei, nicht wahr?«

Er nickte. »Geht sie wieder zum Strand hinunter?«

»Ja.«

»Polhorgans Bucht gehört rechtmäßig mir, man gab mir aber schnell zu verstehen, daß die Leute hier es mir übel ankreiden würden, wenn ich einen Privatstrand anlegte. Zwar umzäunt eine Hecke den Garten, aber sie hat ein Türchen zum Strand.«

»Es ist ähnlich wie in Pendorric.«

»Ja, ganz genauso. Die Pendorrics haben ihren Strand, ich habe meinen, aber es ist anzunehmen, daß nicht die Hälfte der Leute, die bei Ebbe über die Klippen gehen, das weiß.«

»Wenn der Strand abgezäunt wäre, müßten die Leute eben einen Umweg machen.«

»Ich hatte immer geglaubt, was mir gehörte, sei auch mein, und ich hatte bisher noch immer das Recht gehabt, darüber zu bestimmen. Ich war anfangs hier sehr unbeliebt. Aber mit der Zeit bin ich nachgiebig geworden. Manchmal, wenn man zu heftig auf sein Recht pocht, verliert man mehr dabei, als man gewinnt.«

Er war ganz traurig geworden, und ich hatte den Eindruck, er sähe etwas angegriffener aus als das letztemal.

»Sie waren mit Ihren Eltern auf Capri vollkommen glücklich, und ihnen gehörte nicht einmal das Haus, in dem sie wohnten, geschweige denn der Grund und Boden oder gar ein Privatstrand.« Ziemlich barsch fuhr er fort: »Schwester Grey geht oft zum Strand hinunter. Und Sie, gehen Sie auch oft an Ihren Strand?«

»Eigentlich nicht. Aber ich werde jetzt öfters hinuntergehen, wenn ich mich erst einmal richtig eingewöhnt habe.«

»Sicher nehme ich zuviel Ihrer Zeit in Anspruch.«

»Aber gar nicht, ich komme gern und spiele leidenschaftlich gern Schach.«

Eine Weile schwieg er, dann lenkte er das Gespräch wieder auf mein Leben auf Capri.

Ich war ganz überrascht, was für ein guter Zuhörer er war, und, angeregt durch seine interessierten Fragen, erzählte ich immer mehr von meiner Vergangenheit.

Als wir Tee getrunken hatten und abgeräumt war, zog ich den kleinen Spieltisch zu uns heran. Dann holte ich die Elfenbeinfiguren, und das Spiel begann.

Nach fünfzehn Minuten hatte ich ihn zu meiner Überraschung in die Verteidigung gedrängt und verfolgte eifrigst meine Strategie, als ich durch einen zufälligen Blick sah, daß es meinem Gegenüber sehr schlecht ging.

»Entschuldigung«, sagte er. »Es tut mir leid«, und dabei suchte er in seinen Taschen herum.

»Suchen Sie etwas?«

»Ja, eine kleine Silberdose. Ich habe sie immer bei mir.«

Ich stand auf und bemerkte eine kleine, silberne Büchse zu seinen Füßen auf dem Fußboden. Ich hob sie auf und gab sie ihm. Seine Erleichterung war offensichtlich, er öffnete sie schnell und nahm eine kleine, weiße Tablette. Einige Sekunden lang saß er zurückgelehnt im Stuhl und umkrampfte die Armlehnen.

Ich wollte dem Butler klingeln, doch Lord Polhorgan hielt mich durch ein Kopfschütteln zurück. »Gleich besser!« sagte er. Nach etwa fünf Minuten erholte er sich, die Verkrampfung löste sich. »Jetzt ist es besser. Tut mir leid.«

»Aber ich bitte Sie. Sagen Sie mir nur, was ich tun kann.«

»Setzen Sie sich nur wieder hin ... In ein paar Minuten ist alles wieder in Ordnung.«

Nach einiger Zeit seufzte er tief und lächelte mir zu. »Ist mir peinlich, daß es mir ausgerechnet in Ihrer Gegenwart passieren mußte. Habe meine Tabletten verlegt. Gehe gewöhnlich keinen Schritt ohne sie. Müssen aus meiner Tasche gefallen sein.«

»Bitte, Sie brauchen sich doch nicht zu entschuldigen. Ich muß mich entschuldigen, ich hätte irgendwie helfen sollen.«

»Da kann man gar nichts machen. Hätte ich meine Dose gehabt, so hätte ich während des Spieles, für Sie unbemerkt, eine Tablette genommen — so habe ich es aber zu lange hinausgezogen. Meine Tabletten darf ich nicht verlegen ... könnte gefährlich werden.«

»Ich bin nur froh, daß wir sie gefunden haben. Das muß ein wunderbares Mittel sein.«

»Meistens tun sie ihre Wirkung. Sie enthalten Nitroglycerin, das erweitert die Arterien.«

»Und wenn das Mittel nun nicht wirkt?«

»Dann ist es eben eine Dosis Morphium.«

»Das ist ja schrecklich. Sollten Sie sich nicht lieber hinlegen?«

»Ängstigen Sie sich nicht. Ich rufe meinen Arzt an und sage ihm, er solle kommen. Habe mich in den letzten Tagen sowieso nicht recht wohl gefühlt.«

»Soll ich gleich anrufen?«

»Schwester Grey wird es schon machen, wenn sie heimkommt. Ich kann mir nicht vorstellen, wie die Tabletten auf den Fußboden kommen können.«

»Vielleicht ist ein Loch in Ihrer Tasche?«

Er fühlte nach, schüttelte aber den Kopf.

»Wissen Sie, Sie gehören ins Bett. Ich werde jetzt gehen — oder soll ich nicht doch lieber den Arzt rufen?«

»Na gut. Seine Nummer steht in dem kleinen Buch neben dem Telefonapparat. Dr. Clement.«

Ich ging zum Telefon hinüber, suchte die Nummer heraus und wählte. Zum Glück war Dr. Clement da. Ich sagte ihm, daß ich von Polhorgan aus anriefe und daß Lord Polhorgan um seinen Besuch bäte.

»Es ist gut«, sagte Dr. Clement, »ich komme gleich.«

Dann legte ich den Hörer wieder auf und ging zum Tisch zurück. »Kann ich noch etwas für Sie tun?« fragte ich.

»Ja, setzen Sie sich hin. Ich will Ihnen beweisen, wie schnell ich mich wieder erhole. Wir wollen das Spiel zu Ende spielen, und ich werde Sie schlagen.«

Ehe das Spiel zu Ende war, kam Dr. Clement.

Ich stand auf, um mich zu verabschieden; doch Lord Polhorgan wollte davon nichts wissen.

»Mir geht es jetzt blendend«, sagte er. »Ich ließ nur Mrs. Pendorric anrufen, weil sie sich so geängstigt hat. Sagen Sie ihr, daß man nichts mehr für mich tun kann, Doktor. Das Dumme war nur, ich hatte meine Herzpillen verlegt, und es dauerte ein paar Minuten, bis Mrs. Pendorric sie fand.«

»Aber Sie sollen sie doch immer bei sich haben«, sagte Dr. Clement vorwurfsvoll.

»Ich weiß, ich weiß. Kann mir nicht vorstellen, wie es passiert ist. Müssen mir aus der Tasche gefallen sein. Möchten Sie eine Tasse Tee? Vielleicht klingelt Mrs. Pendorric nach Dawson?«

Der Arzt lehnte das freundliche Angebot ab, und ich verabschiedete mich nun endgültig, hatte ich doch das Gefühl, daß der Arzt mit dem Patienten allein sein wollte.

Als ich durch den Torbogen ging, schaute ich auf die Uhr und stellte fest, daß ich noch gut eine halbe Stunde Zeit hatte. Ich überlegte nun, ob ich die Landstraße nehmen sollte oder den schmalen Pfad, den mir Rachel mit den Zwillingen gezeigt hatte. Doch dann entschied ich mich dafür, den Strand entlangzugehen und über die Klippen zu klettern, um dann durch unseren Garten nach Pendorric zu kommen.

Ich ging um das Haus herum und fragte einen Gärtner nach dem Weg zum Strand. Er führte mich einen mit Buchsbaumhecken gesäumten Weg hinunter, an dessen Ende ein kleines Tor war. Dahinter breitete sich der Klippengarten aus — ein wundervoller Anblick. In dem halbtropischen Klima hier wachsen die Pflanzen im Überfluß. In einem geschützten Alkoven stand sogar eine Palme, die mich an die in unserem Innenhof erinnerte, und die Hortensien hier waren noch größer und schöner als auf Pendorric. Sie prunkten in den herrlichsten Farben. Da gab es Hunderte von Fuchsien mit Blüten so üppig, wie ich sie noch nie gesehen hatte, und hohe weiße Lilien.

Der Weg führte im Zickzack bergab. Wenn die Sonne scheint und das Meer blau ist, muß das hier atemberaubend schön sein, dachte ich mir. Doch heute war ein grauer Tag, und der Schrei der Möwen klang melancholisch.

Endlich kam ich zu der Pforte, die zum Strand führte. Das Wasser war ganz zurückgegangen; bei Flut reichte es bis an das Tor von Pendorrics Garten und wahrscheinlich auch an das von Polhorgan. So weit ich sehen konnte, war der Strand verlassen. Über mir hingen die Felsen, die bei Flut über das Wasser hinausragten. Es war gar nicht so leicht, vorwärts zu kommen. Felsbrokken mußten überklettert und viele kleine Wasserpfützen übersprungen werden. Ich kam zu einem riesengroßen Felsen, der bis ins Meer hinunterhing und ziemlich schwer zu bezwingen war, aber schließlich schaffte ich es doch. Dann sah ich unseren eigenen Strand, unseren Garten, kleiner als den von Polhorgan, aber vielleicht ebenso schön in seiner Art.

Ich sprang in den weichen Sand, als ein Gelächter an mein Ohr drang. Dann sah ich die beiden. Sie lag im Sand, das Gesicht auf die Hände gestützt, er lehnte daneben auf dem Ellbogen. Er sah genauso finster vor sich hin wie damals, als ich ihn zum erstenmal in Vaters Atelier angetroffen hatte. Sie waren in ein angeregtes Gespräch vertieft.

Sie sollten wissen, daß ich in der Nähe war; vielleicht hatte ich Angst, etwas zu sehen und zu hören, was ich nicht sehen und hören sollte, und rief daher laut: »Hallo!«

Roc sprang auf, starrte mich sekundenlang an; dann lief er mir entgegen und nahm mich bei beiden Händen. »Na, schau, wer da kommt! Ich dachte, du wärst noch auf Folly!«

»Hoffentlich habe ich euch nicht erschreckt.«

Er legte seinen Arm um mich und lachte. »Auf die angenehmste Art.«

Wir gingen auf Althea Grey zu, die im Sand liegengeblieben war. Ihre blauen Augen musterten mich.

»Alles in Ordnung auf Polhorgan?« fragte sie.

Ich erzählte ihr kurz, was sich ereignet hatte, und sie stand sofort auf.

»Es ist besser, wenn ich zurückkehre«, meinte sie.

»Komm doch mit hinauf nach Pendorric«, schlug Roc vor, »dann kann ich dich mit dem Wagen hinüberfahren.«

»Es würde auch nicht schneller gehen. Ich klettere über die Felsen. Auf später!« fügte sie hinzu und lief durch den Sand Polhorgan zu.

»Du siehst angegriffen aus«, bemerkte Roc. »Ich glaube, der alte Mann hat solche Anfälle öfter. Es tut mir leid, daß du gerade allein mit ihm warst.«

Wir gingen durch das Tor und stiegen durch den Garten nach Pendorric hinauf.

»Wieso hast du diesmal den Weg am Strand entlang genommen?« fragte Roc.

»Keine Ahnung. Vielleicht weil ich dort noch nie gegangen bin. Da ich eher von Polhorgan wegging als vorgesehen, wollte ich diesen Weg einmal ausprobieren. Ist Althea Grey eine gute Freundin ... der Familie?«

»Nicht der Familie.«

»Nur die deine?«

»Du weißt doch, wie schnell ich Freundschaft schließe.«

Er zog mich an sich und nahm mich in den Arm. Viele Fragen lagen mir auf der Zunge, doch sie blieben unausgesprochen. Er sollte nicht denken, ich sei eifersüchtig auf jede Frau, mit der er sprach. Ich rief mir ins Gedächtnis, daß ich einen Pendorric geheiratet hatte — die für Galanterie berüchtigt waren.

»Triffst du dich oft dort unten am Strand?«

»Ich kann mir gut vorstellen, es war dir nicht gerade angenehm, auf Thea und mich zu stoßen, aber ich möchte dir nur sagen, es wäre lächerlich, wenn du darüber ungehalten wärst.«

»Willst du damit andeuten, du sähest es lieber, ich besuchte Lord Polhorgan nicht mehr?«

»Du lieber Himmel, nein! Der arme Alte. Es macht ihm Freude, daß eine junge hübsche Frau ihm den Tee einschenkt und über seinen elfenbeinernen Schachfiguren verweilt. Und dazu kostet es ihn nicht einen einzigen Penny.«

»Hör auf, Roc. Wirfst du mir wirklich meine Besuche bei Lord Polhorgan vor?«

Er pflückte im Vorübergehen eine der wilden Nelken, die in großen Büschen am Wege wuchsen und die Luft mit ihrem köstlichen Duft erfüllten, und steckte sie mir feierlich in das Knopfloch meines kurzen Leinenjäckchens.

»Liebling, du sollst dich ganz frei und ungebunden fühlen. Brich bloß deine Besuche bei Lord Polhorgan nicht ab, ich freue mich wirklich, daß du damit so viel Freude bereitest. Zwar hat er unsere Aussicht nach Osten mit seinem monströsen Bauwerk verschandelt, doch er ist ein alter Mann und noch dazu krank. Geh nur, sooft er dich darum bittet.«

Er neigte den Kopf, um an der Nelke zu riechen, und küßte mich auf den Mund. Und Hand in Hand gingen wir zum Haus hinauf. Und wie immer beugte ich mich seinem Willen, nur fragte ich mich: Wünscht er vielleicht meine Besuche bei Lord Polhorgan, damit Althea Grey dann für ihn Zeit hat?

Eines Morgens ging ich in die Küche, um mit Mrs. Penhalligan zu reden. Ich fand sie gerade dabei, Teig zu kneten, und ein köstlicher Duft von gebackenem Brot lag in der Luft.

Die Küchenräume von Pendorric haben riesenhafte Ausmaße, und trotz der elektrischen Herde, der Kühlschränke und anderer moderner Geräte sehen sie aus, als gehörten sie in ein anderes Jahrhundert.

Mrs. Penhalligan strahlte vor Freude, als sie mich sah.

Ich sagte: »Guten Morgen, Mrs. Penhalligan. Es ist allerhöchste Zeit, daß ich einen Besuch in der Küche mache.«

»Ich freue mich, Sie hier zu sehen, Madam«, antwortete sie.

»Ist das Brot schon im Ofen? Es riecht so wunderbar.«

Ihr Gesicht leuchtete auf. »Wir backen unser Brot auf Pendorric immer selbst. Gleichzeitig backe ich auch für meinen Vater.«

»Wie geht es Ihrem Vater?«

»Och, soweit ganz leidlich, Ma'am. Er wird halt nicht jünger, doch für sein Alter ist er noch recht rüstig. Nächste Lichtmeß wird er neunzig. Und er war nie krank ... außer seinem Leiden.«

»Nanu?«

»Nun ja, das können Sie nicht wissen, Ma'am, wer sollt' Ihnen das auch erzählen. Vater ist blind ... seit achtundzwanzig Jahren. Vater selbst leidet nicht sehr darunter. Er ist ganz glücklich mit seiner Pfeife und seinen Lieblingsgerichten. Und sie würden staunen, Ma'am, wie gut er hört; wahrscheinlich weil er nicht mehr sehen kann, hört er so gut.«

»Ich muß ihn einmal besuchen.«

»Das würde ihn aber freuen, wenn Sie mal bei ihm 'reinguckten zu einem kleinen Schwatz. Er fragt schon immer nach der neuen Braut. Sie können ihn gar nicht verfehlen. Es ist die zweite Kate unten in Pendorricdorf. Er haust ja ganz allein, seit Mutter tot ist. Aber Maria und ich gehen immer hin und bringen ihm auch pünktlich sein warmes Essen zu Mittag. Er zahlt keine Miete und lebt von einer kleinen Pension. Vater geht es ganz gut. Es ginge ihm vorzüglich ... wenn er noch sehen könnte.«

Ich war richtig froh, daß Mrs. Penhalligan so redselig war, hatte ich mich doch schon gefragt, worüber ich eigentlich mit ihr reden sollte.

»Ich höre, Ihre Familie lebt schon seit Generationen auf Pendorric?«

»O ja, immer waren Pleydells auf Pendorric. Aber dann hatten meine Eltern keinen Sohn; ich war ihr einziges Kind, und da heiratete ich Penhalligan; der war hier Gärtner, bis er starb. Und wir haben auch wieder nur ein Kind — meine Maria. Ich war schon in der Küche hier, als die erste Mrs. Pendorric kam.«

Es gab mir einen Stich wie immer, wenn Barbarina erwähnt wurde. »Hat sie sich viel um die Küche gekümmert?«

»Sie war ähnlich wie Sie, Ma'am, wollt' Bescheid wissen, möchte ich sagen, aber Änderungen einführen, nein, so eine war sie nicht. So eine entzückende Lady, es war ein Vergnügen, ihr zu dienen. Es war zu schrecklich, als ... Aber meine Zunge geht mal wieder mit mir durch.«

»Mir gefällt es, mit Ihnen zu plaudern, deshalb bin ich auch heruntergekommen.«

Mrs. Penhalligans Gesicht wurde vor Vergnügen ganz breit, während ihre flinken Finger den Teig kneteten.

»Sie war auch so — immer zu einer kleinen Plauderei aufgelegt, besonders im Anfang. Später wurde sie ...«

Ich wartete, aber Mrs. Penhalligan blickte finster auf ihren Teig.

»War sie später weniger freundlich?« warf ich ein.

»Nein, nein, nicht weniger freundlich. Traurig, einfach traurig, glaub' ich, und manchmal war's, als säh' sie einen gar nicht, dachte wohl an was anderes. Arme Frau!«

»Hatte sie denn Kummer?«

»Das kann man wohl sagen! Sie liebte ihn so sehr, wissen Sie ...« Sie hielt inne, als fiele ihr plötzlich ein, mit wem sie spräche. »Haben Ma'am vielleicht eine Vorliebe für Schrotbrot? Ich backe auch weißes Brot, aber vornehmlich Roggenbrot. Vater, der will nur das weiße, nach alter Sitte gebacken. Nun, Vater muß man seinen Willen lassen.«

Ich beteuerte, wie gern ich Vollkornbrot äße und daß ich noch nie ein so leckeres Brot gegessen hätte wir ihres.

Nichts konnte ihr größere Freude bereiten; von diesem Augenblick an war sie meine Verbündete.

»Ich werde bestimmt das nächstemal, wenn ich ins Dorf hinunterkomme, bei Ihrem Vater vorbeischauen«, versicherte ich ihr.

»Ich werde es ihm sagen, es wird ihn freuen. Aber wundern Sie sich nicht, er ist ein bißchen wirr, nun ja, so nahe an den neunzig! Lebt in der Vergangenheit. Es macht ihm immer noch zu schaffen.«

»Was macht ihm zu schaffen?«

»Nun, Sie haben sicherlich gehört, wie die Mutter von Mr. Roc und Miß Morwenna gestorben ist.«

»Ja, das habe ich.«

»Na ja, und Vater war gerade dabei, als es passierte. Er kam lange nicht darüber weg. Doch dann schien er es zu vergessen. Aber es braucht nur wenig, um alles wieder aufleben zu lassen. Das ist ja auch ganz natürlich. Und als er erfuhr, daß wieder eine neue Braut auf Pendorric ist, Sie verstehen ...«

»Ja, ich verstehe schon. Sie sagten, er war damals dabei?«

»Ja, er war dabei. In der Halle, als die Ärmste sich zu Tode stürzte. Damals war er noch nicht ganz blind. Er konnte sie zwar nicht klar erkennen, wußte aber, sie war dort oben auf der Galerie, und er war es auch, der die anderen herbeirief. Es war ein Schock für ihn, und immer wieder geht es ihm im Kopf herum; dabei ist es schon fünfundzwanzig Jahre her.«

»Glaubt er ... an die Geschichte mit dem Geist?«

Überrascht blickte Mrs. Penhalligan auf. »Ich weiß nicht, was Vater wirklich von dem Sturz von Mrs. Pendorric hält. Er spricht nicht darüber. Er brütet immer nur vor sich hin. Man kann ihn nicht zum Sprechen bringen, vielleicht wäre es besser, er spräche sich mal aus.«

»Ganz bestimmt werde ich ihn besuchen, wenn ich an den Katen vorbeikomme, Mrs. Penhalligan.«

»Es wird ihn bestimmt freuen. Übrigens, Maria nimmt gerade den ersten Schub aus dem Ofen. Ich benutze immer noch den alten Lehmofen. Der ist unübertrefflich. Wollen Sie vielleicht zuschauen, Ma'am?«

Ich stimmte zu, aber meine Gedanken waren nicht bei den goldbraunen, frischen Brotlaiben, vielmehr sah ich die schöne junge Frau von der Galerie stürzen, sah das Bild der lächelnden Lowella Pendorric und in der Halle den Alten, der es nicht fassen konnte, was seine fast blinden Augen sahen.

Nach meinem Gespräch mit Mrs. Penhalligan fühlte ich mich nun wirklich als Herrin des Hauses. Mrs. Penhalligan hatte mich anerkannt. Meiner Schwägerin lag nichts daran, das Haus zu führen, und mir war es nur angenehm, eine Aufgabe vor mir zu sehen.

Meine Liebe zu Pendorric wuchs mit jedem Tag, und ich begriff, daß ein Haus, das seit Hunderten von Jahren stand, einen stärker in Bann zog als ein neugebautes.

Ich sprach zu Roc von meinen Empfindungen, und er freute sich darüber.

»Na, was habe ich dir gesagt?« rief er aus. »Die Bräute von Pendorric fassen eine geradezu wilde Zuneigung zu Pendorric.«

»Vielleicht liegt es daran, daß sie so glücklich sind, zu Pendorric zu gehören.«

Die Bemerkung gefiel ihm. Er legte seinen Arm um mich, und ich fühlte mich plötzlich sicher behütet.

»Es gibt so vieles, was ich dich noch über Pendorric fragen

wollte«, sagte ich. »Ist es wirklich wahr, daß der Holzwurm langsam, aber sicher, ganze Teile des Hauses zerfrißt?«

»Diese kleinen Tiere sind die größten Feinde der Herrensitze von England, mein Schatz. Sie wirken genauso zerstörend wie die Steuerbehörde.«

»Sag mal, tut es dir eigentlich leid, nicht so wohlhabend zu sein wie Lord Polhorgan? Wird es wirklich nötig sein, Pendorric dem National Trust zu überlassen?«

Roc nahm mein Gesicht in seine Hände und küßte mich zart.

»Kümmere dich nicht darum, mein Engel, wir werden den bösen Wolf schon von unserem Stammsitz fernhalten.«

»So leben wir also nicht über unsere Verhältnisse?«

Er lachte. »Habe ich's doch gewußt, ich habe eine Geschäftsfrau geheiratet. Nun hör mal gut zu, mein Schatz: wenn ich darüber mit Charles gesprochen habe, werde ich dir zeigen, wie es hier auf dem Gut zugeht, und du wirst den ganzen Betrieb eines Gutshofes wie den unseren kennenlernen.«

»Ach ja, Roc, bitte.«

»Das habe ich mir gedacht, daß du davon begeistert bist. Aber zuerst muß ich den alten Charlie darauf vorbereiten, er ist etwas altmodisch und hält nichts von weiblicher Einmischung.«

»Sprich nur bald mit ihm.«

Er wurde plötzlich ganz ernst. »Ich möchte, daß wir alles gemeinsam tun ... alles. Du verstehst doch.«

Ich nickte. »Keine Geheimnisse«, fügte ich noch hinzu.

Er drückte mich fest an sich. »Für immer und ewig — bis daß der Tod uns scheide.«

»O Roc, sprich nicht vom Sterben.«

»Nur als etwas, das in dunkler und unbestimmter Zukunft liegt, mein Lieb. Also mach dir keine Sorgen um Pendorric.«

Ich fühlte mich sehr glücklich nach diesem Gespräch, und Vaters Tod schien weit hinter mir zu liegen. Roc hatte mir den Trost gegeben, den nur er mir geben konnte.

Einige Zeit später beschloß ich, einen Rundgang durch alle Zimmer zu machen, um nachzuschauen, ob irgendwo dringende Reparaturen erforderlich wären.

Ich wollte mit dem Ostflügel beginnen, da dieser unbewohnt war; eines Tages also nach dem Frühstück ging ich kurzentschlossen auf das Tor des östlichen Flügels zu.

Kaum hatte sich die Tür hinter mir geschlossen, kam mir

in den Sinn, daß gerade Barbarina diesen Teil des großen Hauses besonders geschätzt hatte, und mich verlangte danach, wieder einen Blick in ihr Musikzimmer zu werfen.

Als ich die Tür des Musikzimmers erreicht hatte, drückte ich rasch die Klinke herunter und trat ein.

Alles war so, wie ich es zuletzt gesehen hatte: die Geige lag auf dem Stuhl, die Noten waren auf dem Ständer.

Leise schloß ich die Tür hinter mir. Im Geiste sah ich Barbarina hier stehen, mit vor Begeisterung leuchtenden Augen und geröteten Wangen. Und gern hätte ich gewußt, was in ihr vorging, als sie zum letztenmal dastand, mit der Violine in den schlanken Händen...

»Barbarina!« erklang leise ihr Name.

Ich fühlte einen Schauer über meinen Rücken laufen. War ich doch nicht allein in dem Zimmer?

»Barbarina! Bist du da, Barbarina?«

Eine Bewegung hinter mir ließ mich herumfahren. Ich sah, wie der Türgriff langsam heruntergedrückt wurde.

Unwillkürlich preßte ich die Hände auf mein Herz. Die Tür öffnete sich sacht.

»Carrie!« rief ich vorwurfsvoll. »Haben Sie mich aber erschreckt!«

»Ach so, es ist Rocs Braut?« stellte sie fest. »Ich dachte einen Augenblick lang...«

»Sie dachten, es wäre jemand anders?«

Sie nickte langsam und schaute suchend im Zimmer umher.

Ich wollte wissen, was in ihr vorging, und fuhr fort: »Sie sagten Barbarina.«

Wortlos nickte sie.

»Sie ist tot, Carrie.«

»Sie ruht nicht«, war die leise Antwort.

»Glauben Sie denn, sie geht im Haus um ... spukt in diesen Räumen?«

»Ich spüre es — spüre es am Lufthauch.« Sie kam ganz dicht an mich heran und sah mir in die Augen.

»Ich spüre es jetzt.«

»Ich aber nicht«, sagte ich ziemlich scharf. Aber sofort tat es mir leid; schließlich war sie die Kinderschwester von Barbarina und Deborah gewesen. Und ich wußte, daß sie ein Geräusch im Musikzimmer gehört und wirklich gedacht hat, es sei Barbarina.

»Sie werden es auch noch spüren«, sagte Carrie.
Ungläubig lächelte ich sie an. »Ich muß jetzt weiter«, sagte ich. »Ich habe noch sehr viel zu tun.«
Ich verließ das Musikzimmer, hatte aber die Lust verloren, in dem östlichen Flügel zu bleiben. Unten im Innenhof setzte ich mich hin und ertappte mich immer wieder dabei, wie meine Blicke zu den Fenstern von Barbarinas Räumen hinaufgingen.

Als ich das nächstemal bei Lord Polhorgan war, traf ich dort Dr. Clement. Er trank mit uns Tee, und ich fand seine Gesellschaft reizend, genau wie unser Gastgeber.
Wir sprachen über das Dorf, und es zeigte sich, daß Dr. Clement die gleiche Vorliebe wie Pfarrer Peter Dark für die hiesigen Sitten und Gebräuche hatte.
Dr. Clement wohnte am Rand von Pendorricdorf in einem Haus, das er von seinem Vorgänger übernommen hatte.
»Es wird Tremethick genannt — das bedeutet im cornischen Dialekt ›Doktorhaus‹. Sie müssen einmal kommen, um meine Schwester kennenzulernen.«
Ich stimmte erfreut zu, und er sprach weiter von seiner Schwester Mabell, die sich mit Töpferei beschäftigte; ein Teil der kleinen Töpfe und Aschenbecher, die in den Läden der Küstenstädte verkauft wurden, stammte von ihr. Sie widmete sich nicht nur der Töpferei, sondern malte auch Bilder, die sie in Kommission gab. Er erzählte, daß sie den alten Stall in eine Werkstatt umgewandelt und dort auch ihren Brennofen habe.
An diesem Tag spielten wir nicht Schach, und als ich mich zum Weggehen erhob, bot mir der Doktor an, mich nach Hause zu fahren.
Unterwegs fragte er mich, ob ich von Pendorric nach Polhorgan immer auf der Hauptstraße gehe. Ich erklärte ihm, daß ich dreierlei Möglichkeiten hätte: auf der Straße, über den Schmugglerpfad und am Strand entlang und durch die Gärten.
»Wenn es eilt«, sagte ich, »nehme ich gewöhnlich die Abkürzung.«
»Warum kommen Sie nicht mit und lernen Mabell kennen? Sie würde sich sehr freuen, und ich könnte Sie dann wieder nach Hause bringen.« Ich blickte auf die Uhr, dachte daran, daß Roc schon zu Hause sein müßte, und lehnte ab.

Er setzte mich in Pendorric ab; ich bedankte mich, und er winkte mir noch einmal zu.

Dann wandte ich mich dem Hause zu. Niemand war in der Nähe, und so stand ich eine Weile unter dem Eingangstorbogen und betrachtete die cornische Inschrift.

Es war ein regnerischer Tag. Der Wind wehte aus Südwesten — sanft und weich, ein Wind, der angenehm auf der Haut prikkelte. Die Möwen schienen heute noch trauriger zu schreien als gewöhnlich. Aber vielleicht kam das durch das trostlose Grau des Meeres und die tiefhängenden Wolken.

Ich ging um das Haus herum zur Südseite und schaute in den Garten hinunter; sogar dort schienen die Blumen farbloser zu blühen als sonst.

Ich ging ins Haus hinein, und sobald ich in die Halle trat, blieben meine Augen an dem Porträt von Barbarina hängen. Es schien eine schlechte Angewohnheit von mir zu werden. Ihre Augen folgten mir auf meinem Weg an den Ritterrüstungen vorbei die Treppe hinauf. Oben auf der Galerie blieb ich vor dem Bild stehen. Und wie Barbarinas Augen geradewegs in die meinen schauten, bildete ich mir ein, ihre Lippen verzögen sich zu einem Lächeln — einem warmen, einladenden Lächeln.

Die Halle wirkte heute düster, da draußen alles grau in grau war. Wenn die Sonne durch die großen Bogenfenster schien, machte alles einen ganz anderen Eindruck.

Über die Galerie ging ich zu dem Flur, wo einige der Fenster geöffnet waren, und wieder konnte ich nicht widerstehen, in den Innenhof hinunterzublicken. Und wie ich da stand, hörte ich deutlich Geigenspiel. Ich stieß das Fenster weit auf und lehnte mich hinaus. Ja, kein Zweifel: ein Fenster auf der Ostseite war geöffnet. Kam der Klang vielleicht von dorther? Meine Augen wanderten zum zweiten Stock, und ich fragte mich, ob man das Spiel aus dem Musikzimmer über den Korridor und den Hof hinweg hören könnte.

Ich schämte mich — aber ich hatte Angst.

Ich wollte mich nicht durch so alberne Vorstellungen beirren lassen. Energisch wandte ich mich dem Korridor des Ostflügels zu, und als ich ihn entlanglief, hörte ich wieder die Geige.

Ich riß die Tür auf zum Musikzimmer. Die Geige lag auf dem Stuhl, die Noten waren auf dem Ständer. Niemand war im Zimmer.

Dann hörte ich den Schrei einer Möwe draußen. Sie schien mich auszulachen.

Ich hatte keine Lust mehr, im Hause zu bleiben. Ich beschloß daher, Roc entgegenzugehen.

Ich ging die Straße hinauf und wanderte querfeldein in nördlicher Richtung und fand dabei schnell meine gute Laune wieder. Ich war diesen Weg vorher noch nie gegangen, und es machte mir Spaß, wieder Neues zu entdecken. Die Landschaft kam mir im Gegensatz zu der zerklüfteten Küste geradezu friedvoll vor, und ich freute mich über das Gold der frisch gemähten Felder und das Scharlachrot der Mohnblumen. Um meine Nase wehte der frische Wiesenduft, in den sich der Duft der Glockenblumen und Skabiosen mischte.

Da hörte ich das Geräusch eines Autos, und zu meiner Freude erkannte ich Roc.

Er bremste und steckte den Kopf aus dem Fenster.

»Na, das ist aber eine freudige Überraschung.«

»Ich bin diesen Weg noch nie gegangen und dachte mir, ich treffe dich vielleicht.«

»Steig ein«, befahl er. Er umarmte mich, und ich fühlte mich wieder sicher und sehr glücklich.

»Als ich von Polhorgan zurückkam, war kein Mensch im Hause, und da wollte ich auch nicht bleiben.«

»Und wie geht es dem alten Herrn heute?«

»Er hat sich scheint's wieder gut erholt.«

»Na, das ist wohl immer so bei diesen Beschwerden.« Roc warf mir einen raschen Blick zu. »Vertragt ihr euch immer noch?«

»Natürlich.«

»Wenige Menschen können auf die Dauer gut mit ihm auskommen. Ich freue mich, daß es dir gelingt. Über was sprecht ihr eigentlich die ganze Zeit? Erzählt er von seiner bösen Familie, die ihn verlassen hat?«

»Er hat seine Familie noch nie erwähnt.«

»Er wird noch. Er wartet nur auf eine Gelegenheit.«

»Da fällt mir ein«, sagte ich, »ich habe heute nachmittag jemanden Geige spielen hören. Wer könnte das wohl gewesen sein?«

»Geige?« fragte Roc überrascht. »Wo?«

»Das kann ich nicht genau sagen. Ich dachte, es wäre im Ostflügel.«

»Außer der alten Carrie geht kaum jemand dort hinüber, und ich kann mir nicht vorstellen, daß sie sich zu einer Geigenvirtuosin entwickelt hätte. In unserer Jugend hatten Morwenna und ich ein paar Stunden. Morwenna konnte es ganz gut, aber seit ihrer Heirat mit Charles hat sie es ganz aufgegeben. Charles ist unmusikalisch — er kann ein Beethoven-Konzert nicht von der Nationalhymne unterscheiden. Und Morwenna ist eine gefügige Frau. Was Charles denkt, denkt sie auch, und du kannst sie dir als Beispiel nehmen, mein Engel.«

»So könnt nur ihr beide Geige spielen?«

»Warte mal. Rachel gab einmal den Zwillingen Unterricht. Lowella schlägt nach mir und ist in dieser Richtung ebenso talentiert wie ein Kälbchen. Hyson dagegen ... sie ist anders. Ich glaube, Hyson spielt ganz gut.«

»Dann könnte es also Hyson oder Rachel gewesen sein.«

»Du scheinst dich sehr dafür zu interessieren. Willst du selbst damit anfangen, oder bist du vielleicht ein verkapptes Genie? Es gibt noch so vieles, was ich nicht weiß von dir, Favel, obwohl du meine Frau bist.«

»Genauso geht es mir mit dir.«

»Da ist es nur ein Segen, daß wir bis zum Ende unserer Tage zusammenbleiben und somit Zeit genug haben werden, einander kennenzulernen.«

Als wir auf die Küstenstraße kamen, sahen wir Rachel, und Roc fuhr langsamer, damit sie einsteigen konnte.

»Ich suche die Zwillinge«, erklärte sie uns. »Sie gingen heute nachmittag zur Tregallic-Bucht hinunter zum Krabbenfangen.«

»Ich hoffe, du hast diese Zeit gut ausgenutzt«, sagte Roc.

»Ja. Ich habe einen weiten Spaziergang gemacht, fast bis zu Gormans Bay. Ich trank dort Tee und wollte die beiden auf dem Rückweg mitnehmen. Sicherlich sind sie schon nach Hause gegangen.«

»Favel glaubte dich heute nachmittag Geige spielen zu hören.«

Rachels sandbraune Augen blickten mich verschlagen an.

»Sie werden mich wohl kaum auf dem Weg nach Gormans Bay gehört haben.«

»Dann muß es Hyson gewesen sein.«

Rachel zuckte die Achseln. »Ich glaube nicht, daß Hyson die Krabben wegen der Musik schwimmen ließe.«

Als wir nach Hause kamen, trafen wir auf die Zwillinge, die mit Fangnetzen und einem Eimer, in welchem Lowella die Beute trug, beladen waren.

Rachel sagte: »Hör mal, Hyson, du bist doch nicht zurückgekommen und hast Geige gespielt heute nachmittag?«

Hyson sah verdutzt drein und fragte: »Wozu denn?«

»Deine Tante Favel glaubte dich zu hören.«

»Oh«, sagte Hyson gedankenvoll, »da hörte sie nicht *mich* spielen.«

Sie wandte sich abrupt ab; ich sollte wohl nicht merken, wie sehr Rachels Bemerkung sie beschäftigte.

Am nächsten Tag regnete es ununterbrochen und die darauffolgende Nacht auch noch.

»Das ist nichts Ungewöhnliches hier«, erklärte mir Roc, »das ist einfach ein alter cornischer Brauch. Jetzt begreifst du, warum unser Gras das grünste in diesem grünen und freundlichen Land ist.«

Ein lauer Südwestwind blies, und alles fühlte sich feucht an. Am Tag danach war es nicht mehr so regnerisch, obwohl der verhangene Himmel neuen Regen ankündigte. Das Meer hatte an der Küste eine schmutzigbraune Farbe angenommen, weiter draußen war es grünlichgrau.

Roc verließ das Haus, und ich beschloß, nach Polhorgan zu gehen, um das unterbrochene Schachspiel zu Ende zu bringen. Roc nahm mich im Wagen mit.

Lord Polhorgan freute sich, mich zu sehen. Wie gewöhnlich tranken wir Tee und spielten unsere Partie fertig, die er gewann.

Als ich ging, kam gerade Dr. Clement. Ich stand noch unter dem Torbogen, während er aus dem Wagen stieg.

»Sie gehen schon?« fragte er sichtlich enttäuscht. Mabell ist sehr gespannt, Sie kennenzulernen.«

»Sagen Sie ihr, daß es mir genauso geht.«

»Darf sie Sie anrufen?«

»Ja, bitte. Übrigens, wie krank ist Lord Polhorgan eigentlich?«

Dr. Clement wurde ernst. »Das ist schwer zu sagen bei einem Patienten in diesem Zustand. Es kann ganz plötzlich gefährlich werden.«

»Ich bin nur froh, daß Schwester Grey immer zur Hand ist.«

»Es ist sehr wichtig, daß er jemand zur ständigen Pflege hat. Aber wie gesagt ...«

Er hielt inne, und ich ahnte, daß er Althea Grey kritisieren wollte und in letzter Minute seine Absicht änderte.

Abschiednehmend lächelte ich ihm zu: »Ich muß mich beeilen, Doktor. Auf Wiedersehen.«

»Auf Wiedersehen.«

Ich machte mich auf den Weg zur Küstenstraße. Dann besann ich mich jedoch eines anderen und ging zum Abkürzungsweg.

Ich war noch nicht weit gekommen, als ich feststellte, daß es recht dumm von mir war, diesen Weg heimzugehen. Der Pfad bestand nur aus rötlichbraunem Schlamm, und sicherlich war der Zustand des Schmugglerpfads noch schlimmer. Ich überlegte noch, ob ich lieber umkehren sollte. Aber schließlich, schlimmer konnte es auch nicht mehr werden, und so ging ich weiter. Meine Schuhe waren sowieso schon mit einer Schlammkruste bedeckt.

Ich hatte noch nicht den engen Heckenweg erreicht, als Rocs Stimme an mein Ohr drang.

»Favel! Bleib stehen, wo du bist! Rühr dich nicht vom Fleck, warte auf mich!«

Ich fuhr herum und sah Roc auf mich zukommen. »Was ist denn los?«

Ohne zu antworten, packte er mich am Arm und hielt mich für Sekunden ganz fest umschlungen. Dann stieß er hervor: »Dieser Weg ist nach heftigem Regen sehr gefährlich. Schau her! Kannst du die Risse im Boden sehen? Ein Teil der Klippen ist hinabgestürzt. Selbst hier ist es unsicher.«

Er zog mich den Weg zurück, den ich gekommen war, jeden Schritt behutsam abtastend.

Als wir den Anfang des Klippenweges erreicht hatten, blieb er stehen und seufzte erleichtert auf. »Das war aber ein Schrekken für mich«, gestand er. »Ich hatte plötzlich so eine Ahnung, war nach Polhorgan geeilt, und sie sagten mir, du seiest gerade gegangen. Schau zurück. Siehst du, wie die Klippen zerbröckelt sind? Und kannst du die Steine und das entwurzelte Farnkraut auf halber Höhe des Abhangs da unten sehen?«

Mit Schaudern blickte ich hinab.

»Der Pfad ist sehr gefährlich«, fuhr Roc fort. »Warum hast

du nicht das Warnschild beachtet? Doch da fällt mir ein, ich habe es auch nicht gesehen.«

»Meinst du das, auf dem steht: ›Der Weg kann auf eigene Gefahr begangen werden‹? Aber ich dachte, das gilt nur für Besucher, die die Klippen nicht kennen.«

»Nach starkem Regen nehmen sie das Schild weg und stellen ein anderes auf: ›Sehr gefährlicher Weg‹. Ich kann nicht verstehen, was mit ihm geschehen ist.« Er blickte um sich. Dann rief er: »Du lieber Himmel. Ich möchte wissen, wer das gemacht hat?« bückte sich und hob ein Schild auf, das, mit der Schrift nach unten, auf dem Weg lag. »Mir ist schleierhaft, wie das umfallen konnte. Vielleicht wärst du gut 'rübergekommen, aber ...«

Er preßte mich an sich, und ich war zutiefst gerührt. Er steckte das Schild wieder in den Boden und sagte barsch: »Der Wagen steht in der Nähe. Komm, wir wollen heimfahren.«

Als wir die Auffahrt hinaufkamen, trafen wir auf Morwenna, die eifrig den Wegerich aus dem Rasen zupfte.

Roc knallte den Wagenschlag zu und rief: »Hat doch jemand das Warnschild am Klippenweg herausgerissen. Ich konnte gerade noch verhindern, daß Favel hinüberging.«

Morwenna stand erschrocken auf.

»Es gab einen bösen Erdrutsch dort.« Roc war kurz angebunden. Er wandte sich mir zu. »Der Weg sollte gesperrt werden, bis er ausgebessert ist. Ich werde mit Admiral Weston sprechen, dem Vorsitzenden des Landkreises hier.«

Charles kam ums Haus herum; auch seine Schuhe waren voller Lehm. »Was ist denn hier los?«

Roc berichtete von der Gefahr, in der ich geschwebt hatte.

»Touristen«, brummte Charles. »Ich wette, es waren Touristen.«

»Na, es ist noch mal gutgegangen«, sagte Morwenna und zog ihre Gartenhandschuhe aus, »aber für heute habe ich genug und könnte einen Drink gebrauchen. Und du, Favel? Roc nimmt auch sicherlich einen, und Charles sagt sowieso nie nein.«

Wir gingen ins Haus, in einen kleinen Salon neben der Halle, und Morwenna holte die Gläser aus dem Schrank. Während sie einschenkte, kam Rachel Bective mit Hyson herein. Sie trugen beide Hausschuhe. Morwennas Blick lenkte meine Aufmerksamkeit darauf. Sie hatten wohl die Schuhe an der hinteren Eingangstür gewechselt, wo immer Gummi- und Hausschuhe bereitstanden. Wieder kam die Sache mit dem Warnschild zur Sprache, und Rachel Bective schaute mich nicht an, als sie sagte: »Das hätte schlimm ausgehen können. Wie gut, daß du dazugekommen bist, Roc.«

Fünf oder zehn Minuten später kam Lowella zur Tür herein, zusammen mit Deborah. Lowella erzählte, daß sie geschwommen sei, und Deborah war augenscheinlich gerade von ihrem Nachmittagsnickerchen aufgestanden. Sie hatte noch ganz verschlafene Augen.

»Wo ist Lowella?« fragte Morwenna.

Weder Rachel noch Hyson wußten es.

Vielleicht hatte Hyson das Schild umgekippt. Sie wußte, wohin ich gegangen war und daß ich womöglich über den Klippenweg heimkommen würde. Vielleicht hatte sie mich auch beobachtet. Aber was hätte sie für einen Grund, so etwas zu tun? Vielleicht war sie von Natur aus boshafter, als es schien? Dann sagte ich mir, Roc habe der Angelegenheit mehr Bedeutung beigemessen, als ihr zukam. Und damit gab ich mich zufrieden — bis zum nächsten Tag.

Am anderen Morgen war der Himmel strahlend blau und die See so glänzend, daß einem die Augen weh taten, wenn man hinsah. Roc nahm mich mit zur Schmiede, wo eines seiner Pferde beschlagen werden sollte. Wieder bekam ich ein Glas Most aus dem Faß in der Ecke angeboten, und während der junge Jim das Pferd beschlug, kam Dinah in die Schmiede und bedachte mich mit einem dreisten Blick, der mich vermuten ließ, daß Roc und sie einmal intimer miteinander gewesen waren.

Als wir die Schmiede verließen und an den Katen vorüberkamen, sah ich vor der einen einen alten Mann sitzen.

»Morgen, Jesse«, rief Roc.

»Morgen, Sir.«

»Wir müssen ein Wort mit Jesse Pleydell sprechen«, sagte Roc leise zu mir.

Die knorrigen Hände des Alten lagen zitternd auf seinen spitzen Knien.

»Ist die Lady Ihre Frau?«

»Ja, Jesse. Sie möchte gern Ihre Bekanntschaft machen.«

»Wie geht es Ihnen?« fragte ich. »Ihre Tochter hat mir von Ihnen erzählt.«

»Ist ein gutes Mädchen, meine Bessie. Und Maria ... wüßte nicht, was ich ohne sie täte ... so alt und schwach wie ich bin. Es ist gut, sie in Ihrem Haus zu wissen.«

»Ich wünschte, Sie wären auch da oben, Jesse«, sagte Roc, und es lag so viel Freundlichkeit in seiner Stimme, daß die Gedanken, die mir in der Gegenwart von Dinah Bond gekommen waren, verflogen.

»Ja, Sir, da wäre auch mein Platz. Aber seit mir mein Augenlicht genommen wurde, bin ich unnütz für Gott und die Menschen.«

»Das ist Unsinn. Wir sind alle stolz auf dich, Jesse. Du brauchst nur noch weitere zwanzig Jahre zu leben, und Pendorric wird berühmt durch dich.«

»Immer zu einem Späßchen aufgelegt ... wie Ihr Vater! Er spaßte auch gern, bis ...« Seine Hände begannen an seiner Hose zu zupfen.

In plötzlicher Eingebung ging ich auf den alten Mann zu und legte ihm die Hand auf die Schulter. Er saß ganz still, und ein Lächeln huschte über seine Lippen.

»Ich komme mal wieder vorbei«, sagte ich. Er nickte, und seine Hände fingen wieder an zu zittern, bis sie auf den Knien zur Ruhe kamen.

»Wie in alten Zeiten ...«, redete er vor sich hin. »Wie in alten Zeiten, mit einer neuen Braut in Pendorric. Ich wünsche Ihnen alles, alles Glück, meine Liebe.«

Als er uns nicht mehr hören konnte, sagte ich: »Übrigens erzählte Mrs. Penhalligan mir, er sei in der Halle gewesen, als deine Mutter abstürzte.«

»So, erzählte sie das? Wie doch die Leute immer an allem und jedem hängen, was vorbei und vergangen ist! Wahrscheinlich passiert in ihrem Leben so wenig, daß sie sich an das kleinste Ereignis außerhalb des täglichen Einerleis klammern.«

»Ich hoffe nur, daß der vorzeitige Tod eines Menschen auch ›außerhalb des täglichen Einerleis‹ liegt.«

Lachend schob er seinen Arm unter den meinen. »Erinnere dich bitte daran, wenn du das nächstemal wieder versucht bist, über gefährliche Pfade zu klettern.«

Am Nachmittag ging ich in den Innenhof. Trotz der warmen Morgensonne waren die Bänke nach dem langen Regen noch feucht.

Hyson ging an meiner Seite. Plötzlich fragte sie: »Hast du eigentlich Angst gehabt, als Onkel Roc dich von dem Klippenweg herunterholte?«

»Nein. Ich hätte gar nicht gemerkt, daß es dort gefährlich war; er brachte mich erst darauf, hinterher.«

»Nun, wahrscheinlich wärst du auch heil 'rübergekommen. Aber es hätte auch etwas passieren können.«

»Dann war es nur gut, daß ich nicht weiterlief, nicht wahr?«

Hyson nickte. »Es hat nicht sollen sein«, sagte sie. »Vielleicht«, fuhr sie fort, »war es eine Warnung. Vielleicht ...«

Dabei blickte sie auf eines der Fenster an der Ostseite, wie sie es schon einmal getan hatte. Ich folgte ihrem Blick und sah nichts. Sie sah mich an, lächelte und sagte: »Auf Wiedersehen«, und ging durch die nördliche Tür ins Haus.

Was wollte das Kind von mir? Wollte sie sich wichtig machen? Wollte sie mir vielleicht zu verstehen geben, sie sähe, was für gewöhnliche Sterbliche im dunkeln blieb?

Dann hörte ich die Stimme, und für einen Moment hatte ich keine Ahnung, woher sie kam. Die Melodie klang an mein Ohr, ein klein wenig unrein. Ich verstand die Worte:

> Er ist lange tot und hin,
> tot und hin, Fräulein!
> Ihm zu Häupten ein Rasen grün,
> Ihm zu Fuß ein Stein.

Ich schaute zu den Fenstern auf der Ostseite, einige standen offen. Energisch ging ich die Treppe hinauf auf die Galerie.

»Hyson«, rief ich, »bist du da, Hyson?«

Keine Antwort. Ich spürte, wie kühl es hier im Haus war, vor allem, wenn man aus dem sonnigen Innenhof kam. Ich war wütender, als ich sein sollte, und auf einmal ging es mir auf: ich war so wütend, weil es mir langsam etwas unheimlich wurde.

4

Allmählich mußte ich annehmen, daß sich irgend jemand auf meine Kosten einen seltsamen Spaß erlaubte.

Ich hatte Geigenspiel gehört; ich hatte das Singen gehört. War ich die einzige, die dies alles hörte? Sicher war es der Sage wegen und weil ich die neue Braut war. Jemand aus diesem Haus versuchte, mich nervös zu machen.

Ich fragte mich, warum. Wollte jemand, der an den Geist von Pendorric glaubte, mich zu diesem Glauben bekehren?

Ich überlegte, mit wem ich darüber sprechen konnte, denn die Geschichte begann mich jetzt ziemlich zu beschäftigen. Wenn ich mich an Roc wandte, würde er nur lachen und mir erzählen, daß ich nur Pendorric verfallen sei wie die anderen Bräute auch. Morwenna war zwar immer freundlich, aber auch zurückhaltend. Charles sah ich am wenigsten von allen, und ein vertrauliches Gespräch mit ihm konnte ich mir nicht vorstellen. Die Zwillinge? Unmöglich. Lowella war ein Irrwisch, und bei Hyson wußte ich nie, was sie dachte. Ja, wenn jemand es darauf anlegte, mich zu erschrecken, dann konnte es eigentlich nur Hyson sein, die ganze Methode sprach dafür. Rachel Bective war mir zu unsympathisch; wahrscheinlich ahnte sie meine Abneigung und erwiderte sie.

Es gab nur eine Person, der ich vertrauen konnte — Deborah. Sie war aufgeschlossener als Morwenna und eher bereit, Vertrauen mit Vertrauen zu vergelten. Außerdem war sie aus Devonshire und hielt von Aberglauben so wenig wie ich. Eine Gelegenheit ergab sich, als ich in ihrem Zimmer Fotoalben ansah. Die einzelnen Fotografien waren mit Sorgfalt eingeklebt, in chronologischer Reihenfolge, mit entsprechenden Unterschriften. Die meisten der früheren Bilder zeigten Barbarina mit ihrem Mann. Dann kamen viele von Roc und Morwenna. Ich wendete wieder ein Blatt, die nächste Seite war leer.

»Die letzte Fotografie wurde eine Woche vor Barbarinas Tod gemacht«, sagte Deborah. »Danach habe ich das Buch nicht mehr benützt.« Sie nahm ein anderes Album und öffnete es. Es zeigte Bilder eines älteren Roc und einer größeren Morwenna. »Nun ja«, fuhr Deborah fort, »das Leben ging weiter. Und so habe ich dann meine Fotoalben auch weitergeführt.«

Ich blätterte um, mein Blick fiel auf eine Gruppenaufnahme von Roc, Morwenna und Barbarina.

»Nanu, das gehört aber nicht in dieses Buch.«

Deborah lächelte. »Aber natürlich. Das ist nicht Barbarina. Sie war ein halbes Jahr tot, als diese Aufnahme gemacht wurde.«

»Also du bist es? Aber du siehst doch genau wie sie aus.«

»Ja ... seitdem sie uns nicht mehr vergleichen konnten, sagten die Leute, ich würde ihr immer ähnlicher.« Sie wendete die Seite um, als könnte sie es nicht ertragen, das Bild anzusehen. »Und hier sind Morwenna und Charles. Er war damals sehr jung. Mit etwa achtzehn Jahren kam er nach Pendorric. Petroc wollte ihn so weit einarbeiten, daß er später die Leitung übernehmen konnte was er dann auch tat. Schau, wie Morwenna ihn anhimmelt. Er war ihr Gott.« Sie lachte. »Es war geradezu komisch zu beobachten, welchen Einfluß er auf sie nahm. Jeder Satz begann mit ›Charles sagt ...‹ oder ›Charles macht ...‹ Sie bewunderte ihn von dem Augenblick an, als er nach Pendorric kam, und so blieb es bis heute.«

»Sie sind sehr glücklich miteinander, nicht wahr?«

»Manchmal denke ich, es steckt zuviel Ergebenheit darin.«

»Charles scheint ihr aber auch sehr ergeben zu sein.«

»Charles wird immer ein treuer Ehemann sein. Aber es gibt außer der Ehe für ihn noch andere Dinge im Leben. Er ist sehr fromm, weißt du? Charles' Vater war Geistlicher, und Charles wurde sehr streng erzogen. Aber Land bebauen ist für ihn auch eine Art Religion, und in diesem Sinne hat er sich Morwenna erzogen. Es gab eine Zeit, da war sie ebenso unternehmungslustig und zu Streichen aufgelegt wie ihr Bruder. Aber ich habe es nie erlebt, daß sie Charles in irgendeiner Art widersprach ... außer vielleicht in einem Punkt.«

Deborah zögerte weiterzusprechen.

»Ich meine ... ihre Freundschaft mit Rachel Bective.«

»Oh, kann Charles Rachel nicht leiden?«

»Von einem gewissen Zeitpunkt an brachte Morwenna sie immer von der Schule zu den Ferien mit. Nie äußerte Charles sich mißbilligend über sie, aber er nahm die beiden nie zu einem Ritt oder zu einem Rundgang mit, so wie er es mit Morwenna tat, wenn sie allein war. Ich glaubte, daß Morwenna daraufhin Rachel nicht mehr mitbringen würde. Aber nichts dergleichen geschah.«

»Und nun lebt sie hier.«

»Nur bis die Kinder auf eine Schule müssen; doch sie wird schon eine neue Ausrede zum Bleiben finden. Aber nachdem du jetzt Hausherrin bist ...«

Deborah seufzte, und ich wußte, was sie meinte. Die nicht ebenbürtige Rachel kam aus einer armen Familie nach Pendorric. Sie verliebte sich in das, was sie gesehen hatte, und trachtete danach, es zu ihrem Eigen zu machen. Hatte sie geglaubt, daß sie eines Tages die neue Braut sein würde? Sicher war Roc freundlich zu ihr, und niemand konnte besser als ich verstehen, wie leicht es war, sich in ihn zu verlieben. Liebte Rachel Roc, oder hatte sie es einmal getan? Bestimmt, und somit hatte Rachel gute Gründe für ihre Abneigung.

Ich sagte langsam: »Erinnerst du dich, wie du mir erzählt hast von Barbarinas Ophelia-Rolle und wie sie das Lied sang?«

Deborah schwieg einige Sekunden; sie sah mich nicht an. Dann nickte sie.

»Mir war, als hätte ich es jemanden singen hören im Ostflügel. Wer könnte das wohl gewesen sein?«

Das Schweigen hielt lange an, dann sagte Deborah: »Jeder könnte dieses Lied singen.«

»Da hast du recht.«

Deborah wandte sich einem anderen Fotoalbum zu, das ich noch nicht gesehen hatte. Anscheinend schien es ihr nicht verwunderlich, daß ich jemanden das Lied hatte singen hören.

Einige Tage später, als Antwort auf die Einladung, ging ich zu Dr. Clement. Das Haus war ganz entzückend — frühes 19. Jahrhundert —, umgeben von einem Garten, in dem Bienenstöcke standen. Mabell Clement war eine sehr geschäftige Person. Groß und blond wie ihr Bruder, trug sie das Haar in einem dicken Zopf, der halb den Rücken hinunterhing — jedenfalls sah ihre Frisur so aus, als ich sie zum erstenmal traf. Bei späterer Gelegenheit hatte sie ihr Haar zu einem Knoten im Nacken aufgesteckt, der sich allerdings immer aufzulösen drohte. Sie hatte gewöhnlich einen Kittel an, den manchmal ein Gürtel zusammenhielt. An den Füßen hatte sie Bastsandalen, sie trug Bernsteinketten und lange Ohrgehänge.

Jeder sollte sofort merken, daß sie eine Künstlerin war. Das war ihr wunder Punkt. Ansonsten war sie ein gutmütiger Mensch, von gleichbleibender Freundlichkeit und eine gute Gastgeberin. Ihr Bruder war ihr ganzer Stolz. Er seinerseits war ihr sehr zugetan und ertrug ihre künstlerischen Ambitionen mit Toleranz. Ich stellte fest, daß die Mahlzeiten in diesem Haushalt zu den seltsamsten Zeiten serviert wurden; denn Mabell gestattete es sich nicht, sich um die Belange des Haushalts zu kümmern, wenn der Drang zum Malen, Töpfern oder Gärtnern über sie kam.

Tremethick wurde mir gezeigt, der Töpfereischuppen und das, was sie Atelier nannte. Alles in allem war es ein interessanter Nachmittag. Dr. Clement bot mir an, mich nach Pendorric zurückzufahren; eine halbe Stunde bevor ich gehen wollte, kam aber ein Anruf von einem seiner Patienten, dem er umgehend einen Besuch abstatten mußte.

So ging ich allein nach Pendorric zurück.

Ich kam durch das Dorf. Es war still hier an diesem Nachmittag; die Hitze war drückend. An der Hüttenreihe schaute ich nach Jesse Pleydell aus, der saß aber heute nicht vor seiner Tür. Ich überlegte, ob ich bei ihm hineinschauen sollte, entschloß mich aber dann, darauf zu verzichten, wollte ich doch vorher Mrs. Penhalligan oder Maria fragen, welchen Tabak er rauchte, damit ich ihm ein Päckchen mitbringen konnte.

Zu meiner Rechten lag der Kirchhof. Zuerst zögerte ich, doch dann schlüpfte ich durch das schmiedeeiserne Tor. Ich hatte schon seit jeher eine Vorliebe für Friedhöfe, besonders verlassene wie dieser hier hatten es mir angetan. Ich ging zwischen den Grabmälern durch, und dann sah ich die Gruft der Pendorrics vor mir.

Ich wollte nachsehen, ob der Lorbeerkranz immer noch an seinem Platz hing. Er war fort. An seiner Stelle hing ein kleiner Rosenstrauß, und als ich näher trat, erkannte ich eine bestimmte Rosenart, die in unserem Garten wuchs. Diesesmal hing keine Schleife mit Inschrift an den Blumen; aber sicherlich waren sie für Barbarina bestimmt, und wahrscheinlich hatte Carrie sie ihr gebracht.

Ein Rascheln im Gras hinter mir ließ mich herumfahren, und ich erkannte Dinah Bond. Mit schwingenden Hüften, wie es ihre Art war, graziös und herausfordernd, kam sie auf mich zu und rief munter: »Hallo, Mrs. Pendorric.«

»Hallo«, antwortete ich.

»Hier ist es ruhig ... richtig friedlich.«

»Das Dorf kam mir heute auch ganz still und verlassen vor.«

»Ja, es ist zu heiß. Es liegt ein Gewitter in der Luft. Spüren Sie es nicht?«

»Ja, da haben Sie wohl recht.«

Mit einem fast unverschämten Lächeln blickte sie mich an. Und was eigentlich noch schlimmer war, es lag in ihrem Blick etwas wie Mitleid.

»Haben Sie sich Ihre Familiengruft angeschaut? Aber sicher waren Sie noch nicht drinnen.«

»Nein.«

Sie lachte: »Dafür ist später noch Zeit genug, denken Sie sicher. Diese Kälte dort drinnen ... und dazu alle die Särge ... Manchmal sehe ich sie mir an ... wie heute nachmittag ... nur so zum Spaß, weil ich vor der Tür stehe und nicht eingesperrt bin — wie es Morwenna einmal passierte.«

»Morwenna! Dort eingesperrt? Wie kam denn das?«

»Das ist Jahre her. Ich war damals noch ein Kind.« Sie setzte sich auf die Ecke einer Grabplatte, stützte das Kinn in die Hände und blickte versonnen auf das große Grab.

»Der Schlüssel zu der Gruft wurde immer in einem Schrank in Mr. Petrocs Arbeitszimmer aufbewahrt. Es war ein großer Schlüssel. Rachel Bective war damals zu den Ferien hergekommen.«

»Wie alt war sie damals?«

»Na, etwa so alt wie die Zwillinge heute. Ich bin Morwenna und Rachel nachgeschlichen. Ich trieb mich dauernd hier auf dem Kirchhof herum. Und eines Tages sah ich die beiden kommen, versteckte mich und belauschte sie. Danach fand ich Spaß daran, sie zu belauschen, um noch mehr zu hören. Und das tat ich oft, ohne daß sie dahinterkamen. Und so erfuhr ich auch — das war einen Tag vorher, als sie die Grabinschriften entzifferten —, daß sie zur Gruft gehen wollten. Morwenna erzählte nämlich Rachel, wie oft sie mit ihrem Bruder dorthin ginge, und da wollte Rachel das natürlich auch — so, wie sie immer alles den beiden gleichtun wollte. Sie wollte eine von ihnen sein und konnte es doch nicht, wird es nie können. Sie wird immer das bleiben, was sie ist.«

»Was hat sie Ihnen bloß getan, daß Sie sie so hassen!«

»Darum geht es nicht, was sie mir getan hat. Es war vielmehr das, was sie anderen antat.«

»Na, erzählen Sie schon.«

»Also, ich hörte sie sprechen. Sie redete auf Morwenna ein, sie solle den Schlüssel holen zu der Familiengruft. Morwenna wollte nicht. Wie gesagt, der Schlüssel lag im Arbeitszimmer ihres Vaters. Er war gerade verreist — wie so oft nach dem Unfall seiner Frau —, und Rachel sagte zu Morwenna: ›Paß auf, es tut mir leid, wenn du ihn nicht holst.‹ Ich wußte sofort, Morwenna holt den Schlüssel; wenn sie es nämlich nicht tat, konnte sie sich auf einiges gefaßt machen. Dann hörte ich, wie sie sich für den nächsten Nachmittag verabredeten, und so kam es, daß ich auch da war.«

»Und Morwenna hatte den Schlüssel?«

Dinah nickte. »Rachel Bective schloß auf, und sie gingen in die Gruft hinein. Morwenna graulte sich ein bißchen und wollte erst nicht, aber Rachel sagte: ›Du mußt es tun, sonst wirst du es bereuen.‹ Und Morwenna sagte: ›Ich kann nicht.‹ Und dann lachte Rachel plötzlich laut auf, rannte hinaus, schmiß das Tor hinter sich zu, drehte den Schlüssel um, und Morwenna war eingeschlossen.«

»Wie gräßlich! Mußte sie lange drin bleiben?«

»Nein. Es gibt an der Seite ein kleines vergittertes Fenster, und Rachel rannte hin und rief: ›Ich laß dich nicht eher 'raus, bis du mich für die Weihnachtsferien einlädst. Sonst gehe ich zurück und erzähle zu Hause, ich wüßte nicht, wo du bist. Kein Mensch ahnt, daß du hier eingeschlossen bist, ich bringe den Schlüssel zurück und tue ihn an seinen Platz. Ehe sie dich finden, das dauert Wochen, und dann bist du schon ein Gerippe.‹ Morwenna sagte zu allem ja, und Rachel schloß das Tor wieder auf. Mein Lebtag vergeß ich das nicht! Und immer, wenn ich hier vorbeikomme, muß ich an die arme Morwenna denken, wie sie das tun mußte, was Rachel wollte.«

»Ich kann mir vorstellen, daß Rachel sich danach sehnte, in den Ferien nach Pendorric zu kommen.«

»So, Sie meinen also, das entschuldige sie für so eine Tat! Die hätte Morwenna da drinnen sitzen lassen, wenn Morwenna nicht nachgegeben hätte.«

»Ach, das kann ich nicht glauben.«

Verächtlich schaute Dinah mich an. »Ich weiß 'ne ganze Menge über die Pendorrics ... habe ja mein ganzes Leben sozusagen in ihrer Nähe verbracht.«

»Ich nehme an, daß viel über die Familie geschwatzt wird.«

»Als ich gerade auf die Welt kam, schwatzten sie darüber, und als ich schon ein kleines Mädchen war, hatten sie immer noch Gesprächsstoff. Meine Mutter hatte 'ne scharfe Zunge. Ihr entging nichts. Ich erinnere mich noch an ihre Geschichten von Louisa Sellick, Petrocs große Liebe, ehe er Miß Barbarina heiratete.«

»Louisa Sellick?« wiederholte ich, diesen Namen hatte ich noch nie gehört.

»Ach, das ist eine alte Geschichte. Wozu sie wieder aufwärmen. Aber natürlich, wo Sie nun die neue Braut sind ...«

Ich ging nahe an Dinah heran, sah sie ernsthaft an und sagte: »Manchmal kommt es mir so vor, als wollten Sie mich warnen.«

Sie warf ihre Haare in den Nacken und lachte.

»Was wissen Sie von Louisa Sellick?«

»Nur das, was mir meine Mutter erzählt hat. Manchmal kam ich da vorbei, wo sie wohnt. Und ich habe sie auch gesehen. Die Leute sagen, er ging immer zu ihr, und Barbarina Pendorric nahm sich das Leben, weil sie es einfach nicht mehr ertragen konnte, daß seine Liebe zu Louisa größer war als die zu ihr. Zuerst, als sie heiratete, glaubte sie, es sei aus mit den beiden; damals zog Louisa übrigens ins Moor.«

»Und dort wohnt Louisa noch heute?«

»Ja, jedenfalls, als ich zuletzt da war, da wohnte sie noch in ihrem Bedivere-Haus — einem ansehnlichen Haus. Er hat es ihr gekauft. Es war ihr Liebesnest sozusagen. Und wenn er geschäftlich über Land ritt, stattete er Bedivere immer einen Besuch ab. Vielleicht war gerade Nebel auf dem Moor, oder er war zu müde, um bis nach Hause zu reiten ... Sie verstehen doch, was ich meine. Doch bald kam es heraus, daß sie dort wohnte ... und dann nahmen die Dinge ihren Lauf.«

»Gehen Sie oft dorthin?«

»Heute nicht mehr. Sie wissen doch, jetzt habe ich ein eigenes Heim. Habe doch Jim Bond geheiratet. Ich schlafe in einem Daunenbett und habe vier feste Wände um mich herum. Aber wenn ich mal dorthin komme, schaue ich immer bei Louisa 'rein. Heute ist sie nicht mehr so jung und hübsch.«

Ich hatte über Dinahs Klatschgeschichten die Zeit vergessen. Ich sah auf die Uhr und rief: »Nanu, ist es schon so spät?«

»Es ist besser, Sie gehen, Mrs. Pendorric. Für mich spielt Zeit keine Rolle, wohl aber für Menschen wie Sie. Manche Leute haben es so eilig, als ahnten sie, daß ihnen nicht mehr viel Zeit bleibt.«

Sie lächelte ihr spöttisches, rätselhaftes Lächeln.

»Auf Wiedersehen«, sagte ich und suchte mir meinen Weg zwischen den Gräbern hindurch zum Tor.

Mein Interesse an Barbarina wuchs mit jedem Tag. Oft ging ich in ihre Räume, dachte über sie nach und fragte mich, ob sie wohl sehr unglücklich gewesen sei, falls es stimmte, was Dinah sagte, und ihr Mann der Frau auf dem Moor in regelmäßigen Abständen Besuche abgestattet hatte.

Ich hörte kein Geigenspiel mehr, hörte nicht mehr diese seltsame, etwas unreine Stimme singen. Wer immer dahintergesteckt haben mochte, er hatte sich offensichtlich dazu entschieden, eine Pause einzulegen. Allerdings ärgerte es mich ein wenig, daß es mir nicht gelungen war, dem Urheber dieser geisterhaften Musik auf die Spur zu kommen.

Nach der Unterhaltung mit Dinah war das Bild von Barbarina, das Deborah vor mir erstehen ließ, noch klarer geworden, und ich wußte genau, daß ich eines Tages meine Neugier nicht mehr bezähmen könnte und hinausfahren würde aufs Moor, um zu versuchen, Louisa Sellick zu Gesicht zu bekommen.

Ich war bisher noch nie allein ausgefahren, und Roc konnte ich nicht gut bitten, auch Morwenna nicht, mich dorthin zu fahren. Zwar hatte ich das Gefühl, ich sollte die Vergangenheit besser ruhen lassen, aber andererseits wurde ich die Gedanken daran nicht los.

Außer Rocs Daimler Benz und Charles' Landrover hatten wir drei kleine Wagen in der Garage stehen; den einen benutzte Morwenna, und die anderen waren zur allgemeinen Benutzung da. Ich hatte schon oft davon gesprochen, daß ich gern einmal zum Einkauf nach Plymouth fahren wollte, und wenngleich ich auch nicht ausdrücklich sagte, daß ich heute hinführe, ließ ich dennoch Morwenna in diesem Glauben. Roc war über Land, und auch ihm hatte ich nicht gesagt, wohin ich wollte, und zwar absichtlich nicht, aus einer plötzlichen Eingebung heraus.

Gegen halb elf Uhr fuhr ich weg, verließ die Hauptstraße nach Plymouth und befand mich nach kurzer Zeit im Moor. Es war ein strahlender Morgen. Frischer Wind strich über das spröde Gras;

mir war ganz abenteuerlich zumute; meilenweit fuhr ich, ohne einen Menschen oder ein Haus zu sehen.

Endlich hielt ich vor einem Wegweiser und sah, daß ich nur noch einige Meilen vom Dozmary Pool entfernt war.

Weiter ging die Fahrt durch die Einöde. Hier und da türmten sich Erdwälle auf, die Grabstätten der alten Britannier, die Roc mir schon gezeigt hatte. Hier, so ging die Sage, hatte König Arthus seine letzte Schlacht geschlagen.

Und plötzlich sah ich den Teich. Er war nicht groß, ich schätzte, daß er an der breitesten Stelle nicht mehr als fünfhundert Meter maß. Ich hielt an, stieg aus und trat ans Ufer. Kein Laut weit und breit. Nur das Sausen des Windes in dem dürren Gras.

Meine Gedanken weilten noch bei der Arthus-Sage: Ich sah Bedivere am Ufer stehen, in seiner Hand das Schwert des sterbenden Arthus, unschlüssig, ob er es wie befohlen in die Mitte des Sees werfen sollte oder nicht. Schließlich tat er es doch, und ein Arm tauchte auf aus dem Wasser und ergriff das Schwert.

Bedivere-Haus. Es mußte, nach Dinahs Worten, ganz in der Nähe liegen. Ich stieg wieder in den Wagen und fuhr langsam eine halbe Meile weiter, dann entdeckte ich eine schmale Straße, der ich nachzufahren beschloß.

Ich war noch nicht weit gekommen, als ein Junge aus einem Heckenweg trat. Er mußte etwa vierzehn Jahre alt sein. Sein Lächeln kam mir bekannt vor.

»Haben Sie sich verfahren?« fragte er.

»Eigentlich nicht. Ich mache eine Spazierfahrt und komme von Dozmary Pool.«

»Das ist eine Straße zweiter Ordnung. Die führt nur bis zum Bedivere-Haus, und sie ist ziemlich holperig. Am besten kehren Sie um.«

»Danke schön«, sagte ich, »aber ich will noch etwas weiter fahren und mir Bedivere-Haus anschauen. Wo liegt es denn?«

»Sie können es nicht verfehlen. Es ist das graue Haus mit den grünen Fensterläden.«

»Es klingt interessant — besonders bei so einem Namen.«

»Ja, ich weiß nicht so recht«, meinte er, »ich wohne dort nämlich.« Er stand mit dem Rücken gegen das Licht, ich sah seine abstehenden Ohren mit dem spitzzulaufenden, leicht rosa getönten Ohrläppchen.

Er trat zurück und rief mir ›Auf Wiedersehen‹ zu.

»Auf Wiedersehen.«

Als ich wieder anfuhr, kam eine Frau in Sicht. Sie war groß und schlank und hatte üppiges weißes Haar. »Ennis«, rief sie, »da bist du ja.« Sie warf mir einen Blick zu, als ich vorbeifuhr. Nach der nächsten Wegbiegung sah ich auch schon das Haus. Der Junge hatte recht, man konnte es nicht verfehlen. Da waren die grünen Fensterläden, und es war nicht etwa eine Kate — sondern ein Haus mit etwa sieben oder acht Zimmern. Ein grünes Gartentor öffnete sich auf einen Rasen mit einem Blumenbeet. Durch eine Glasveranda ging es zur Eingangstür. Die beiden Türen standen offen.

Ich fuhr noch etwas weiter, dann stieg ich aus und schaute mich um. Ich sah die Frau mit dem Jungen nachkommen, sah, wie sie zusammen Bedivere-Haus betraten.

Ich war sicher, Louisa Sellick gesehen zu haben. Doch fragte ich mich, wer der Junge sein mochte. Ennis. Wahrscheinlich war es der Name eines cornischen Heiligen. Es bestand auch kein Zweifel, an wen er mich erinnerte. Er erinnerte mich an die Gemälde, die ich auf Pendorric gesehen hatte — und natürlich an Roc.

Ich zog mich gerade zum Dinner um, als ich vom Fenster aus Roc kommen sah.

Ich mußte immer noch an den Jungen denken, der so viel Ähnlichkeit mit ihm hatte. Genauso mußte Roc mit dreizehn, vierzehn Jahren ausgesehen haben. Ich konnte mir vorstellen, wie er auf dem Friedhof mit Rachel und Morwenna spielte, wie er schwamm, wie er ruderte.

Als er das Zimmer betrat, war ich bereits fertig mit Umziehen.

»Hallo«, rief er, »schönen Tag gehabt?«

»Ja, Roc. Ich bin mit dem Morris ins Moor hinausgefahren«, erzählte ich.

»Schade, daß ich nicht dabei war!«

»Das finde ich auch.«

Er zog mich an sich. »Es ist wunderschön, dich beim Heimkommen vorzufinden«, sagte er. »Übrigens habe ich mit Charlie über deine Mithilfe in der Verwaltung des Gutes gesprochen. Wir sind also nun Partner. Was sagst du dazu?«

»Oh, ich bin so froh, Roc!«

Plötzlich kam mir die Erinnerung an meinen Vater, und wie

immer, wenn meine Gedanken bei ihm weilten und mir sein Tod in den Sinn kam, legte sich ein Schatten über meine Seele.

Rasch sprach Roc weiter: »Wir brauchen jetzt gescheite Leute. Die Pacht darf nicht erhöht werden. Reparaturen müssen durchgeführt werden. Du siehst also, wir können eine tüchtige Geschäftsfrau wie dich brauchen.«

»Ach Roc, es wird mir sicherlich Freude machen.«

»Gut. Somit bist du eingestellt«, und er küßte mich.

»Roc, sag mir, machst du dir Sorgen?«

»Ich bin kein Mensch, der sich viel Sorgen macht ... sonst ...«

»Sonst machtest du dir also welche?«

»Mein Liebling, was käme schon dabei heraus? Wenn wir es uns nicht leisten können, im alten Stil weiterzumachen, müssen wir uns eben zu dem neuen bequemen.«

Ich legte meine Arme um seinen Hals, und meine Finger spielten fast unwillkürlich mit seinen Ohren — sie hatten es sich so angewöhnt. Er lächelte, und ich erinnerte mich lebhaft an den Jungen, den ich heute nachmittag gesehen hatte.

»Roc«, sagte ich, »ich sah heute ein Paar Ohren, die genauso aussahen wie deine.«

Er brach in Gelächter aus. »Ich glaubte immer, sie wären einzigartig. Du jedenfalls hast es immer behauptet.«

»Es sind die Ohren der Pendorrics«, und wieder berührte ich sie mit meinen Fingern. »Sie passen zu deinen Augen und geben dir das satyrhafte Aussehen.«

»Für das ich dankbar bin, weckte es doch deine Liebe zu mir.«

»Er hatte auch die gleichen Augen ... das fällt mir erst jetzt auf.«

»Nun sag mir bloß, wo du diesem Muster begegnet bist?«

»Auf dem Moor, in der Nähe vom Dozmary Pool. Ich fragte nach dem Weg, und er erzählte mir, er wohne im Bedivere-Haus. Er heißt Ennis.«

Es folgte eine kurze Pause, in der ich mir einbildete — oder kam ich erst später darauf? —, daß Roc aufmerksamer wurde.

»Wieso erzählte er dir das alles? Du hast doch nur nach dem Weg gefragt.«

»Es kam ganz von selbst. Aber die Ähnlichkeit war verblüffend. Ist er mit dir verwandt?«

»Das Blut der Pendorrics ist über die ganze Grafschaft verteilt«, sagte Roc. »Meine Vorfahren waren eine lebenslustige

Bande. Nicht daß wir die einzigen gewesen wären. Früher war das alles ganz anders als heute. Damals hieß es ›Gott schütze den Grafen und seine Brut, wir kümmern uns nur ums eigene Blut‹; sie schlugen das Kreuz und schätzten sich glücklich, einen Platz im Stall, der Küche oder im Garten zu haben. Heute heißt es ›Jeder hat das gleiche Recht‹ — und dazu die Steuern. Ach, die gute alte Zeit ist für immer dahin. Du kannst Spuren der Pendorrics bei der Hälfte der Ansässigen hier entdecken. Das war so ganz in der Ordnung.«

»Ich glaube, du trauerst den alten Tagen nach.«

Er legte mir die Hand auf die Schulter und lächelte mich an. Bildete ich es mir ein, oder sah er jetzt wirklich erleichtert aus — so, als ob er eine gefährliche Klippe mit Erfolg umschifft hätte?

»Seitdem ich Favel Farington getroffen und geheiratet habe«, gab er zur Antwort, »wünsche ich nichts weiter vom Leben.«

Ich zweifelte nicht an seinen Worten. Es war wie immer, mit einem Blick, einem Wort, einem Lächeln hatte er alle meine Ängste und Zweifel zerstreut.

Roc hielt sein Versprechen und nahm mich am nächsten Tag mit in sein Büro. So gut es ging und so umfassend wie möglich in dieser kurzen Zeit, erklärte er mir die finanzielle Situation des Gutes. Es brauchte nicht lange, und ich begriff, daß wir zwar keinesfalls dem Bankrott zugingen, aber trotzdem einen von vornherein verlorenen Kampf mit der Zeit ausfochten.

Roc blickte mich ganz reumütig an. »Immerhin haben wir uns länger behauptet als die meisten, und es täte mir leid, wenn eine Überschreibung an den National Trust ausgerechnet in meine Zeit fiele.«

»Rechnest du denn so fest damit, Roc?«

»Worauf kann man schon fest rechnen, Liebling? Gesetzt den Fall, ich gewänne einhunderttausend ... das würde uns wohl für einige Generationen wieder auf die Füße bringen.«

»Du denkst doch nicht etwa daran zu spielen?« fragte ich entsetzt.

Er legte den Arm um mich. »Keine Sorge, ich riskiere nie etwas, was ich mir nicht zu verlieren leisten kann.«

»Das hast du mir schon einmal gesagt.«

»Wie schon so vieles, was ich dir schon einmal gesagt habe. Und dazu gehört auch, wie sehr ich dich liebe.«

»Unsere Unterhaltung schweift vom Thema ab«, stellte ich lachend fest.

»Richtig«, entgegnete er. »Ich weiß, daß du eine hervorragende Geschäftsfrau sein und mich immer auf dem richtigen Weg halten wirst, nicht wahr? Unsere Lage ist schon viel schlimmer gewesen, das kann ich dir versichern, und wir haben uns auch durchgerungen. Zu Zeiten meines Vaters ...«

»Was war da?«

»Da hatten wir noch mit viel größeren Schwierigkeiten zu kämpfen. Zum Glück brachte meine Mutter genügend Geld mit in die Ehe, was uns wieder sanierte.«

Ich blickte in das offene Buch vor mir, doch statt der langen Zahlenreihen sah ich nur das traurige, zarte Gesicht unter dem blaubebänderten Hut vor mir.

Roc, der hinter meinem Stuhl stand, neigte sich plötzlich zu mir herab und küßte mich auf den Scheitel. »Zerbrich dir nicht den hübschen Kopf. Paß auf, eines Tages wendet sich das Blättchen. Das habe ich immer wieder erlebt. Schließlich bin ich unter einem Glücksstern geboren, habe ich dir das nie erzählt?«

So seltsam es auch klingt, dies war ein glücklicher Tag für mich, und daß die Finanzlage der Pendorrics nicht so gesund war, wie sie hätte sein sollen, gab mir sogar eine große Beruhigung.

Wie oft hatte ich in letzter Zeit gedacht, daß Roc ganz seinem Vater nachschlüge, daß Barbarina und ich das gleiche Geschick teilten. Doch hier lag der Unterschied: Barbarina wurde wegen ihrer Mitgift geheiratet, obwohl Rocs Vater Louisa Sellick liebte. Roc dagegen, der auch Geld für Pendorric benötigte — wie sein Vater —, hatte mich, ein mittelloses Mädchen, geheiratet.

O nein! Meine Geschichte war ganz anders als die von Barbarina.

Mrs. Penhalligan war gerade beim Pastetenbacken, als ich in die Küche kam.

Sie errötete vor Freude, und ihre Augen strahlten, als sie mich sah; die rosafarbenen Ärmel ihres Baumwollkleides waren bis über die Ellenbogen hochgekrempelt, und ihre dicken kurzen Finger waren emsig bei der Arbeit. Einer der Zwillinge saß unter dem Tisch und aß eine Pastete.

»Guten Tag, Mrs. Pendorric.«

»Guten Tag, Mrs. Penhalligan.«

Mrs. Penhalligan fuhr fort, ihren Pastetenteig auszurollen. »Man darf ihn nicht zu lange liegen lassen, Ma'am«, sagte sie entschuldigend.

»Ich wollte nur fragen, welchen Tabak Ihr Vater raucht. Ich möchte ihn nämlich besuchen, sobald ich Zeit habe, und ihm etwas zum Rauchen mitbringen.«

Ein Kopf tauchte an der einen Seite des Tisches auf. »Hüte dich vor den Iden des März«, sagte eine leise Stimme in beschwörendem Ton.

»Oh, hören Sie doch auf damit, Miß Lowella, bitte«, rief Mrs. Penhalligan. »Sie ist mir den ganzen Tag zwischen den Füßen, lugt plötzlich durchs Fenster, taucht hier und dort auf und immer mit ihrem ›Hüte dich vor diesem und hüte dich vor jenem.‹«

Lowella grinste und schlenderte in die Backstube hinüber.

»Ich weiß gar nicht«, brummelte Mrs. Penhalligan, »wo treibt sich diese Miß Bective eigentlich dauernd herum — schließlich ist sie doch dafür da, achtzugeben auf die beiden.«

»Also, welchen Tabak raucht Ihr Vater? Das wollten Sie mir doch gerade sagen.«

»Das wollte ich, und es ist sehr freundlich von Ihnen, Ma'am. Er heißt Empire. Das Feinste vom Feinen. Aber er raucht in der Woche nur knapp ein Schächtelchen, und da gönnen Maria und ich ihm gern dieses teure Vergnügen.«

»Ich will es mir merken.«

Inzwischen kam Lowella wieder zurück, sie futterte an einer Pastete.

»Na, das eine weiß ich, jemand hat heute abend bestimmt keinen Hunger mehr«, bemerkte Mrs. Penhalligan.

Lowella musterte uns beide mit feierlichem Ernst, ehe sie wieder unter dem Tisch verschwand.

»Passen Sie auf, er freut sich«, fuhr Mrs. Penhalligan fort. »Sicher sitzt er wieder draußen heute nachmittag. Das macht er ja immer.«

»Na, ich schau' mal vorbei.«

Als ich auf die Tür zuging, schoß Lowella auf mich zu und verstellte mir den Weg.

»Hör zu, Braut«, sagte sie, »ich komme mit, wenn du willst — den alten Jesse besuchen, meine ich.«

»Wozu?« entgegnete ich. »Ich weiß den Weg.«

Sie zuckte die Achseln und schlenderte zurück in die Küche;

wahrscheinlich krabbelte sie wieder unter den Tisch, schmauste ihre Pastete und warnte Mrs. Penhalligan oder Maria vor den Iden des März.

Nicht weit von der Kate entfernt befand sich ein Kolonialwarenladen, der einer Mrs. Robinson gehörte. Sie war vor zwanzig Jahren nach Pendorric in die Ferien gefahren, hatte gesehen, daß der nächste Laden zwei Meilen entfernt war, und kurzentschlossen das Haus hier gekauft und ihren Kramladen eröffnet, in dem es alles gab, was die Leute brauchten, und natürlich auch Tabak. So war keine Schwierigkeit vorhanden, das zu bekommen, was ich wollte.

Als ich aus dem Laden trat, standen die Zwillinge davor und warteten auf mich.

Ich war alles andere als erfreut, ich wollte lieber mit dem alten Mann allein sprechen, doch was blieb mir anderes übrig, als ihre Begleitung so dankbar wie möglich anzunehmen.

Wortlos fielen sie mit mir in gleichen Schritt, als hätten wir uns hier verabredet gehabt.

»Wo ist denn Miß Bective?« fragte ich.

Die Zwillinge tauschten einen Blick. Lowella übernahm es, Rede und Antwort zu stehen. »Sie ist mit dem Morris weggefahren. Wir sollen inzwischen sechs verschiedene wilde Blumen pflücken. Für die Botanikstunde.«

»Und wieviel habt ihr schon gefunden?«

»Wir haben überhaupt noch nicht gesucht. Meine liebe Braut, wie lange, meinst du, brauchen wir, um sechs wilde Blumen zu finden? Und Becky sagt sowieso nichts, selbst wenn wir überhaupt keine bringen. Wir können noch so ungehorsam sein, die beschwert sich nicht; denn wenn sie es täte, würden unsere Eltern uns auf die Schule schicken, und was hätte Becky dann noch für eine Ausrede, weiter auf Pendorric zu bleiben.«

»Solltet ihr nicht trotzdem ihren Anweisungen gehorchen? Schließlich ist sie eure Lehrerin.«

»Kümmere dich nicht um *uns*«, sagte Hyson.

Lowella sprang voraus und pflückte am Wegrain eine wilde Rose. Sie steckte sie sich ins Haar und tanzte singend vor uns her: »Hüte dich ... hüte dich ... vor den Iden des März.«

Hyson bemerkte kurz: »Lowella ist manchmal albern. Immer wiederholt sie Sätze.«

»Sie scheint gern die Leute zu warnen«, erläuterte ich. »Ich erinnere mich noch an ihr ›Hüte dich vor der schrecklichen Lawine.‹«

»Ich mag die Iden aber lieber«, rief Lowella. »In Cornwall gibt es keine Lawinen, aber Iden gibt es überall. Es ist nur schade, daß sie im März sind, und wir haben Juli.«

»Sie hat aber auch keine Ahnung«, warf Hyson verächtlich ein.

Lowella fragte: »Aber was sind denn nun die Iden?«

»Nur ein Datum, dummes Ding. In Rom sagte man statt ›der fünfzehnte‹ eben ›die Iden‹.«

»Ach, nur ein Datum«, jammerte Lowella. »Es klingt so schön. Ich hielt es für so etwas wie Hexen ... oder Geister. Es ist doch dumm, sich vor einem Datum zu hüten!«

»Wenn etwas an einem bestimmten Datum geschähe ... das wäre viel aufregender oder mindestens ebenso aufregend wie Hexen und Geister.«

»Ja«, meinte Lowella langsam, »das mag sein.«

Mittlerweile hatten wir die Katen erreicht; der alte Jesse saß vor seiner Tür. Ich ging auf ihn zu und sagte: »Guten Tag, ich bin Mrs. Pendorric.«

Seine Hände auf seinen Knien begannen zu zittern. »Wie nett von Ihnen, Ma'am«, sagte er.

»Ich habe Ihnen etwas Tabak mitgebracht. Mrs. Penhalligan hat mir gesagt, welchen Sie rauchen.«

Seine Hände schlossen sich über der Tabakbüchse, und er lächelte.

»Wie fürsorglich von Ihnen, Ma'am. Ja, ich weiß wohl, wie freundlich *sie* immer war ...«

Hyson war in das Haus gegangen und kam mit einem Stuhl wieder, den sie neben den des alten Mannes stellte. Sie bot ihn mir an und kauerte sich selbst auf der anderen Seite des alten Mannes hin. Lowella war inzwischen verschwunden.

»Ihre Tochter hat heute früh Pasteten gebacken«, erzählte ich ihm.

»Meine Bessie ist eine wunderbare Köchin. Ich wüßte wirklich nicht, wie ich ohne sie auskäme. Mr. Roc ist auch immer so gütig zu mir. Ist die Kleine noch da?«

»Ja, da bin ich«, antwortete Hyson.

Er nickte und wandte sich wieder mir zu. »Ich hoffe, es gefällt Ihnen hier, Ma'am.«

»Ich bin begeistert.«

»Es ist schon lange her, daß wir eine neue Braut auf Pendorric hatten.«

»Vorher war es meine Mutter«, sagte Hyson, »und davor Großmama Barbarina.«

»Eine so reizende Lady. Ich erinnere mich noch genau an den Tag, als sie kam.«

»Erzähl uns davon, Jesse«, drängte Hyson, »die neue Braut möchte auch davon hören.«

»Na ja, wir hatten sie schon oft gesehen, es war nicht so, daß sie uns fremd war. Ich kannte sie schon als kleines Mädchen. Sie und ihre Schwester. Schöne Namen, Miß Barbarina und Miß Deborah.«

»So haben Sie sich gefreut, als sie eine Mrs. Pendorric wurde?« fragte ich.

»Sicherlich, Mrs. Pendorric. Man redete davon, Pendorric würde aufgegeben. Und wir wußten nicht, was dann mit userem geschehen sollte. Dauernd hieß es, Mr. Petroc heiratet das Sellick-Mädchen, aber dann ... Ich weiß noch, wie sie Hochzeit machten. War an einem herrlichen Sommertag. Hier in dieser Kirche war es. Damals war noch Pfarrer Trewin da. O ja, es war eine große Hochzeit. Und Miß Deborah war Ehrenjungfrau. Auch Mr. Petroc sah schmuck aus. Es war alles so, wie es sein soll.«

»Und das andere Mädchen?« fragte ich.

»Oh, man dachte, es wäre vorbei. Sie ist fortgegangen ... Lady Barbarina war eine feine Herrin, freundlich und gütig und vornehm. Sie ritt viel und spielte so schön Geige. Oft, wenn ich im Innenhof arbeitete, hörte ich sie.«

Ich merkte, wie Hyson mich gespannt ansah. Ob sie es gewesen war, die mir Furcht einjagen wollte? Und wenn es so war, warum?

»Dann sang sie gern vor sich hin. Einmal, als ich auf dem Heimweg war, hörte ich sie auf dem Kirchhof singen. Es klang seltsam und doch schön, fast überirdisch. Ach ja, wir hielten große Stücke von ihr, wir alle hier in den Katen.«

»Sie erinnern sich aber noch gut an sie«, warf ich leise ein.

»Es kommt mir vor, als wär's gestern gewesen, daß sie zu mir sprach, so wie Sie jetzt. Damals arbeitete ich noch. Bis zu dem Tage, an dem sie starb, habe ich gearbeitet. Doch sie wußte, ich konnt's nicht mehr lange machen. Ich hab' ihr erzählt, was mit mir los war, und sie hat mich getröstet: ›Hab' keine Angst, Jesse, ich werde schon für dich sorgen!‹ Und sooft sie mich sah, fragte sie, wie's mir ginge. Wenn ich Sie auch nicht sehen kann, Mrs. Pendorric, irgendwie erinnern Sie mich an sie. Sie haben etwas Liebes, genau wie sie, und dann sind Sie glücklich. Das spüre ich. Sie war's auch ... zu Anfang. Doch dann änderte sich das. Dann war sie nicht mehr glücklich. Aber die Zunge geht mal wieder mit mir durch, fürcht' ich.

»Ich höre Ihnen gern zu«, sagte ich, »es ist so interessant.«

»Sie ist doch die neue Braut, und so will sie natürlich über die andere Bescheid wissen«, sagte Hyson.

»Ja, ja«, fuhr der alte Mann fort. »Sie sind glücklich ... genau wie sie, als sie herkam. Nur später ... Ich wünsche Ihnen jedenfalls viel Glück, Mrs. Pendorric. Ich wünsche Ihnen, es bliebe so für Sie wie heute, allezeit.«

Ich dankte ihm, dann fragte ich, ob er mir nicht sein Häuschen zeigen möchte. Er antwortete, es würde ihm ein Vergnügen sein. Er stand auf, tastete nach dem Stock und ging uns voran in die Kate.

Von der Haustür kam man gleich ins Wohnzimmer. Alles war blitzsauber, dafür sorgten seine Tochter und Enkelin. Neben seinem Lehnstuhl stand sein Pfeifenständer, und auf einem Tischchen daneben befanden sich ein Aschenbecher und ein kleines Radio.

Vom Wohnzimmer führte eine Tür in die Küche, die einen Ausgang in ein schmuckes, wohlbestelltes Gärtchen hatte. Goldlack und Buschrosen säumten einen kleinen Rasen; selbst eine Regentonne fehlte nicht.

Oben waren noch zwei Kammern, und ich staunte, wie gut der alte Jesse die Treppe schaffte. Er war wirklich noch sehr rüstig, nur daß die Augen es nicht mehr taten und sein Gedächtnis nachließ.

Dann setzte er sich in seinen Armstuhl und bat mich, mich neben ihn zu setzen. Und während er mir erzählte, wie er Lizzie, seine Frau, kennengelernt und geheiratet hatte — sie war damals Hausmädchen auf Pendorric, er Gärtnerbursche —, wurde es Hyson wohl zu langweilig, und sie schlüpfte hinaus.

Sie war kaum fort, als der alte Mann sich unterbrach und fragte: »Wo ist denn das Kind?«

»Sie sucht wohl ihre Schwester«, sagte ich. »Die beiden sollten wilde Blumen suchen für die Botanikstunde.«

»Mrs. Pendorric.« Er flüsterte meinen Namen, und ich rückte näher an ihn heran.

»Ja, Jesse?«

»Es gibt etwas, was ich noch keinem Menschen gesagt habe. Nur Mr. Petroc hab' ich's gesagt, und er meinte: ›Sprich nicht darüber, Jesse. Es ist besser so‹, und da hab' ich geschwiegen. Aber Ihnen möcht' ich's doch sagen, Mrs. Pendorric.«

»Und warum mir, Jesse?«

»Sie sind die nächste Braut ... und Sie müssen es wissen, Mrs. Pendorric.«

»Dann erzählen Sie es mir, Jesse.«

»Damals wurde es mit meinen Augen schlimmer von Tag zu Tag. Manchmal meinte ich jemanden zu sehen, und wenn ich dann näher kam, war es nur ein Möbelstück. Aber je schlechter ich sah, desto besser hörte ich. An jenem Tag kam ich in die Halle, Mrs. Pendorric, und sie war oben auf der Galerie. Ich wußte, sie war es, ich hörte sie ja sprechen, flüstern fast. Und dann war mir so, als sähe ich zwei Schatten dort oben. Nun ja ... es ist schon lange her. Aber ich glaube immer noch, Mrs. Pendorric, es waren zwei dort oben auf der Galerie — ein oder zwei Minuten, ehe Mrs. Pendorric hinabstürzte.«

»Und warum haben Sie das für sich behalten?«

»Mr. Pendorric meinte, es sei besser so. Sehen Sie, das Bild hing dort — das Bild der anderen Braut, und die Leute sagen, sie hätt' im Haus herumgespukt gut hundert Jahre lang und nur darauf gewartet, eine neue Braut für ihren Platz zu fangen. Aber es waren zwei dort oben. Ich schwöre es, Mrs. Pendorric. Doch Mr. Pendorric wollte nichts davon hören, und so schwieg ich. Aber Ihnen sag ich es, Mrs. Pendorric.«

»Es ist doch so lange her, es ist besser, man vergißt es, Jesse.«

»So dachte ich auch, Mrs. Pendorric, und hab' es auch all die Jahre lang gedacht, fünfundzwanzig Jahre lang. Aber nun sind Sie hier, und Sie erinnern mich so an sie, und Sie sind so gut und freundlich zu mir wie sie ... und da dachte ich eben, ich sollte es Ihnen lieber sagen. Als Warnung. Ich hab' so ein Gefühl hier drinnen«, er schlug sich auf die Brust, »das sagt mir, ich soll Sie nicht im dunkeln tappen lassen.«

Ich dankte ihm für seine Fürsorge, wenn ich mir auch nicht

denken konnte, wieso und warum ihm so viel daran lag. Wir wechselten das Thema, was nicht weiter schwierig war; denn nachdem er mir sein Geheimnis erzählt hatte, schien er so erleichtert zu sein, als hätte er eine Pflicht erfüllt. Bald darauf verabschiedete ich mich.

Von den Zwillingen entdeckte ich keine Spur, als ich zurück nach Pendorric ging.

Am nächsten Tag erhielt ich einen Anruf von Schwester Grey. »Oh, Mrs. Pendorric«, sagte sie, »Lord Polhorgan läßt fragen, ob Sie nicht Lust hätten, heute nachmittag herüberzukommen. Er möchte etwas mit Ihnen besprechen.«

Ich zögerte erst, doch dann sagte ich zu. Ich erkundigte mich nach seinem Befinden.

»Es geht ihm nicht so besonders. Er hatte heute nacht wieder einen Anfall. Er hofft, daß Sie kommen, und wenn es Ihnen heute nicht passen sollte, dann vielleicht morgen.«

Ich traf ihn wie gewöhnlich in seinem Stuhl an. Er trug einen seidenen Morgenmantel und Hausschuhe. Er schien hocherfreut zu sein, mich zu sehen.

»Es tut mir leid, daß es Ihnen heute nicht gutgeht.«

»Es geht immer auf und ab, meine Liebe. Ich komme über diesen kleinen Anfall genauso hinweg wie über die anderen. Da kommt schon der Tee. Wollen Sie bitte wie üblich ausschenken?«

Ich bemerkte, daß er weniger aß und auch sonst nicht so redselig war. Er wartete ab.

Sobald das Teegeschirr abgeräumt war, erzählte er mir etwas, was er mir eigentlich schon die ganze Zeit seit unserer ersten Begegnung hatte sagen wollen.

»Favel ...«, begann er, und es war das erstemal, daß er mich bei meinem Vornamen nannte, »kommen Sie und setzen Sie sich hierher. Ich fürchte, was ich Ihnen zu sagen habe, wird Ihnen einen Schock versetzen. Sagte ich nicht einmal, daß ich ein alter Geizhals bin?« Ich nickte.

»In meinen Jugendjahren habe ich an nichts weiter gedacht als nur ans Geldverdienen. Es war für mich das einzige, was Bedeutung hatte. Sogar als ich heiratete, geschah es vornehmlich, weil ich Söhne haben wollte, die einst mein Vermögen erben sollten. Doch so erfolgreich ich auch als Geschäftsmann war, in meinem Privatleben hatte ich nicht soviel Glück. Meine Frau verließ mich wegen eines anderen Mannes — eines Angestellten von mir. Ich begriff nicht, warum sie so ein prachtvolles Heim wegen so eines Versagers aufgab. Wir ließen uns also scheiden, und ich erhielt das Sorgerecht für unsere Tochter, ihr lag sowieso nichts daran. Damals war das Kind sechs Jahre alt, und zwölf Jahre später verließ *sie* mich. Meine Tochter verließ mich, weil ich eine Ehe für sie arrangieren wollte. Sie sollte Petroc Pendorric, der damals Witwer war, heiraten. Seine Frau war verunglückt, und ich hielt es für eine günstige Gelegenheit, die Familien zu vereinen. Ich galt hier immer noch als Außenseiter und dachte mir, wenn meine Tochter in eine der ältesten cornischen Familien einheiratete, würde sich das ändern. Pendorric brauchte Geld. Ich hatte es. Mir erschien die Lösung ideal, aber *sie* wollte nicht.«

Er schwieg und sah mich fast hilflos an, und zum erstenmal, seit ich ihn kannte, schien er um Worte verlegen zu sein.

»Favel, ich weiß nicht, wie ich es erklären soll. Machen Sie doch die Schublade auf. Es liegt etwas darin, das Ihnen besser erklärt, was ich sagen will.«

In der Schublade des Sekretärs lag eine Fotografie im silbernen Rahmen. Ich blickte sie noch an, als ich seine Stimme hörte, heiser, voll innerer Rührung.

»Komm her zu mir, mein Kind.«

Er schien mir nicht mehr derselbe. Er wirkte noch zerbrechlicher und noch bemitleidenswerter, und gleichzeitig war er mir unendlich viel nähergerückt.

Spontan lief ich auf ihn zu, nahm seinen gebrechlichen Körper in meine Arme und drückte ihn fest an mich, wobei ich begütigend auf ihn einredete, daß ja alles gut sei und er sich auf mich verlassen könne.

»Favel . . .«, flüsterte er.

Ich sah ihn an. Seine Augen waren feucht geworden. Ich nahm das seidene Taschentuch aus seiner Brusttasche und trocknete ihm die Tränen.

»Warum hast du mir das nicht eher erzählt, Großvater?« fragte ich. Er lachte, und seine ernsten Züge lösten sich. »Mir war bange«, sagte er, »ich verlor schon Frau und Tochter. Da wollte ich mit meiner Enkelin doch etwas vorsichtiger sein.«

Die Überraschung war für mich groß, und es kam mir nicht gleich in den Sinn, nach einer Erklärung des außergewöhnlichen

Zusammentreffens zu fragen, das mir einen Mann zur Ehe bescherte, der sich als Nachbar meines Großvaters entpuppte.

»Na«, fragte er, »was hältst du von deinem alten Großvater?«

»Ich bin immer noch sprachlos, ich kann es kaum fassen.«

»Dann will ich dir sagen, was ich über meine Enkelin denke. Wenn ich zu wählen gehabt hätte, ich hätte sie mir nicht anders ausgesucht. Ja, Favel, du bist ganz das Ebenbild deiner Mutter, und wenn du mir so beim Schachspiel gegenübersäßest, versank ich oft in Erinnerungen — mir war, als wäre sie nie fortgegangen. Du hast das gleiche blonde Haar wie sie. Doch hatte sie nicht die hellen Streifen darin. Auch deine Augen haben die gleiche Farbe ... manchmal blau, manchmal grün. Und auch in deinem Wesen bist du ihr ähnlich — das liebevollste Herz, und dazu die Unbesonnenheit, sich in etwas hineinzustürzen, ohne lange zu überlegen. Oft habe ich mich gefragt, was wohl aus ihrer Ehe würde. Sagte mir immer, sie könnte nicht halten, und doch tat sie es. Und sie wählte einen cornischen Namen für dich. Beweist das nicht, daß sie ohne Groll an die Vergangenheit dachte?«

»Aber warum hat sie mir nie etwas erzählt? Sie sprach nie von der Vergangenheit, nie von dir ...«

»Wirklich nicht? Auch dein Vater nicht? Man sollte doch meinen, sie hätten hin und wieder davon gesprochen. Und du, Favel, hast du denn nie gefragt?«

Ich sah mich wieder zurückversetzt in die sonnigen Tage meiner Kindheit. »Ich glaube, alles, was vor ihrer Ehe geschah, galt nichts mehr für sie. Meine Eltern gingen ineinander auf. Vielleicht weil sie ahnten, daß sie nicht mehr lange zu leben hatten. Und ich nahm alles so hin, wie es war, ich konnte es mir ja gar nicht anders vorstellen. Erst als sie dann starb, wurde alles so anders für uns.«

»Und deinen Vater, hast du ihn auch geliebt?« fragte er mich gedankenvoll.

Ich nickte.

»Eines Sommers kam er hierher, um zu malen. Er mietete ein Sommerhäuschen, etwa eine Meile von hier an der Küste. Als sie mir sagte, sie wolle ihn heiraten, hielt ich es zuerst für einen Scherz. Begriff aber bald, daß es keiner war. Sie konnte so eigensinnig sein. Ich sagte, sie bekomme keinen Penny von mir, wenn sie diesen Mann heirate. Er sei nur hinter ihrem Geld her. Und dann gingen sie eines Tages fort, und ich hörte nie wieder etwas von ihr.«

Impulsiv sagte ich: »Großvater, ich bin so glücklich, daß ich endlich zu dir nach Hause gekommen bin. Was soll es, daß du dir Vorwürfe machst? Vergiß, was war, jetzt bin ich ja da, deine Enkelin. Jetzt werde ich dich öfter sehen. Du bist mein Großvater, und es ist herrlich, daß mein Heim so dicht bei dem deinen liegt ... Ist es nicht sonderbar, daß Roc in das Atelier meines Vaters gekommen ist und wir dann geheiratet haben? Es ist zu schön, um wahr zu sein.«

Großvater lächelte vor sich hin. »Es war kein Zufall, mein Kind. Deine Mutter schrieb mir nie, und ich hatte keine Ahnung, wo sie sich aufhielt und wie es ihr ging. Aber dein Vater schrieb mir. Ungefähr einen Monat bevor Roc verreiste. Er schrieb, daß deine Mutter tot sei und er eine Tochter habe. Er fragte, ob ich dich sehen wolle, und er gab mir seine Adresse.«

»Ich möchte wissen«, sagte ich, »warum Vater das schrieb.«

»Sicherlich wollte er etwas von mir. Heißt es doch immer, Männer in meiner Lage haben ausgesorgt. Aber ich war auf der Hut vor deinem Vater. Ich legte den Brief zur Seite und beantwortete ihn nicht. Doch der Gedanke an meine Enkelin ließ mich nicht los. Ich wollte doch wissen, wie sie aussah — wie alt sie war. Dein Vater hatte darüber nichts geschrieben.«

Er sah mich nachdenklich an, und ich sagte: »Und da hast du also Roc gebeten ...«

»Ich wußte, er fuhr nach Italien, und ich bat ihn um diesen Dienst. Ich selbst konnte nicht fahren, und ich wollte wissen, wie meine Enkelin aussah. Sagte mir, wenn er zurückkommt — und es gefällt mir, was er berichtet, dann lade ich meine Enkelin nach Polhorgan ein, vielleicht auch den Vater, falls sie nicht ohne ihn kommen will.«

»So also kam Roc in unser Haus.«

»So war es. Doch du bist ungestüm wie deine Mutter, hast dich in ihn verliebt. Jetzt hat er keinen Bericht mitgebracht, sondern dich als seine Frau.«

»So wußte Roc alles ... die ganze Zeit?«

»Ja.«

»Er machte mir gegenüber aber keine Andeutung ... wirklich niemals!«

»Das mußt du verstehen, ich habe ihn darum gebeten. Ich

wollte nicht, daß du nur kämst, um deinen Großvater zu besuchen. Ich wollte, daß wir uns als Freunde kennenlernen. Aber in der ersten Minute, als ich dich sah — du warst deiner Mutter so ähnlich —, fühlte ich, sie ist zu mir zurückgekommen. Mein liebes Kind, ich kann gar nicht sagen, was das für mich bedeutete.«

Sanft streichelte ich seine Hand. »So hat Roc all deine Wünsche erfüllt«, sagte ich.

»Mehr noch, er brachte dich nach Hause.«

»Ich kann zwar verstehen, daß er anfangs nichts sagte, aber später...«

»Ich habe ihm gesagt, daß ich selbst mit dir sprechen wollte.«

Ich schwieg. Nach kurzer Zeit sagte ich: »Du hättest meine Mutter gern mit Rocs Vater verheiratet gesehen?«

»Mein Gott, das war noch zu Zeiten, da ich glaubte, das Dasein anderer Menschen besser gestalten zu können als sie selbst. Mir ist inzwischen das Gegenteil klargeworden.«

»Großvater«, sagte ich, »du wolltest, daß meine Mutter einen Pendorric heiratet. Bist du über meine Ehe mit Roc froh?«

Einige Minuten blieb es still, dann gab er zur Antwort: »Wenn du ihn liebst... ja, sonst wäre es nicht nach meinem Sinn gewesen.«

»Aber vorhin sprachst du von der Verbindung der Familien. Mutter hat dich doch verlassen, weil du die Ehe zwischen ihr und Rocs Vater durchsetzen wolltest.«

»Das war vor langen Jahren. Und die Pendorrics hatten es weniger auf meine Tochter abgesehen als vielmehr auf mein Geld. Aber dein Vater wollte nur sie selbst... Sie kannte mich gut genug, um zu wissen, daß sie leer ausging, falls sie weglief.«

Er lehnte sich zurück, schloß die Augen und hielt meine Hand. Mein Großvater! dachte ich. Ich war so glücklich, daß er mein Großvater war, hatte ich ihn doch vom ersten Moment an gern gehabt. Ich blieb noch eine Weile bei ihm, wir sprachen von der Zukunft und von der Vergangenheit. Zum Schluß sagte er noch, daß Polhorgan jetzt meine Heimat sei und ich mich immer hier zu Hause fühlen solle.

Ich ging sogleich in unser Schlafzimmer, wo ich Roc vorfand.

»Roc«, rief ich erleichtert. Er sagte nur: »So, hat er dir's endlich gesagt?«

»Wie kommst du darauf?«

»Mein Schatz, du siehst genauso aus, als wenn man dir soeben berichtet hätte, daß du die Enkelin eines Millionärs bist.«

»Und du hast es die ganze Zeit gewußt. Es kommt mir geradezu unheimlich vor, daß du ein solches Geheimnis bewahren konntest.«

Lächelnd ergriff er mich bei den Schultern. Er zog mich an sich. Aber ich entwand mich ihm, ich wollte sein Gesicht sehen.

»Laß mich mal überlegen«, sagte ich. »Du kamst also in unser Haus, um dich nach mir umzusehen, in der Absicht, meinem Großvater Bericht zu erstatten.«

»Ja, ich wollte sogar einige Fotos von dir mitbringen. Schließlich wollte ich meine Sache gründlich machen.«

»Und das ist dir auch gelungen, sehr gründlich sogar.«

»Freut mich, daß du meine Methode gutheißt.«

»Und mein Vater«, fragte ich, »wußte er es auch?«

»Natürlich. Er hat doch in der Nähe von Pendorric gewohnt, damals, als er deine Mutter kennenlernte.«

»Vater wußte davon — und hat mir nichts gesagt.«

»Nun, ich habe ihm gesagt, ich hätte versprochen, es geheimzuhalten.«

»Ich kann es einfach nicht begreifen, es war ihm so gar nicht ähnlich, Geheimnisse vor mir zu haben.«

Ich sah Roc an; er lächelte selbstzufrieden.

»Ach, ich wünschte nur, du hättest es nicht gewußt«, sagte ich.

»Warum? Was macht das für einen Unterschied?«

Ich schwieg. Ich spürte, ich ging zu weit. Fast hätte ich Roc gefragt, ob er mich nur im Hinblick auf das Geld meines Großvaters geheiratet habe. Immer, wenn meine Gedanken bei Barbarina weilten, sagte ich mir, daß unsere Situationen grundsätzlich verschieden waren, weil sie eben wegen ihres Geldes geheiratet worden war. Jetzt aber fragte ich mich langsam, ob das bei mir nicht auch der Fall gewesen sei.

»Über was grübelst du?« drängte Roc.

»Es ist immer noch die Überraschung«, antwortete ich ausweichend. »Die ganze Zeit hält man sich für ein Mädchen ohne Familie, und plötzlich wird man seinem Großvater gegenübergestellt. Das ist ein bißchen verwirrend, man muß sich erst daran gewöhnen.«

Er blickte mich ernst an. »Ich fürchte, ich werde gewogen und zu leicht befunden.«

»Warum solltest du das fürchten?«

»Weil du irgend etwas vor mir verbirgst — oder es wenigstens versuchst.«

»Du bist derjenige, der mit Erfolg etwas verschweigt.«

»Nur das eine — und dafür hatte ich mein Versprechen gegeben.«

Plötzlich lachte er los und hob mich hoch, so daß ich auf ihn hinunterblicken mußte. »Hör zu«, sagte er, »und behalte das gut. Ich habe dich geheiratet aus Liebe und hätte es auch getan, wenn du die Enkeltochter von ›Old Bill, dem Strandläufer‹, gewesen wärst, kapiert?«

Dann gab er mir einen Kuß, und wie üblich, wenn ich mit ihm zusammen war, vergaß ich meine Ängste.

Nun war die Neuigkeit im Umlauf. Die Leute redeten von nichts anderem als davon, wie ich von irgendwoher hier aufgetaucht sei als ›Braut von Pendorric‹ und mich auf einmal als Enkelin des alten Lords Polhorgan entpuppte. Und so mancher erinnerte sich noch an meine Mutter, die mit dem Maler durchgebrannt war, und es erschien als Fortsetzung der Romanze, daß ich als junge Frau von Pendorric zurückkehrte.

Zwei Unterhaltungen aus dieser Zeit blieben mir im Gedächtnis. Die eine hatte ich mit Rachel Bective, die andere hörte ich durch Zufall mit an.

Eines Nachmittags ging ich zum Schwimmen zum Pendorric-Strand hinunter, und als ich aus dem Wasser kam, entdeckte ich Rachel, die eben aus dem Garten trat und zum Strand wollte.

Ich blickte mich nach den Zwillingen um, doch sie waren nicht zu sehen.

Rachel kam auf mich zu und sagte: »Na, wie ist das Wasser heute?«

»Ganz warm«, antwortete ich und legte mich auf die Steine. Sie setzte sich neben mich und begann mit den Kieselsteinen zu spielen. »Es muß für Sie eine große Überraschung gewesen sein«, begann sie. »Hatten Sie wirklich keine Ahnung davon?«

»Nicht die leiseste.«

»Nicht jedem wird in Ihren Jahren ein Großvater beschert. Noch dazu ein Millionär. Roc wußte es natürlich«, fuhr sie fort. Dann lachte sie. »Es muß ihm einen Mordsspaß gemacht haben. Ich finde es amüsant, daß Roc Sie ausfindig machen sollte und Sie mitbringt — als seine Frau. Kein Wunder, daß er so selbstzufrieden aussah.«

»Wie meinen Sie das?«

Ihre grünlichen Augen unter den sandfarbenen Augenbrauen glitzerten; ihre Lippen waren ganz schmal zusammengepreßt. Sie war entweder sehr verletzt oder sehr böse. Plötzlich ärgerte ich mich nicht mehr so über sie wie noch vor einigen Minuten.

»Roc wußte immer schon gern das, was die anderen nicht wußten. Es war für ihn sicherlich der größte Spaß, ein Geheimnis wie dieses zu hüten und alle anderen im dunkeln tappen zu lassen. Andererseits ...« Vergeblich wartete ich darauf, daß sie weitersprach, aber sie zuckte nur die Achseln. Dann lachte sie kurz und bitter auf.

»Manche Leute haben eben Glück«, sagte sie. »Mrs. Pendorric und noch dazu Enkelin von Lord Polhorgan ...«

»Ich gehe besser nach Hause«, unterbrach ich sie. »Es ist doch nicht so warm, wie ich dachte.«

Ich lief über die Steine, während sie noch sitzen blieb und aufs Meer hinausschaute. Sie war eifersüchtig auf mich, ihre Worte hatten sie verraten. Eifersüchtig auf die Enkelin eines reichen Mannes? Oder eifersüchtig auf Rocs Frau?

Wahrscheinlich beides.

Die zweite Unterhaltung fand am folgenden Tag statt, und ich hörte zufällig mit. Ich saß im Innenhof. Eines der Erdgeschoßfenster der Nordflügel war weit geöffnet; ich erfaßte den Kernpunkt des Gesprächs, noch ehe ich mich zurückziehen konnte. Es waren Charles und Morwenna, die miteinander sprachen.

»Ich fand, er sah sehr selbstzufrieden aus.« Das war die Stimme von Charles.

»Ich habe ihn auch noch nie so zufrieden gesehen.«

»Sie ist ein liebes Wesen.«

»Sie hat alles, was man sich denken kann.«

»Es kommt immer alles zur rechten Zeit, glaub mir. Schließlich ist sie seine Enkelin, und er kann es nicht mehr lange machen ...«

Ich stand auf und ging mit hochroten Wangen durch das südliche Tor ins Haus. Vor Barbarinas Bild blieb ich stehen. Fast meinte ich, ihr Gesichtsausdruck hätte sich verändert, als spräche Mitleid aus ihren blauen Augen, als wenn sie sagen wollte: »Ich kann dich verstehen, wer könnte dich besser verstehen als ich, der das auch alles widerfahren ist.«

Seit Jahren hatte kein Fest mehr auf Polhorgan stattgefunden. Mein Großvater erklärte mir, jetzt wolle er einen Ball geben, zu dem er alle, die hier Rang und Namen hätten, einladen würde.

»Bitte, rede es mir nicht aus. Ich freue mich so darauf. Der Ball ist für dich und deinen Mann, und ihr sollt alles nach euren Wünschen arrangieren; es soll für dich eine Einführung sein, mein Liebling. Bitte, sag ja.«

Sein Plan machte ihn so glücklich, daß ich nur noch zustimmen konnte, und als ich Roc und Morwenna davon erzählte, sah ich, daß auch sie Spaß daran hatten. Mein Ärger über Charles und Morwenna war verflogen, sagte ich mir doch, da beide das Haus so liebten, war ihre Freude nur ganz natürlich, wenn jemand aus der Familie aller Voraussicht nach zu sehr viel Geld kommen würde.

Auch die Zwillinge waren begeistert, und als Lowella hörte, Bälle seien nichts für zwölfjährige Mädchen, rief sie meinen Großvater an und bat um eine Einladung für sich und ihre Schwester. Ein solches Betragen, das er für Initiative hielt, freute ihn, und er fragte umgehend bei Morwenna an, ob sie ihren Kindern nicht erlauben wolle zu kommen.

Für die Zusammenstellung der Einladungen bot Morwenna ihre Hilfe an; sie kannte alle in der Nachbarschaft.

»Alle wollen sie Lord Polhorgans Enkelin kennenlernen«, erklärte sie mir. Roc, der zufällig anwesend war, warf ein: »Unsinn, Mrs. Pendorric wollen sie sehen, das ist eine weitaus bedeutendere Persönlichkeit als des alten Lords Enkelin.«

Selbst Deborah wurde von der Vorfreude angesteckt und bat mich in ihr Zimmer, um den Stoff zu begutachten, den Carrie für sie zu einem Kleid verarbeiten sollte. Sie hatte die Wahl zwischen zwei Farben, und dazu wollte sie meinen Rat haben. Auf dem Tisch ausgebreitet lagen zwei Rollen Crêpe de Chine — eine in einem zarten Violett, die andere in Zartrosa.

»Ich brachte Mrs. Pendorric mit herauf, damit sie mir sagt, welche Farbe ich nehmen soll«, sagte Deborah.

»Miß Barbarinas Farbe war Lila. Sie trug es viel . . .«

Ich hatte Carrie gar nicht kommen gehört; sie hatte ein Metermaß um den Hals, und Schere und Nadelkissen am Gürtel.

»Na, da bleibe ich vielleicht besser bei Rosa«, sagte Deborah.

Als ich von Deborah zurückkam, stieß ich mit Rachel Bective zusammen. Sie lächelte ein bißchen gezwungen und blickte mich nachdenklich an. »Jeder spricht nur noch von dem Ball, den Ihr Großvater Ihnen zu Ehren geben wird«, sagte sie. »Ich fühle mich ganz als Aschenbrödel; denn die Hauslehrerin kann schließlich keine Einladung erwarten.«

»Was soll dieser Unsinn«, erwiderte ich. »Natürlich sind auch Sie eingeladen.«

Das Lächeln, das jetzt über ihr Gesicht ging, war echt und machte sie fast hübsch.

»Oh«, sagte sie ganz aufgeregt, »oh, vielen Dank ... was für eine Ehre für mich.«

Während der nächsten Tage verbrachte ich viel Zeit auf Polhorgan. Mein Großvater wünschte, daß ich mir das ganze Haus ansähe, und das tat ich auch in Begleitung von Dawson und seiner Frau, die mich als Enkelin ihres Herrn geradezu ehrerbietig behandelten.

Polhorgan war ein großes Haus, während Pendorric in vier kleinere aufgeteilt war. In Polhorgan gab es einen großen Raum, der als Ballsaal diente, und nachdem Dawson und seine Frau die Schonbezüge entfernt hatten, konnte ich ihn in seiner ganzen Pracht bewundern.

Der Raum war wunderbar proportioniert mit seiner hohen, gewölbten Decke und den getäfelten Wänden; außerdem hatte er eine Estrade für ein Orchester. Dawson schlug vor, exotische Pflanzen aus den Gewächshäusern aufzustellen. Ich sollte nur Trehay, dem Gärtner, meine Wünsche äußern.

Von der Halle aus gelangte man in verschiedene kleinere Räume, die gut als Eßzimmer zu benutzen waren. Ich merkte bald, daß Mrs. Dawson eine umsichtige Wirtschafterin war, der es Freude machte, ihre Fähigkeiten bei dem Fest beweisen zu können. Sie zeigte mir noch die Küchenräume, die mit modernsten Geräten ausgestattet waren.

»Sehen Sie sich das an, Madam«, seufzte Mrs. Dawson, »und keine Verwendung dafür. Ich käme für Seine Lordschaft mit einem einzigen Herd aus, für das bißchen, was er ißt.«

Es dauerte nicht lange, da gesellte sich auch Althea Grey zu uns. Sie sah in ihrer Tracht so schmuck aus wie immer und bedachte mich mit einem reizenden Lächeln. Ich war aufs neue betroffen von ihrer Schönheit, und ich dachte wieder daran, wie ich sie damals mit Roc am Strand gesehen hatte.

»So, Sie zeigen Mrs. Pendorric das Haus«, sagte sie.

»Es sieht so aus, Schwester«, antwortete Dawson schroff.

»Wenn Sie wollen, kann ich Sie ablösen. Sie haben sicherlich noch zu tun.«

»Als Wirtschafterin ist es meine Pflicht, Mrs. Pendorric das Haus zu zeigen.«

Die Schwester zuckte die Achseln und blickte mich lächelnd an; doch sie blieb bei uns, und sei es nur, um Mrs. Dawson zu zeigen, daß sie dazu das Recht hatte. Mrs. Dawson war verstimmt und benahm sich so, als wenn Schwester Grey nicht anwesend wäre. Ich fragte mich, was Althea Grey verbrochen hatte, daß sie so unbeliebt war.

Wir stiegen eine Treppe empor und sahen uns die Zimmer des ersten Stockwerks an. Sie hatten riesige Fenster mit der bezaubernden Aussicht, die ich schon von Pendorric her kannte. Mrs. Dawson entfernte einige Schutzhüllen und zeigte mir die wertvollen antiken Möbel.

»Ich höre, wir bekommen etwa sechzig Gäste, Mrs. Pendorric«, sagte Althea Grey. »Ein Glück, daß wir über einen so großen Ballsaal verfügen, sonst würden wir uns gegenseitig auf die Füße treten.«

»Nun, Schwester«, warf Mrs. Dawson ein und rümpfte die Nase, »das kann Ihnen ja egal sein, oder?«

»Aber nein, ich hasse es, wenn man mir auf die Füße tritt.« Sie lachte. »Oh, Sie glauben vielleicht, bloß weil ich die Krankenschwester des Lords bin, werde ich nicht dabeisein? Da haben Sie sich aber getäuscht, Mrs. Dawson. Natürlich bin ich dabei. Ich kann ihn ja nicht gut ohne Aufsicht lassen.«

Sie lächelte mich an, als sollte ich mit ihr über Mrs. Dawson triumphieren. »Natürlich nicht«, warf ich hastig ein; woraufhin Mrs. Dawsons Miene noch grimmiger wurde. »Wenn es Ihnen recht ist, Madam«, sagte sie, »kann Schwester Grey Ihnen die oberen Räume zeigen.«

Dankend versicherte ich ihr, ich würde mich freuen, wenn sie noch mit uns gehen würde; doch sie sagte etwas von ›nach dem Rechten sehen‹ und ließ uns allein.

Althea Grey lächelte hämisch. »Sie würde mir das Leben zur Hölle machen, wenn ich es zuließe. Neidische alte Hexe. Ich habe mich schon oft mit solchen Leuten herumschlagen müssen, seitdem ich Privatpflegerin bin. Aber mit solchen Mrs. Dawsons werd' ich schon fertig, das kann ich Ihnen versichern.«

Wir waren inzwischen in Großvaters Zimmer gekommen. Er bedachte mich mit seinem warmen Lächeln, und meine Lebensgeister belebten sich wieder, als ich aufs neue feststellte, welche Veränderung mein Kommen in sein Leben gebracht hatte. Schwester Grey ließ den Tee servieren, und wir tranken ihn zu dritt. Das Gespräch kreiste nur um den Ball, und ehe sie uns verließ, bat Schwester Grey noch meinen Großvater, sich nicht zu sehr aufzuregen. »Haben Sie Ihre Tabletten zur Hand?« fragte sie.

Als Antwort zog er die kleine silberne Dose aus seiner Tasche. »Dann ist es ja gut.«

Sie lächelte mich an und ließ uns allein.

Ich hatte einen arbeitsreichen Vormittag hinter mir und setzte mich nach dem Lunch, da die Sonne so schön schien und ich schon so lange nicht mehr dort gewesen war, in den Innenhof auf meinen Lieblingsplatz unter die Palme.

Es waren noch keine fünf Minuten vergangen, als sich das Nordtor öffnete und eines der Mädchen heraustrat. Ich vermochte die beiden immer noch nicht auseinanderzuhalten.

Sie blieb stehen und rief: »Hallo, mal wieder auf deinem Lieblingsplatz! Aber du warst lange nicht mehr hier.«

»Ich hatte keine Zeit dazu.«

Verständnisinnig schaute sie mich an. »Das kann ich verstehen. Man hat viel zu tun, wenn man sich plötzlich als Lord Polhorgans Enkelin sieht.«

Sie hüpfte auf einem Fuß näher an mich heran. »Stell dir das bloß mal vor, du wärst schon immer hier gewesen ... deine Eltern wären gar nicht fortgegangen. Dann hätten wir dich schon die ganze Zeit gekannt.«

»Das wäre leicht möglich gewesen«, gab ich zu.

»Aber so ist es aufregender. Sonst gäb' es womöglich keinen Ball.«

Es mußte Lowella sein, dachte ich mir. Sie hopste um meinen Stuhl herum, blieb dicht hinter mir stehen und pustete mir in den Nacken. »Ich muß jetzt weiter, Carrie wartet auf mich, ich soll mein Ballkleid anprobieren.«

»Näht sie deins auch?«

»Ja, ein goldenes. Sie macht zwei genau gleiche. Es wird sehr lustig. Keiner weiß dann, wer Hy ist und wer Lo.«

»Nun, dann lauf, laß Carrie nicht warten.«

»Komm doch mit und schau es dir an. Es wird sehr hübsch.«

Sie hüpfte zum Westtor. Ich stand auf und folgte ihr ins Haus, aufs neue unsicher, ob ich mit Hyson oder Lowella gesprochen hatte. Als wir die Treppe hinaufstiegen, fing sie an zu summen, summte diese Melodie, die ich schon einmal von jener seltsamen Stimme gehört und die mich so erschreckt hatte. Nun, ihr Summen klang ganz anders, eher monoton und unmelodisch.

»Was singst du da?« fragte ich. Sie hielt inne und drehte sich langsam um. Sie stand schon ein paar Stufen höher als ich und schaute auf mich herunter. Und da wußte ich, es war Hyson.

»Es ist das Lied Ophelias aus ›Hamlet‹.«

»Habt ihr das in der Schule gelernt?«

Sie schüttelte den Kopf.

»Hat Miß Bective es euch beigebracht?« Mir wurde es langsam unheimlich; sie erriet es und amüsierte sich darüber. Wieder ein Kopfschütteln. Sie wartete auf die nächste Frage. Aber ich sagte bloß: »Die Melodie verfolgt einen«, und ging weiter die Treppe hinauf. Sie lief mir voran bis zu der Tür von Carries Nähzimmer.

Carrie saß an der altmodischen Nähmaschine und arbeitete an einem goldfarbenen Kleid.

Zwei Kleiderpuppen standen im Zimmer, eine in Kindergröße und eine für Erwachsene. Auf der kleineren hing ein zweites goldfarbenes Kleid, auf der größeren ein fliederfarbenes Abendkleid.

»Da sind Sie ja endlich, Miß Hyson«, sagte Carrie. »Ich warte schon auf Sie. Kommen Sie doch mal her, der Halsausschnitt gefällt mir noch gar nicht.«

»Mrs. Pendorric ist auch hier«, sagte Hyson. »Sie wollte so gern die Kleider sehen.«

Ich ging auf die kleinere Kleiderpuppe zu und sagte: »Es ist entzückend, das gehört sicherlich Lowella.«

»Ich habe es Miß Hyson anprobiert«, brummte Carrie, »Miß Lowella kann nicht eine Sekunde lang stillstehen.«

»Das ist wahr«, sagte Hyson. »Sie ist flatterhaft wie ein Schmetterling und kann sich auf nichts konzentrieren, jedenfalls nicht lange. Becky meint auch, es ist zum Weinen.«

»Nun komm schon her«, sagte Carrie, schnitt einen Faden ab und nahm das Kleid von der Maschine.

Hyson stand ergeben da, während Carrie ihr das goldfarbene Seidenkleid anzog.

»Es ist zauberhaft«, sagte ich.

»Am Hals stimmt es nicht«, schnaubte Carrie, zupfte am Ausschnitt herum und steckte ihn mit Nadeln ab. Inzwischen besah ich mir das fliederfarbene Kleid; wie alle Kleider von Deborah hatte es einen leicht altmodischen Schnitt. Die Volants an dem langen Rock waren vor vielen Jahren einmal modern gewesen, ebenso wie die Spitzen am Hals.

»Ich dachte, sie wollte es in Rosa haben?« fragte ich.

»Hm«, grunzte Carrie.

»Wahrscheinlich hat Deborah ihre Meinung geändert, damals, als ich dabei war, wollte sie es jedenfalls in Rosa haben.«

Hyson nickte heftig und wies mit dem Kopf auf ein Kleid, das an der Tür hing, auf das gleiche Kleid in Rosa.

Ich war sprachlos.

»Carrie hat zwei gemacht, nicht wahr, Carrie?« sagte Hyson. »Genau wie bei diesen beiden goldenen, das eine ist für mich und das andere für Lowella, nur, daß hier das eine rosa ist und das andere lila — seit sie von Devon weg waren, trugen sie nämlich nicht mehr die gleiche Farbe. So war es doch, nicht wahr, Carrie?«

Triumphierend schaute sie mich an. Mir riß die Geduld. »Wovon in aller Welt sprichst du eigentlich?«

Hyson reckte sich auf die Zehenspitzen und würdigte mich keiner Antwort.

»Carrie, nun reden Sie schon, Miß Deborah hat sich zwei Kleider machen lassen, stimmt's?«

»Das in Rosa ist für Miß Deborah«, sagte Carrie. »Ich sehe sie gern in dieser Farbe.«

»Und das da in Lila?« Mit einem Satz war Hyson neben mir, legte mir die Hand auf den Arm und lächelte.

»Das rosa Kleid ist für Großmama Deborah«, flüsterte sie, »und das lila für Großmama Barbarina.«

Lächelnd schaute Carrie das lila Kleid an und sagte leise: »Lila ist deine Farbe, mein Liebling, und das eine sag' ich immer wieder, in ganz Devonshire gibt es nicht zwei so hübsche Mädchen wie Miß Deborah und Miß Barbarina.«

Plötzlich wurde mir das Nähzimmer zu eng, und mit der Bemerkung: »Ich habe noch etwas zu tun«, verließ ich die beiden.

Doch kaum hatte ich die Tür hinter mir geschlossen, fragte ich mich, was wohl Hyson zu ihrem seltsamen Benehmen bewog. Gut, Carrie war alt und ein bißchen verwirrt, war mit Barbarina innig verbunden gewesen. Ich wußte ja von Deborah, daß sie ihren Tod nie verwunden hatte. Aber was hatte Hyson damit zu tun?

Ich ging den Flur entlang bis zu Deborahs Zimmer. Einen Moment zögerte ich, dann klopfte ich an.

»Herein!« Deborah saß am Tisch und las. »Was für eine nette Überraschung, meine Liebe. Aber — stimmt irgend etwas nicht? Komm her und erzähl, was du hast.«

»Hyson ist ein seltsames Kind, nicht wahr? Ich verstehe sie einfach nicht.«

»Es ist nicht immer leicht zu begreifen, was in einem Kind vorgeht.«

»Aber bei Hyson ist es sehr schwierig. Lowella ist ganz anders.«

»Wenn sie auch Zwillinge sind, so sind sie charakterlich doch ganz verschieden. Aber erzähl' mir, warum du dich über Hyson aufgeregt hast.«

Mit kurzen Worten berichtete ich ihr von dem Kleid, das ich in Carries Nähzimmer gesehen hatte.

Deborah seufzte. »Ich weiß«, sagte sie, »sie hatte es schon so gut wie fertig, ehe ich ihr dreinreden konnte. Ich wollte es in Rosa haben, und dann ertappte ich sie dabei, daß sie es auch in Lila nähte.«

»Glaubt sie denn wirklich, daß Barbarina noch lebt?«

»Nicht immer. Gelegentlich denkt sie genauso klar wie du und ich; doch dann lebt sie wieder ganz in der Vergangenheit. Aber was tut's, so kann ich eben zwischen zwei Kleidern wählen. Ich lasse sie immer gewähren.«

»Aber was ist nun mit Hyson?« fragte ich. »Spricht denn Carrie mit ihr darüber?«

»Hyson weiß genau, wie es um Carrie steht. Ich habe es ihr erklärt und ihr gesagt, daß sie niemals Carries Gefühle verletzen dürfe. Hyson ist ein gutes Kind, und sie tut ihr Bestes. Es schadet doch keinem, und Carrie macht es glücklich. Solange man sie in dem Wahn läßt, daß Barbarina immer noch bei uns ist, ist sie zufrieden. Doch wenn ihr klar wird, was damals geschehen ist, ist sie niedergeschlagen und traurig. In Devonshire ist es einfacher. Dort fällt es ihr natürlich viel leichter, sich einzubilden, daß Barbarina jetzt hier in Cornwall lebt und wir sie bald wieder einmal besuchen.«

Sie legte ihre Hand auf die meine.

»Meine Liebe«, sagte sie sanft, »du bist jung, hast einen gesunden Menschenverstand und das Herz auf dem rechten Fleck. Für dich ist es schwierig, die Schrullen und Launen der Leute zu verstehen, die nicht so sind wie du. Laß dich durch Carrie nicht beirren. Ich ertrage es nicht, sie unglücklich zu sehen. Darum nehm ich es hin, wenn sie sagt: ›Miß Deborah geht zu dem Ball in dem rosa Kleid und Miß Barbarina in dem lila.‹ Was liegt schon daran? Doch da wir gerade von Kleidern sprechen — sag mir lieber, was du anziehst.«

»Ich ziehe das grün-goldene an«, sagte ich, »das ich auf der Hochzeitsreise in Paris gekauft habe. Bis jetzt hatte ich noch keine Gelegenheit, es zu tragen.«

»Ich bin überzeugt, du wirst wundervoll aussehen, meine Liebe, ganz wundervoll, und dein Großvater und dein Mann werden stolz auf dich sein. Favel, was bist du für eine glückliche Frau, in ein paar Monaten einen Mann und einen Großvater zu finden.«

»Ja«, sagte ich langsam, »es ist schon seltsam.«

Sie lachte. »Na, siehst du, auch *dir* passieren seltsame Dinge, seit du in Pendorric bist.«

Es war ausgemacht, daß Roc und ich eine halbe Stunde, ehe die Gäste ankommen sollten, nach Polhorgan gingen, so daß wir sie, zusammen mit Lord Polhorgan, empfangen konnten. Ich nahm mir Zeit zum Baden und Anziehen und war mit meinem Aussehen sehr zufrieden. Der goldene Satinunterrock schimmerte durch das grüne Seidenchiffonkleid, das bis zu den Knien eng anlag und sich dann zu einem weiten Rock bauschte. Ein schmaler goldener Gürtel unterstrich die Taille. Mein Haar hatte ich hochgesteckt zu einer dieser reizvollen Frisuren, wie man sie jetzt in Paris trug.

Roc kam herein, während ich noch vor dem Spiegel stand, nahm mich bei den Händen und hielt mich um Armeslänge von sich, um mich zu begutachten.

»Wer heute die Ballkönigin ist — das weiß ich«, sagte er. Er zog mich an sich und küßte mich so vorsichtig, als wäre ich eine Porzellanfigur.

»Zieh dich lieber um«, drängte ich. »Wir müssen früh dort sein. Denk daran.«

»Zuerst aber möcht ich dir dies geben«, sagte er und zog ein Etui aus der Tasche.

Ich öffnete es und blickte auf ein glitzerndes Halsband aus Smaragden und Diamanten. »Das also sind die — wie heißt es doch so großartig — Pendorric-Smaragde. Sie hat sie zur ihrer Hochzeit getragen, die sogenannte *erste* Braut.«

»O Roc, sie sind auserlesen schön. Du meinst, ich soll sie heute abend tragen?«

»Aber natürlich.« Er nahm sie aus dem Etui und legte sie mir um den Hals.

»O Roc, sie sind zauberhaft. Wenn ich sie bloß nicht verliere. Ich habe jetzt schon Angst.«

»Warum solltest du? Es ist doch ein Sicherheitskettchen dran. Jede Braut von Pendorric hat sie getragen, seit gut zweihundert Jahren, und keine hat sie verloren. Warum also ausgerechnet du?«

»Ich danke dir, Roc.«

»Mir brauchst du nicht zu danken, mein Schatz. Danke jenem Petroc, der einstmals Lowella heiratete. Der hat sie gekauft, und jetzt erbst du sie. Mir macht es höchstens Spaß, deinem reichen Großvater zu zeigen, daß du einen Mann hast, der dir etwas Wertvolles geben kann.«

»Du hast mir schon so viel Wertvolles gegeben. Ich will nicht das Halsband herabsetzen, aber ...«

»Ich weiß, ich weiß, Liebling. Ein gütiges Herz ist mehr wert als Smaragde. Dem kann ich nur zustimmen. Aber es wird Zeit. Sprechen wir später darüber.«

Er ging ins Badezimmer, und ich blickte auf die Uhr. Eine Viertelstunde noch, dann mußten wir gehen. Ich kannte seine Neigung, während er sich anzog, noch dies und das mit mir zu beraten, und um das zu vermeiden, ging ich hinaus auf den Korridor, stellte mich ans Fenster und schaute hinunter in den Hof. Ich dachte an all das, was ich in den letzten Wochen erlebt hatte, sann darüber nach, wie mein Leben, das bisher in so gewohnten Bahnen verlaufen war, auf einmal etwas Abenteuerliches bekommen hatte. Es sollte mich nicht wundern, wenn mir noch einiges bevorstünde.

Aber noch war ich glücklich. Mit jedem Tag wuchs meine Liebe zu meinem Mann, meine Zuneigung zu meinem Großvater. Wie glücklich machte es ihn, eine Enkelin zu haben. Wie umgewandelt er war, er lebte geradezu auf.

Unwillkürlich schweifte mein Blick ab von den Palmen des Innenhofs. Und wieder beschlich mich dieses unheimliche Gefühl, daß mir jemand zusah – und das nicht etwa zufällig oder gar freundlich. Und schon heftete sich mein Blick auf die Fenster des Ostflügels – wo auch Barbarinas Musikzimmer lag.

Da bewegte sich doch was! Jemand stand am Fenster – nicht nahe daran, sondern etwas weiter zurück. Nun kam die Gestalt näher. Das Gesicht konnte ich nicht erkennen, aber es mußte eine Frau sein – eine Frau in einem lila Kleid. Demselben Kleid, das ich auf der Kleiderpuppe gesehen hatte, das Carrie für Barbarina genäht hatte.

»Barbarina«, flüsterte ich.

Sekundenlang sah ich das Kleid ganz deutlich, eine blasse Hand zog den Vorhang zur Seite – nur das Gesicht konnte ich nicht erkennen. Dann fiel der Vorhang wieder.

Ich sagte mir: Natürlich war das Deborah. Sie hat sich also doch zu dem lila Kleid entschlossen. Ja, so mußte es sein. Aber warum hat sie mir nicht zugewinkt, sich nicht bemerkbar gemacht? Vielleicht hatte sie mich gar nicht gesehen?

Roc trat aus dem Zimmer und rief, er sei fertig.

Ich war schon drauf und dran, ihm zu erzählen, was ich gesehen hatte – doch wozu eigentlich? Ich würde ja gleich Deborah auf dem Ball sehen – und natürlich in dem lila Kleid.

Der Ballsaal auf Polhorgan funkelte und strahlte. Trehay, ganz versessen auf seine exotischen Pflanzen, hatte sein Bestes getan, aber die Hortensien hier aus Cornwall stellten alles in den Schatten mit ihrer Pracht.

Mein Großvater war schon im Ballsaal. Althea Grey stand neben dem Rollstuhl. Sie sah blendend aus in ihrem zartblauen, schulterfreien Kleid, das eine weiße Kamelie schmückte.

»Du siehst heute deiner Mutter noch ähnlicher als sonst«, rief mir mein Großvater spontan entgegen. Und als ich mich vorneigte und ihm einen Kuß gab, spürte ich seine innere Bewegung.

»Das läßt sich ja prächtig an«, antwortete ich. »Ich bin so gespannt, alle deine Freunde kennenzulernen.«

Großvater lachte. »Nicht *meine* Freunde. Das sind nur ganz wenige. Die anderen alle wollen nur Mrs. Pendorric kennenlernen. Wie gefällt dir übrigens der Ballsaal?«

»Ich finde ihn herrlich.«

»So etwas haben Sie wohl nicht auf Pendorric, was, Roc?«

»Leider nein, solche Pracht können wir nicht entfalten.«

»Gefällt Ihnen die Täfelung? Ich habe sie mir eigens aus Mittelengland kommen lassen, aus irgendwelchen alten, abbruchreifen Herrenhäusern.«

»Da liegt Lebensweisheit drin«, sagte Roc. »Nimm und zahl.«

»Ja, ganz recht. Ich habe dafür bezahlt!«

»Lord Polhorgan«, flüsterte Althea. »Sie dürfen sich nicht aufregen, sonst muß ich Sie in Ihr Zimmer zurückbringen.«

»Da könnt ihr sehen, wie ich behandelt werde«, sagte mein Großvater.

»Ich bin dafür da, auf Sie achtzugeben«, warf Althea ein. »Haben Sie auch Ihre Tabletten?«

Er griff in die Tasche und hielt die Silberdose hoch.

»Dann ist es gut. Halten Sie sie nur bereit.«

»Ich werde auch ein Auge auf ihn haben«, sagte ich.

»Sie sind glücklich dran, Sir«, sagte Roc. »Die zwei schönsten Frauen auf dem Ball werden sich um Sie kümmern.«

Lächelnd legte Großvater seine Hand auf meine und sagte zustimmend: »Ja, ja, ich bin glücklich.«

»Die ersten Gäste kommen«, sagte Althea.

Stolz erfüllte mich, wie ich so zwischen meinem Großvater und meinem Mann stand und die Gäste begrüßte. Natürlich bildete ich den Mittelpunkt des Interesses; sicherlich waren viele nur gekommen, um zu sehen, was für eine Frau Roc Pendorric geheiratet hatte. Die Tatsache, daß ich die Enkelin von Lord Polhorgan war, bedeutete für sie ein romantisches Zusammentreffen, wußten sie doch, daß meine Mutter von zu Hause fortgelaufen war und nicht mehr mit ihrem Vater in Verbindung gestanden hatte.

Auch die Pendorrics waren inzwischen gekommen. Allen voran, Arm in Arm, gingen die Zwillinge, die in ihren goldfarbenen Kleidern wie ein Ei dem anderen glichen; dahinter Charles mit Morwenna und dann — Deborah.

Deborah trug das rosa Kleid, und sie sah aus, als stammte sie aus einem fünfundzwanzig Jahre alten Modejournal.

Also doch rosa! Wer aber hatte dann das fliederfarbene angehabt? Ich zwang mich zu einem Lächeln; aber meine Gedanken waren bei der Gestalt am Fenster. Wer mochte es gewesen sein?

Deborah nahm meine Hände. »Du siehst entzückend aus, meine Liebe. Ist alles in Ordnung?«

»Wie? Ja ... ich denke doch.«

»Aber warum hast du mich denn so verdutzt angesehen, als ich hereinkam?«

»O nein ... wirklich nicht.«

»Etwas ist gewesen, du mußt es mir später erzählen. Jetzt überlasse ich dich wohl besser deinen Gästen.«

In dieser Nacht tanzte ich mit Roc und vielen anderen. Ich spürte Großvaters Blick mir überallhin folgen.

Ich glaube, ich war eine gute Gastgeberin. Deborah, die meine Verstörtheit bemerkt hatte, tat alles, um mich zu beruhigen, und ich war ihr dankbar dafür. Roc tanzte gerade mit Althea Grey, und ich stand an Großvaters Stuhl, als Deborah mich beiseite nahm.

»Hast du einen Moment Zeit, Favel?« fragte sie. »Ich hätte gern mit dir geredet. Ich möchte wissen, warum du mich so erschreckt angeschaut hast.«

Zuerst zögerte ich, doch dann gab ich zur Antwort: »Ich meinte, ich hätte dich schon heute abend am Ostfenster gesehen ... zu Hause in Pendorric ... in dem lila Kleid.«

Sekundenlang sagten wir beide nichts. Dann fuhr ich fort: »Ich war schon angezogen und wartete auf Roc, dabei schaute ich aus dem Fenster und sah jemanden in dem lila Kleid.«

»Und du hast nicht gesehen, wer es war?«

»Ich konnte das Gesicht nicht sehen. Ich sah nur eine Gestalt in dem Kleid.«

»Und da dachtest du ...«

»Ja, ich dachte, du wolltest es heute abend tragen.«

»Und als ich nun in dem rosa Kleid kam, da hast du doch hoffentlich nicht gedacht, du hättest Barbarina gesehen?«

»O nein, bestimmt nicht. Aber ich frage mich, wer ...«

Sie strich mir über die Hand. »Natürlich würdest du das nicht denken. Dazu bist du zu vernünftig. Es gibt eine ganz einfache Erklärung. Ich hatte schließlich die Wahl zwischen zwei Kleidern. Warum also sollte ich nicht zuerst das lila Kleid anprobieren und mich dann doch für das rosa Kleid entscheiden?«

»So bist du es also gewesen?«

Sie antwortete nicht. So ganz konnte ich ihrer Erklärung keinen Glauben schenken. Sie hatte nicht gesagt, sie habe das lila Kleid anprobiert. Sie hatte es offengelassen, hatte gesagt: Warum sollte ich nicht zuerst das lila Kleid anprobieren? Es kam mir vor, als wollte sie mich einerseits zwar nicht anlügen, mich andererseits aber beschwichtigen.

Doch schon sagte ich mir: Deborah probierte zuerst das lila Kleid an. Das ist ganz natürlich, und außerdem ist es die einzige Erklärung.

Aber warum hatte sie es drüben im Ostflügel anprobiert? Die Antwort lag auf der Hand: weil Carrie es dort hingebracht hatte.

Als ich zu Großvater zurückkam, sagte er: »Wo steckt dein Mann?«

»Roc tanzt gerade mit Schwester Grey.« Ich wies auf die beiden. Sie waren das schönste Paar im Saal, fand ich, sie so blond und er so dunkel.

»Er sollte mehr mit dir tanzen«, meinte Großvater.

»Das wollte er auch, aber ich sagte, ich wolle mit dir plaudern.«

»Das brauchst du doch nicht. Ach, da ist ja auch unser Doktor. Nett, Sie auch mal außerberuflich zu sehen, Dr. Clement.«

Andrew Clement lächelte mich an. »Ich danke Ihnen und Mrs. Pendorric für die Einladung.

»Warum tanzen Sie nicht mit meiner Enkelin? Ich will nicht, daß sie wie festgenagelt den ganzen Abend an dem Stuhl eines alten Mannes steht.«

Andrew Clement verbeugte sich artig und führte mich zur Tanzfläche.

»Finden Sie es nicht zu aufregend für Großvater?« fragte ich ihn.

»Nein, das finde ich nicht. Ich finde, es tut ihm gut. Ich will Ihnen mal was sagen, Mrs. Pendorric: Es geht ihm sogar viel besser, seit Sie hier sind. Sie haben ihm einen Lebensinhalt gegeben. Er ist nicht mehr einsam; sein Leben hat wieder Sinn bekommen, und jetzt will er leben. Er bat mich übrigens damals, ihm seine Unterschrift unter einem wichtigen Dokument zu beglaubigen, und ich sagte hinterher zu Schwester Grey, daß ich ihn schon seit langem nicht mehr so frisch und munter angetroffen habe. Und sie meinte auch, das habe er nur seiner Enkeltochter zu verdanken, in die er ganz vernarrt sei.«

Im selben Moment tippte ihm ein dunkelhaariger, hübscher junger Mann auf die Schulter. Andrew Clement zog in gespieltem Zorn die Stirn kraus und sagte: »Ach, diese Art von Tanz ist das also!«

»Ja, tut mir leid für Sie«, meinte der junge Mann und verneigte sich: »Darf ich bitten, Mrs. Pendorric?«

Während ich mit ihm weitertanzte, stellte er sich mir als John Poldree vor und erzählte, daß er ein paar Meilen landeinwärts wohne.

»Ich bin nur für kurze Zeit zu Hause«, fuhr er fort. »Ich studiere nämlich Jura in London.«

»Dann freut es mich besonders, daß dieser Ball gerade in Ihre Ferien fällt«, antwortete ich.

»Ja, es ist herrlich. Außerdem ist es sehr aufregend — daß Sie sich jetzt als Lord Polhorgans Enkeltochter entpuppt haben. Übrigens, Ihr Großvater hat eine blendend aussehende Krankenschwester, Mrs. Pendorric.«

»Ja, sie ist wirklich schön.«

»Woher kommt sie? Ich habe sie irgendwo schon einmal gesehen.«

»Ihr Name ist Althea Grey.«

»Der Name sagt mir nichts. Aber das Gesicht ist mir bekannt. Ich bringe sie wahrscheinlich mit einem Rechtsfall oder ähnlichem in Verbindung. Ich habe immer gedacht, ich kann mich auf mein Gedächtnis verlassen, aber anscheinend ist es doch nicht so gut.«

»Wenn man ihr einmal begegnet ist, müßte man sie doch wiedererkennen, sollte ich meinen.«

»Eben darum war ich ja auch so sicher; nun, es wird mir schon wieder einfallen.«

»Warum fragen Sie sie nicht selber?«

»Das tat ich bereits. Aber sie ließ mich abblitzen und blieb dabei, sie habe mich noch nie gesehen.«

Das Abendessen verlief sehr unterhaltsam. Wir hatten in den drei größeren Räumen, die sich an den Ballsaal anschlossen, decken lassen. Die Zimmer gingen alle nach Süden, und die großen französischen Fenster zur Terrasse standen weit offen, so daß man einen herrlichen Blick über die Gärten zum Meer hatte. Alles war in helles Mondlicht getaucht, und die Aussicht war bezaubernd. Trehays Blumenschmuck auf der Tafel war nicht minder schön als seine Arrangements im Ballsaal. Es war an nichts gespart worden. Auf den überladenen Tischen waren Fisch, Pasteten, Fleisch und Delikatessen aller Arten angerichtet. Dawson und seine Gehilfen, in ihren schmucken Livreen, kümmerten sich um die Getränke, während Mrs. Dawson das Essen beaufsichtigte. Ich saß zusammen mit meinem Großvater, John Poldree und seinem Bruder, Deborah und den Zwillingen an einem Tisch.

Während wir miteinander plauderten, schlenderten einige Gäste auf die Terrasse, und ich bemerkte, wie Roc und Althea Grey zusammen an einem Fenster standen.

Eine Zeitlang blickten sie hinaus aufs Meer und schienen in ernsthafte Unterhaltung versunken zu sein. Dieser Anblick warf einen kleinen Schatten auf meine Freude. Um Mitternacht verabschiedeten sich die ersten Gäste, und zuletzt blieben nur noch die Pendorrics übrig.

Althea Grey wartete, während wir uns verabschiedeten und uns gegenseitig zu dem Erfolg des Abends gratulierten. Dann fuhr sie Großvaters Stuhl zu dem Lift, den er vor einigen Jahren bei den ersten Anzeichen seiner Krankheit hatte einbauen lassen, und wir gingen hinaus zu unseren Wagen.

Es war halb zwei Uhr, als wir endlich Pendorric erreichten, und als wir durch den alten Torbogen des Nordportals fuhren, öffnete Mrs. Penhalligan die Haustür.

»Oh, Mrs. Penhalligan«, rief ich, »Sie wollten doch nicht aufbleiben.«

»Ist schon gut, Ma'am«, antwortete sie. »Ich dachte, eine kleine Erfrischung vor dem Zubettgehen würde Ihnen guttun. Ich habe Suppe für sie gekocht.«

»Suppe! In einer heißen Sommernacht!« stöhnte Roc.

»Suppe! Suppe! Herrliche Suppe!« sang Lowella.

»Es ist ein alter Brauch«, flüsterte mir Morwenna zu. »Auch wenn wir wollten, könnten wir ihm nicht entgehen.«

Wir betraten die Nordhalle, und Mrs. Penhalligan führte uns

in einen kleinen Wintergarten, wo schon die Suppenteller auf dem Tisch standen; bei ihrem Anblick tanzte Lowella durchs Zimmer und sang: »Ein Klang von Lust tönt durch die Nacht.«

»O Lowella, bitte«, seufzte Morwenna, »bist du denn gar nicht müde? Es ist schon nach eins.«

»Ich bin überhaupt nicht müde«, trumpfte Lowella auf. »Oh, ist es nicht ein herrliches Fest?«

»Das Fest ist vorbei«, erinnerte sie Roc.

»Nein, das ist es nicht — nicht ehe wir alle im Bett sind. Man muß erst noch die Suppe essen, ehe es zu Ende ist.«

Mrs. Penhalligan kam mit einer Suppenterrine herein und füllte die Teller. Wir gaben zu, daß es kein so schlechter Brauch war, und wenn wir auch von uns aus nie auf heiße Suppe verfallen wären, so fanden wir sie doch sehr belebend, und es war angenehm, sich noch einmal hinzusetzen und über den Abend zu sprechen.

Auch als wir die Suppe gegessen hatten, hatte es niemand eilig, ins Bett zu gehen. Wir sprachen noch über Polhorgan und die Leute, die wir dort getroffen hatten. Die Zwillinge saßen zurückgelehnt in ihren Stühlen und kämpften verzweifelt mit dem Schlaf.

»Jetzt ist es aber Zeit fürs Bett«, befahl Charles.

»O Daddy«, jammerte Lowella, »sei doch nicht so altmodisch!«

»Wenn du auch nicht müde bist«, meinte Roc, »andere sind es vielleicht. Tante Deborah schläft schon halb, und auch Morwenna.«

»Ich weiß«, sagte Morwenna, »aber es ist so gemütlich hier, und es war ein so schöner Abend, daß man wünscht, er ginge nie zu Ende. Erzählt doch was.«

»Ja, schnell«, schrie Lowella. Alle lachten und schienen plötzlich wieder hellwach zu sein. »Fang an, Onkel Roc.«

»Es erinnert mich an Weihnachten«, sagte Roc. »Wenn wir noch um das Feuer sitzen und zu müde sind, um ins Bett zu gehen.«

»Und Geistergeschichten erzählen«, sagte Charles.

»Erzähl jetzt eine«, drängte Lowella, »bitte, Daddy, Onkel Roc.«

Hyson setzte sich auf, plötzlich hellwach.

»Das paßt jetzt nicht«, meinte Roc. »Du mußt ein paar Monate warten, Lo.«

»Ich kann nicht, ich kann nicht. Ich will eine Geistergeschichte, jetzt.« Lowella schaute mich mit großen Augen an. »Es wird für die Braut das erste Weihnachtsfest mit uns sein«, verkündete sie. »Weihnachten auf Pendorric wird ihr gefallen. Ich weiß noch, wie wir alle zusammen gesungen haben letzte Weihnachten. Ich mag Lieder genauso gern wie Geistergeschichten. Ich werde euch sagen, was ich am liebsten mag.«

»Das Lied vom Mistelzweig«, sagte Hyson.

»Du wirst es gern haben, Braut, weil es von einer anderen Braut handelt.«

»Das kennt Tante Favel bestimmt«, sagte Morwenna. »Jeder kennt es doch.«

»Nein«, erklärte ich. »Ich habe nie davon gehört. Weihnachten auf Capri wurde nicht wie ein englisches Weihnachten gefeiert.«

»Stellt euch vor! Sie hat noch nie etwas vom Mistelzweig gehört.« Lowella blickte empört.

»Denk nur, was sie versäumt hat«, machte sich Roc lustig.

»Ich werde es ihr erzählen«, erklärte Lowella. »Hör zu, Braut! Die andere Braut spielte Verstecken an einem Ort ...«

»Im Münster von Lovel«, half ihr Hyson.

»Sie spielten Versteck, und die Braut kletterte in eine alte Eichentruhe; das Schloß klickte und schloß sie für immer ein.«

»Und die Truhe wurde erst zwanzig Jahre später geöffnet«, warf Hyson ein. »Und da fand man sie — nur noch als Skelett.«

»Aber das Hochzeitskleid und die Orangenblüten waren noch ganz frisch«, fügte Lowella hinzu.

»Sicherlich war ihr das eine große Beruhigung«, sagte Roc ironisch.

»Du brauchst gar nicht zu lachen, Onkel Roc. Es ist wirklich traurig. Ein Schnappschloß sollt' ihr Verderben sein«, sang sie. »Und schloß die Braut für immer ein.«

»Und die Moral von der Geschicht'«, fiel Roc ein und zwinkerte mir zu, »versteck dich in Truhen nicht — jedenfalls nicht als Braut.«

»Huch«, Morwenna schüttelte sich, »die Geschichte gefällt mir nicht.«

»Darum eben gefällt sie deinen Töchtern«, erklärte Roc.

»Ich habe eine Idee«, rief Lowella. »Wir wollen Weihnachtslieder singen. Jeder singt ein anderes.«

»Ich habe eine bessere Idee«, sagte ihr Vater. »Wir gehen ins Bett.«

Rachel stand auf. »Kommt mit«, sagte sie zu den Zwillingen. »Es ist fast zwei Uhr.«
Wir sagten gute Nacht und gingen hinauf.

Am nächsten Tag ging ich nach Polhorgan, um zu sehen, wie mein Großvater das Fest überstanden hatte.

Ich beglückwünschte Mrs. Dawson und ihren Mann zu dem Erfolg des Festes. »Sie haben es wundervoll gemacht«, lobte ich sie. Im selben Moment kam auch Dawson. Dann fragte ich, wie es meinem Großvater heute morgen ginge, und sie meinten: »Sehr zufriedenstellend, Madam, er schläft noch, er ist bestimmt müde nach all der Aufregung.«

»Dann will ich ihn nicht stören«, sagte ich. »Ich gehe noch etwas in den Garten.«

»In einer halben Stunde bringe ich ihm seinen Kaffee, Madam.«

»Gut, Mrs. Dawson, dann warte ich solange.«

Dawson folgte mir in den Garten; er tat geheimnisvoll. »Jeder im Haus ist glücklich, daß Sie gekommen sind«, sagte er, »mit einer Ausnahme allerdings.«

»Ich danke Ihnen, Dawson«, sagte ich. »Wer ist die Ausnahme?«

»Die Krankenschwester. Keiner im Haus kann sie leiden, Madam — außer den jungen Männern. Es gibt immer welche, die nicht hinter eine hübsche Larve schauen. Meine Frau und ich hatten immer so etwas wie eine Sonderstellung hier, Madam. Wir leben ja schon so lange mit Seiner Lordschaft zusammen. Wir waren schon da, entschuldigen Sie, wenn ich das erwähne, als noch Miß Lilith zu Hause war.«

»Sie kennen also meine Mutter?«

»Eine ganz reizende junge Lady, und — wenn Sie mir die Freiheit erlauben, Madam — Sie sind ihr sehr ähnlich. Deshalb dachten Mrs. Dawson und ich, daß wir zu Ihnen offen sprechen könnten.«

»Sagen Sie nur ruhig, was Sie auf dem Herzen haben, Dawson.«

»Nun ja, es ist uns nicht geheuer, Madam. Es gab Zeiten, da dachten wir, sie würde ihn heiraten. Es bestand kein Zweifel, daß sie darauf aus war, und wenn ihr das gelungen wäre, hätten Mrs. Dawson und ich uns selbstverständlich nach einer anderen Stellung umgesehen.«

»Miß Grey ... meinen Großvater heiraten?«

»So etwas kommt öfters vor, Madam. Hier und da heiraten reiche alte Herren ihre jungen Krankenschwestern. Sie werden so abhängig von ihnen, daß sie ohne sie gar nicht mehr auskommen können, und die Schwestern ihrerseits haben ein Auge auf das Geld geworfen.«

»Großvater ließe sich bestimmt niemals wegen seines Geldes heiraten. Dazu ist er zu klug.«

»Das sagen wir ja auch. Sie konnte ihr Ziel nicht erreichen, aber ...«, er kam näher an mich heran und flüsterte: »Um die Wahrheit zu sagen, Madam, wir halten sie für eine Abenteurerin, wenn Sie es so nennen wollen.«

»Ich verstehe.«

»Und dann ist da noch etwas. Vor längerer Zeit kam unsere verheiratete Tochter zu Besuch. Sie begegnete zufällig Schwester Grey und behauptete fest, sie hätte eine Fotografie von ihr irgendwo in der Zeitung gesehen. Nur war damals nicht der Name Grey erwähnt.«

»Und warum war ihr Bild in der Zeitung?«

»Es handelt sich um einen Gerichtsfall oder dergleichen. Maureen konnte sich nicht mehr genau erinnern, aber sie wußte, daß es etwas Schlimmes war.«

»Haben Sie sie darüber befragt?«

»O nein, Madam, darüber kann man nicht sprechen. Sie wäre sicher beleidigt, und solange wir keinen Beweis haben, kann sie es ja jederzeit ableugnen. Doch wir halten trotzdem unsere Augen offen.«

»Oh, ... das ist ja Mrs. Pendorric.«

Ich fuhr herum und sah Althea Grey; sie lächelte mir zu. Ich errötete schuldbewußt, es war mir peinlich, daß sie mich dabei ertappte, wie ich mit dem Butler über sie sprach. Ich hätte gern gewußt, ob sie etwas von unserem Gespräch aufgeschnappt hatte.

»*Sie* sehen nicht so aus, als wenn Sie die halbe Nacht aufgewesen wären«, fuhr sie fort. »Es war ein herrlicher Abend! Lord Polhorgan war über den Verlauf des Festes hoch befriedigt.«

Dawson ging weg, und ich blieb mit ihr allein. Ihr Haar unter dem weißen Käppchen sah wundervoll aus. Ich fragte mich, was ihrem Gesicht so einen besonderen Ausdruck verlieh. Waren es die dichten Augenbrauen, einige Schattierungen dunkler als das Haar? Die Augen, von diesem tiefen, fast violetten Blau, das jedes andere Blau überstrahlte? War es diese klassische gerade Nase, die zu ihrer nordischen Blondheit in seltsamem Gegensatz stand?

Selbst wenn sie nichts von unserem Gespräch mitbekommen hatte, wußte sie bestimmt, daß Dawson über sie gesprochen hatte. Hatte dieser junge Mann, mit dem ich getanzt hatte, sie nicht auch irgendwie mit einem Rechtsfall in Verbindung gebracht? War vielleicht Dawsons Verdacht nicht ganz ohne Grund? Ich hielt mich sehr zurück, als wir zusammen dem Hause zugingen.

»Lord Polhorgan hoffte, daß Sie heute kommen würden, und ich sagte, das täten Sie ganz bestimmt.«

»Ich wollte mich erkundigen, wie ihm der Abend bekommen ist.«

»Oh, großartig, und er hat sich so darüber gefreut, wie seine schöne Enkelin gefeiert wurde.«

Ich spürte, wie sie sich heimlich über mich lustig machte, und war froh, als ich endlich mit meinem Großvater allein war.

Eine Woche später schreckte uns ein Telefonanruf in der Nacht auf. Ich hob den Hörer ab, noch ehe Roc die Augen öffnete.

»Hier spricht Schwester Grey. Könnten Sie sofort herüberkommen? Lord Polhorgan geht es sehr schlecht, und er fragt nach Ihnen.«

Ich sprang aus dem Bett.

»Du lieber Himmel, was ist los?« fragte Roc.

Ich unterrichtete ihn. »Wir wollen gleich hinüberfahren«, sagte er.

»Wieviel Uhr ist es?« fragte ich, als wir die kurze Strecke zwischen Pendorric und Polhorgan zurücklegten.

»Kurz nach ein Uhr.«

»Es muß schlimm um ihn stehen, wenn sie uns anruft«, sagte ich. Beruhigend legte Roc seine Hand auf meine.

Als wir die Anfahrt hinauffuhren, öffnete sich die Tür, und Dawson ließ uns ein.

»Ich fürchte, es steht schlecht, Madam.«

»Ich gehe gleich zu ihm.«

Ich lief die Treppe hinauf, Roc folgte mir und wartete draußen, während ich ins Schlafzimmer ging.

Althea Grey kam auf mich zu. »Gott sei Dank, da sind Sie ja!« sagte sie leise. »Er fragt ständig nach Ihnen.«

Ich ging zum Bett hinüber, wo Großvater in den Kissen lag. Er war ganz erschöpft, und man konnte erkennen, daß er an Atemnot litt.

»Großvater«, sagte ich.

Seine Lippen formten den Namen Favel, aber man konnte es nicht hören.

Ich kniete am Bett nieder, ergriff seine Hand und küßte sie. Ich hatte ihn erst vor so kurzer Zeit gefunden. Sollte ich ihn schon wieder verlieren?

»Ich bin da, Großvater. Sobald ich hörte, daß du nach mir verlangst, bin ich gekommen.«

An einer schwachen Kopfbewegung konnte ich erkennen, daß er mich verstand.

Althea Grey stand neben mir. Sie flüsterte: »Er hat keine Schmerzen. Ich habe ihm Morphium gegeben. Es fängt jetzt an zu wirken. Dr. Clement muß jeden Moment da sein.«

Roc stand etwas weiter vom Bett entfernt. Althea Grey ging zu ihm hinüber, und ich wandte meine Aufmerksamkeit wieder meinem Großvater zu.

»Favel«, es war nur ein Flüstern. Seine Finger bewegten sich in den meinen; ich spürte, daß er mir etwas sagen wollte, und brachte mein Gesicht näher an seines heran.

»Bist du da, Favel ...«

»Ja, Großvater.«

»Jetzt heißt es ... Abschied nehmen, Favel.«

»Nein.«

Er lächelte. »Nur so kurz ... aber es war eine sehr schöne Zeit ... die glücklichste Zeit ... Favel, du mußt ...«

In seinem Gesicht zuckte es, und ich beugte mich näher zu ihm. »Sprich nicht, Großvater. Es strengt dich zu sehr an.«

Seine Brauen zogen sich zusammen. »Favel ... du mußt achtgeben ... es gehört jetzt alles dir ... es ist ein Unterschied ... wenn du es hast ... man ist nie sicher ... niemals ... Favel ... sei vorsichtig ...«

»Großvater, bitte, ängstige dich nicht um mich. Denk an nichts anderes als nur an dich. Es wird dir bald bessergehen. Du mußt ...«

»Ich konnte sie nicht finden ...«, begann er; aber das Atmen strengte ihn zu sehr an. Er schloß die Augen. »Müde ... so müde ... Favel ... bleib ... sei vorsichtig ... mit Geld ist es anders. Vielleicht hatte ich unrecht ... aber ich wollte ... paß nur auf dich auf ... ich wollte, ich könnte noch bleiben ... auf dich aufpassen, Favel.«

Seine Lippen bewegten sich immer noch; aber ich konnte nichts mehr verstehen. Sein Gesicht verfiel und wurde grau.

Er war dem Ende sehr nahe, als endlich Dr. Clement kam.

Wir saßen in dem Zimmer, wo ich so oft mit ihm Schach gespielt hatte — Dr. Clement, Roc, Schwester Grey und ich.

Dr. Clement sagte: »Das kam nicht ganz unerwartet. Der Tod konnte jederzeit eintreten. Hat er nicht geklingelt?«

»Nein. Ich hätte ihn sonst hören müssen, mein Zimmer liegt gleich nebenan. Die Glocke stand immer neben seinem Bett, falls er in der Nacht nach mir verlangte. Dawson kam zu mir. Er sagte, er hätte bei Lord Polhorgan Licht gesehen und wäre dann zu ihm gegangen. Er schien große Schmerzen zu haben und begann um Luft zu ringen. Ich erkannte schnell, daß ich ihm Morphium geben mußte. Das tat ich dann auch.«

Dr. Clement stand auf und ging zur Tür.

»Dawson«, rief er, »Sind Sie da, Dawson?«

Dawson kam ins Zimmer.

»Ich habe gehört, daß Sie in Lord Polhorgans Zimmer kamen und ihn in angsterregendem Zustand vorfanden.«

»Ja, Herr Doktor. Er hatte das Licht angeknipst, und daraufhin ging ich zu ihm, um nach dem Rechten zu sehen. Er versuchte, nach etwas zu fragen, aber ich verstand zuerst nicht, was er wollte. Dann begriff ich, daß er seine Tabletten verlangte. Ich konnte sie nicht finden und rief nach der Schwester. Die hat ihm dann Morphium gegeben.«

»Es scheint, daß sich durch diese Verzögerung der Anfall so verschlimmert hat, daß er nicht mehr damit fertig wurde.«

»Ich habe ihm immer eingeschärft, seine Tabletten griffbereit zu haben«, sagte Althea Grey.

Dawson blickte sie finster an. »Ich fand sie später, nachdem Seine Lordschaft das Morphium bekommen hatte. Die Schachtel lag auf dem Fußboden, sie war aufgesprungen; die Pillen waren überall verstreut; auch die Glocke lag auf dem Fußboden.«

»Er muß sie umgestoßen haben, als er nach den Tabletten langte«, warf Althea Grey ein.

Ich blickte Roc an, der vor sich hinstarrte.

»Ein trauriges Ereignis«, sagte Dr. Clement. »Ich gebe Ihnen ein Beruhigungsmittel, Mrs. Pendorric. Sie sehen aus, als könnten Sie es gebrauchen.«

»Es hat keinen Sinn, hier noch länger zu warten«, sagte Roc. »Wir können vor morgen früh doch nichts tun.«

Dr. Clement lächelte mich traurig an. »Wir konnten es nicht verhindern«, versuchte er mich zu trösten.

»Wenn er seine Tabletten gehabt hätte«, sagte ich, »wäre es vielleicht nicht geschehen.«

»Möglich.«

»Was für ein unglückseliger Zufall ...«, begann ich; meine Augen begegneten Dawson, der vor sich hingrübelte.

»Man konnte ihm nicht helfen«, hörte ich Roc sagen. »Man kann sich leicht vorstellen, wie es passierte. Er langte hinüber und stieß dabei die Schachtel und die Glocke vom Tisch.«

Ich zitterte. Roc schob seinen Arm unter meinen.

Es lag etwas in Dawsons Miene, was mich bange machte, und auch die schönen Züge von Althea Grey verbargen irgend etwas.

Welche Worte hatten Roc und Althea wohl gewechselt, als ich mich über meinen sterbenden Großvater gebeugt hatte?

Das hatte alles Dawson angerichtet mit seinem Haß auf die Schwester, mit seinen grundlosen Verdächtigungen. Aber waren sie wirklich grundlos?

Dann hörte ich Rocs zärtliche Stimme.

»Komm, Liebling, du bist ganz erschöpft. Dr. Clement hat recht. Der Schock war zu groß für dich.«

Es folgten traurige Wochen. Jetzt erst, nachdem ich ihn verloren hatte, spürte ich, wie sehr mir Großvater ans Herz gewachsen war. Ich vermißte ihn sehr, nicht nur seine Gesellschaft, nicht nur, weil es mich so stolz und froh gemacht hatte, daß ich Freude in sein einsames Leben gebracht hatte, sondern auch, weil er mir ein Gefühl der Sicherheit gegeben hatte, das nun dahin war. Ich hatte immer gewußt, er hätte alles getan, was in seinen Kräften lag, um mir zu helfen — falls ich seine Hilfe brauchte.

Aber brauchte ich denn seine Hilfe? Hatte ich nicht einen Mann, der mich behüten und beschützen konnte? Doch seit ich meinen Großvater verloren hatte, kam mir aufs neue zum Bewußtsein, wie es in Wahrheit um meinen Mann und mich stand. Er konnte mich erheitern, ja, von Herzen froh machen, und doch war ich seiner nie ganz sicher; ich kannte ihn eigentlich gar nicht. Und trotz dieser Unsicherheit liebte ich ihn unendlich, und meine ganze Glückseligkeit hing von ihm ab. Es machte mich ganz elend, daß ich eifersüchtig war auf seine Bekanntschaft mit Althea Grey, Rachel Bective und sogar Dinah Bond. Aber seit Großvater in mein Leben getreten war, hatte ich einen Mann kennengelernt, der für mich eine tiefe, unkomplizierte Zuneigung hegte.

Und nun hatte ich ihn verloren. Ich war seine Erbin, und tagelang ging der Testamentsvollstrecker bei uns aus und ein. Mir wurde ganz schwindelig, als ich hörte, wie reich ich war, was für ein beachtliches Vermögen Großvater hinterlassen hatte.

Laut Testament bekamen die Dawsons eine auskömmliche Pension, für die Krankenschwester waren tausend Pfund ausgesetzt; an alle Dienstboten hatte er gedacht und sie entsprechend ihrer Dienstzeit belohnt; eine beträchtliche Summe war für Waisenkinder ausgesetzt.

Polhorgan selbst gehörte mir, und das allein war ein Vermögen wert.

Es kam mir so vor, als wären Leute wie die Darks und Dr. Clement nicht mehr ganz so freundlich zu mir, als tuschelten die Leute über mich, wenn ich durchs Dorf ging. Ich war jetzt nicht mehr bloß Mrs. Pendorric, sondern die reiche Mrs. Pendorric. Aber in Pendorric selbst spürte ich den Umschwung am meisten. Ich fühlte, daß Morwenna und Charles sichtlich erfreut waren und daß die Zwillinge mich verstohlen beobachteten. Nur Deborah nahm kein Blatt vor den Mund: »Barbarina war ja auch eine reiche Erbin, aber im Vergleich zu dir war das natürlich gar nichts.«

Jetzt erkannte ich es ganz klar: Was mich auf Pendorric so glücklich gemacht hatte, war, daß Roc mich, ein Mädchen ohne einen Penny, geheiratet hatte, obgleich das Haus und das ganze Anwesen dringend Geld gebraucht hätten. Nun konnte ich mir nicht mehr länger sagen: »Er hat mich nur aus Liebe geheiratet.«

Einige Wochen nach Großvaters Tod hatte ich eine Besprechung mit seinem Notar, der mir nahelegte, ein Testament aufzusetzen. Ich tat es und, abgesehen von ein oder zwei Legaten, vermachte ich alles, was ich besaß, Roc.

Der September kam. Die Abende waren kurz und die Morgenstunden neblig; doch die Nachmittage waren warm wie im Juli.

Nun waren es schon zwei Monate her, daß Großvater gestorben war. Was Polhorgan betraf, hatte ich noch nichts unternommen, und die Dawsons und alle übrigen Dienstboten waren noch dort. Althea Grey hatte sich zu einem langen Urlaub entschlossen, bevor sie sich nach einer neuen Stellung umsehen wollte, und sich eine dieser kleinen Hütten, etwa eine Meile von Pendorric entfernt, gemietet, die man in den Sommermonaten hier den Urlaubern überließ.

Ich hatte mich schon oft gefragt, was ich mit Polhorgan anfangen sollte, und hatte auch schon eine Idee. Ich wollte ein Heim für Waisenkinder daraus machen. Für Kinder, zu denen auch mein Großvater gehört hatte.

Doch als ich mit Roc davon sprach, war er entsetzt.

»Bedenke, was du dir da aufbürdest!«

»Nein, ich glaube, es wäre in Großvaters Sinn.«

»Liebling, in so etwas stürzt man sich doch nicht so Hals über Kopf. Vergiß nicht, es ist doch heute alles anders als früher. Denk nur an all die Behörden, mit denen du dich herumschlagen mußt. Und hast du dir auch überlegt, was das kostet, so ein Haus zu unterhalten?«

Ich merkte wohl, daß ihm der Gedanke nicht behagte, und schob ihn also vorläufig beiseite, was aber nicht hieß, daß ich ihn ganz aufgeben wollte.

Nie werde ich den Septembertag vergessen, der eine Schreckenszeit meines Lebens einleitete.

Der Tag begann wie jeder andere. Am Morgen ging ich zu Mrs. Robinson und kaufte Tabak. Deborah bat mich, Haarnadeln für sie zu besorgen, und für Morwenna sollte ich Bast mitbringen für ihre Pflanzen. Beim Weggehen traf ich Rachel und die Zwillinge. Sie wollten einen Spaziergang machen und begleiteten mich bis zu dem kleinen Laden. Als ich wieder nach Hause kam, stieß ich auf Roc und Charles, die auf ihrem Rundgang waren. Erst nach dem Tee machte ich mich auf den Weg und besuchte Jesse, der wie immer vor der Tür saß und die letzten Strahlen der Sonne genoß.

Ein Weilchen setzte ich mich zu ihm, doch bald wurde es ihm zu kühl, und wir gingen ins Haus, wo er mir eine Tasse Tee bereitete. Es machte ihm Freude, ihn mir aufzubrühen, und ich ließ ihn gewähren. Während wir Tee tranken, erzählte Jesse von alten Zeiten, von den Gärten auf Pendorric. Er fand kein Ende, und weil es ihm solchen Spaß machte, ermutigte ich ihn, weiterzuerzählen. So lernte ich viel von dem Leben auf Pendorric vor vierzig, fünfzig Jahren kennen, als Jesse noch jung und kräftig war.

Ich hörte ihm versonnen zu und blieb länger, als ich wollte. Es war sechs Uhr, als ich mich erhob, um heimzugehen.

Da es in dem Häuschen mit den kleinen vergitterten Fenstern immer etwas schummrig war, hatte ich nicht gemerkt, wie dunkel es inzwischen draußen war. Der Nebel war noch dichter geworden; auch die Kirche lag unter dicken Schwaden. Als ich an dem großen Gittertor haltmachte, um einen Blick auf die Grabsteine zu werfen, hörte ich es. Es schien vom Friedhof zu kommen — ein Gesang in dieser seltsamen hohen, ein bißchen unreinen Stimme.

Mir klopfte das Herz, meine Hand zitterte. Ich schaute mich um, aber da war niemand — nur Nebel!

Und doch, irgend jemand sang hier. Ich mußte herausfinden, wer es war. Ich öffnete also das Tor und ging auf den Friedhof. Ich lenkte den Schritt unwillkürlich zur Grabstätte der Pendorrics.

Es mußte Carrie sein! Sicherlich brachte sie ihrer geliebten Barbarina einen Kranz; sie hatte sie ja auch das Lied oft singen hören.

Die Tür zur Pendorric-Gruft war offen! Das hatte ich noch nie erlebt. Ich hatte stets angenommen, daß man sie nur öffnete, wenn es galt, einen Toten zu bestatten. Ich ging näher heran, und wieder hörte ich die Stimme:

> Er ist lange tot und hin,
> tot und hin, Fräulein!
> ihm zu Häupten ein Rasen grün,
> ihm zu Fuß ein Stein.

Es klang, als käme die Stimme *aus* der Gruft.

Ich ging die Stufen hinunter. »Ist da jemand?« rief ich. »Carrie, sind Sie hier?« Ich beugte mich vor und sah, daß es noch vier oder fünf Steinstufen weiter hinabging. Ich tastete mich hinunter und rief wieder und wieder: »Carrie, Carrie, sind Sie hier?«

Stille. In dem Licht, das durch die offene Tür fiel, sah ich die aufgebahrten Särge. Ich roch die feuchte Erde. Und plötzlich wurde es stockdunkel um mich. Sekundenlang war ich so erschrocken, daß ich mich nicht rühren konnte, nicht ein Wort herausbrachte. Es dauerte eine ganze Weile, bis ich begriff, daß die Tür sich hinter mir geschlossen hatte und ich eingeschlossen war.

»Wer ist da?« schrie ich. »Wer hat die Tür zugemacht?«

Ich versuchte, die Treppe zu finden, aber meine Augen hatten sich noch nicht an das Dunkel gewöhnt, und ich stolperte und fiel der Länge nach auf die kalten Steinstufen.

Außer mir vor Angst krabbelte ich die Stufen hinauf, die ich jetzt vage erkennen konnte. Ich wollte die Tür aufstoßen, aber sie rührte sich nicht. Ich war eingeschlossen.

Ich hämmerte mit den Fäusten gegen die Tür. »Laßt mich heraus«, schrie ich, »laßt mich heraus!«

Gegen die Tür gelehnt, versuchte ich zu überlegen. Irgend jemand hatte mich an diesen schrecklichen Ort gelockt, jemand, der mich los sein wollte. Wie lange konnte ich es hier aushalten? Bald würden sie mich ja vermissen. Roc würde nach mir suchen.

»Roc!« rief ich. »Oh ... Roc ... Roc ...«

Ich barg das Gesicht in den Händen. Ich hatte Angst davor, etwas zu sehen in dieser Totengruft der Pendorrics. Wie lange noch, und ich war eine der ihren.

Plötzlich war mir, als rührte sich etwas neben mir. War das nicht ein Atmen? Ich glaube ja nicht an Geister, versuchte ich mich zu beschwichtigen. Aber das sagt sich leicht am hellichten Tage, und es ist ganz etwas anderes, wenn man lebendig begraben ist unter lauter Toten! Bis zu diesem Moment hatte ich nie wirkliche Angst kennengelernt. Aber ich war nicht allein. Ich wußte es. Ein atmendes, lebendes Wesen war mit in diesem Grab.

Dann berührte eine kleine Hand die meine. Ich schrie auf und hörte meinen Schrei: Barbarina! In diesem Augenblick glaubte ich an die Legende von Pendorric. Ich glaubte, daß Barbarina mich in ihr Grab gelockt hatte, so daß ich jetzt auf Pendorric spuken mußte und sie in Frieden ruhen konnte.

»Favel«, es war ein Flüstern, und die es ausstieß war ebenso entsetzt wie ich.

»Hyson!«

»Ja, Favel, ich bin es, Hyson.«

Welche Erleichterung! Ich war nicht allein. Jemand teilte diesen schrecklichen Ort mit mir. Im ganzen Leben hatte ich mich noch nie so über eine menschliche Stimme gefreut.

»Hyson ... was machst du denn hier?«

Sie kam zu mir die Stufen herauf und schmiegte sich an mich. »Es ist ... so schrecklich ... mit der verschlossenen Tür«, sagte sie.

»Hast du das gemacht, Hyson?«

»Was ... ich?«

»Mich eingeschlossen?«

»Aber ich bin doch mit dir eingeschlossen.«

»Wie bist du denn hierhergekommen?«

»Ich wußte, es würde etwas passieren. Ich wußte es. Ich wollte dir entgegengehen. Ich wollte wissen, ob alles in Ordnung ist.«

»Wie meinst du das? Woher hast du es gewußt?«

»Ich weiß vieles. Ich hörte den Gesang ... die Tür war offen ... da bin ich eben hineingegangen.«

»Bevor ich kam?«

»Ja, eine Minute vorher. Ich versteckte mich unten an der Treppe, als du kamst.«

»Ich verstehe immer noch nicht, was das alles bedeuten soll.«

»Barbarina hat dich hergelockt. Sie wußte nur nicht, daß ich auch hier war.«

»Barbarina ist tot.«

»Sie kann nicht ruhen, bevor du sie nicht ablöst.«

Ich gewann meine Ruhe wieder. Es war erstaunlich, was die Anwesenheit eines kleinen menschlichen Wesens ausmachte.

»Das ist alles Unsinn, Hyson«, sagte ich. »Barbarina ist tot, und die Geschichte von dem Spuk ist nur eine Sage.«

»Sie wartet aber doch auf den Tod einer neuen Braut.«

»Ich habe nicht die Absicht zu sterben.«

»Wir werden beide sterben«, sagte Hyson fast sorglos, und ich dachte mir: Sie weiß nichts vom Tod. Sie hat nie den Tod gesehen. Ich durfte nicht vergessen, sie war nur ein Kind, das sich in der Rolle einer Seherin gefiel.

»Das ist absurd«, sagte ich. »Wir werden nicht sterben. Von irgendwoher dringt sicherlich etwas Luft hier ein. Die anderen werden uns vermissen und uns suchen.«

»Und warum sollte es ihnen in den Sinn kommen, ausgerechnet hier nachzuforschen?«

»Sie werden überall nachschauen.«

»Aber niemals hier in der Gruft.«

Ich schwieg eine Weile und versuchte dahinterzukommen, wer

das getan haben mochte. Jemand wollte mich aus dem Weg räumen, hatte gewartet, bis ich in die Gruft hinabgestiegen war, und hatte die Tür hinter mir geschlossen. Meine Angst verflog. Jetzt, da ich die Furcht los war, eine Tote könne mich hierhergelockt haben, fühlte ich meine Lebensgeister zurückkehren.

»Jemand hat uns eingesperrt. Aber wer?« wandte ich mich an Hyson.

»Barbarina«, flüsterte sie.

»Sei nicht so töricht. Barbarina ist tot.«

»Sie ist hier, Favel — in ihrem Sarg. Da drüben liegt sie neben meinem Großvater. Sie kann nicht ruhen und möchte es doch so gern. Und darum hat sie dich hier eingesperrt.«

»Wer hat die Tür aufgemacht?«

»Barbarina.«

»Und wer hat sie zugeschlossen?«

»Barbarina.«

»Hyson, du spinnst. Denk lieber nach, wie wir hier herauskommen.«

»Wir kommen nicht heraus. Wir müssen hier bleiben«, sagte Hyson, »für immer. Es ist wie in dem Lied vom Mistelzweig. Wenn sie irgendwann mal das Grab öffnen, finden sie nur noch unsere Knochen. Erinnerst du dich nicht mehr an die Nacht nach dem Ball? Da haben wir dir das doch erzählt.«

Ich packte Hyson bei den Schultern. »Hör zu«, sagte ich, »wir müssen einen Weg nach draußen finden. Vielleicht ist die Tür nicht richtig zugeschlossen.« Vorsichtig stand ich auf. »Hyson, komm, wir müssen hier 'raus. Gib mir deine Hand, und sehen wir uns das hier mal genauer an.«

»Aber das wissen wir doch, hier gibt's nur Tote in ihren Särgen.«

»Versuchen wir's noch mal, vielleicht ist die Tür gar nicht verschlossen. Vielleicht ist sie nur festgeklemmt.«

Wir standen auf der obersten Stufe und schlugen gegen die Tür. Sie rührte sich nicht.

»Wie lange sind wir wohl schon hier?« fragte ich.

»Eine gute Stunde.«

»Ach was, höchstens fünf Minuten. Die Zeit schleicht, wenn einem so etwas passiert. Aber beim Abendessen werden sie uns bestimmt vermissen. Komm, schauen wir uns mal um. Es muß doch irgendwo hier ein vergittertes Luftloch sein. Vielleicht hört man uns, wenn wir rufen.«

»Aber wer soll uns denn hier hören, es ist doch niemand hier auf dem Friedhof.«

»Vielleicht doch. Wenn sie kommen, um uns zu suchen ...«

Ich zog sie hoch, und sie klammerte sich fest an mich. Dann kletterten wir vorsichtig die Stufen hinab.

Und dann plötzlich sah ich ein schwaches Licht. Ich ging ihm nach und fand mich vor einem vergitterten Seitenfenster. Ich spähte hindurch; mir war, als sähe ich in einen schmalen Graben. Ich hatte also richtig vermutet, die Gruft bekam von irgendwoher etwas Luft. Ich atmete auf, preßte das Gesicht gegen das Gitter und rief: »Hilfe! Wir sind hier in der Gruft, Hilfe!« Meine Stimme klang dumpf, und wenn ich noch so laut schrie, hier hörte mich niemand, es sei denn, jemand stünde ganz in der Nähe.

»Versuchen wir es noch mal mit der Tür«, sagte Hyson, und wieder tasteten wir uns den Weg zurück zu den Stufen. Und wieder stemmten wir uns gegen die Tür, doch sie gab nicht nach. Hyson schluchzte und zitterte vor Kälte. Ich zog meinen Mantel aus und schlug ihn um uns beide. Und so setzten wir uns nebeneinander oben auf die Stufen, eng umschlungen.

Wir waren bald so steif und klamm, daß wir kaum mehr unsere Glieder rühren konnten.

»Hör mal«, rief Hyson plötzlich voller Angst. »Da ist was.«

Ich lauschte, konnte aber nichts hören.

Hyson an der Hand, tappte ich mühsam die Stufen hinunter.

»Da!« flüsterte sie. »Ich hör es wieder.«

Sie klammerte sich an mir fest, und ich legte beruhigend meinen Arm um sie. Wir schlichen weiter, dorthin, wo das Gitterfenster sein mußte. Aber kein Schimmer kam durch die Finsternis.

Dann bemerkte ich plötzlich einen Lichtstrahl und hörte eine Stimme rufen: »Favel! Hyson!«

Das Licht zeigte mir die kleine vergitterte Öffnung, und ich stolperte darauf zu. »Hier sind wir ... in der Gruft!«

Ich erkannte Deborahs Stimme. »Favel, bist du es, Favel?«

»Hier!« schrie ich, »hier!«

»O Favel ... dem Himmel sei Dank! Hyson ...?«

»Hyson ist bei mir. Wir sind hier eingesperrt.«

»Eingesperrt ...!«

»Bitte, laß uns 'raus ... schnell!«

»Ich komme wieder ... so schnell, wie es geht.«

Das Licht verschwand, und Hyson und ich blieben eng umschlungen stehen.

Es schienen Stunden zu vergehen, bis die Tür sich öffnete und Roc die Stufen herunterkam. Wir rannten ihm entgegen — Hyson und ich — und er drückte uns beide fest an sich.

»Was soll das ...?« begann er. »Ihr habt uns einen hübschen Schreck eingejagt ...«

Morwenna kam mit Charles, der Hyson auf den Arm nahm und sie wie ein Baby wiegte.

Der Schein der Fackeln zeigte uns die feuchten Wände des Grabes und die aufgebahrten Särge; aber Hyson und ich wandten uns schaudernd ab.

Im Auto lehnte ich mich an Roc, zu erschöpft, um sprechen zu können. Endlich brachte ich heraus: »Wie spät ist es?«

»Zwei Uhr«, sagte Roc. »Seit kurz nach acht suchen wir euch.«

Ich ging sofort zu Bett, und Mrs. Penhalligan brachte mir noch eine heiße Suppe. Ich sagte, ich könne bestimmt nicht schlafen; ja, ich hatte Angst davor, Angst zu träumen, ich sei wieder an diesem grausigen Ort.

Aber ich schlief fast sofort ein, und kein Traum störte meinen Schlaf.

Es war neun Uhr morgens, als mich die durch das Fenster hereinfallenden Sonnenstrahlen weckten. Roc saß auf einem Stuhl neben meinem Bett. Ein Glücksgefühl durchströmte mich.

»Nun erzähl mal, was eigentlich passiert ist«, forderte Roc mich auf.

»Ich hörte jemanden singen, und die Tür zu der Gruft war offen.«

»Und du dachtest, die Pendorrics hätten ihre Särge verlassen und sängen sich ein Liedchen?«

»Ich wußte nicht, wer es war. Ich ging die Stufen hinunter, und dann wurde die Tür hinter mir geschlossen.«

»Und was hast du dann getan?«

»Ich hämmerte gegen die Tür — rief laut. Hyson und ich brauchten beide unsere ganze Kraft. O Roc ... es war furchtbar.«

»Es ist nicht der gemütlichste Fleck, um eine Nacht zu verbringen. Das gebe ich zu.«

»Roc, wer könnte es getan haben? Wer hat uns dort eingesperrt?«

»Niemand.«

»Aber irgend jemand muß es doch getan haben. Wenn Deborah nicht vorbeigekommen wäre, säßen wir jetzt noch dort. Der Himmel mag wissen, wie lange wir dort noch hätten bleiben müssen.«

»Wir hätten jeden Millimeter im weiten Umkreis durchgekämmt. Deborah und Morwenna suchten in Pendorric-Dorf, und die Darks hatten sich ihnen angeschlossen.«

»Es war zu schön, als wir Deborahs Stimme hörten. Aber es erschien uns eine Ewigkeit, ehe sie wieder zurückkam.«

»Sie brauchte doch den Schlüssel, und es gibt meines Wissens nur einen einzigen zu der Gruft. Er hängt im Schrank in meinem Arbeitszimmer, und der ist verschlossen. Sie mußte in jedem Falle zuerst mich finden.«

»Ach, darum dauerte es so lange.«

»Wir haben keine Zeit verloren, das kann ich dir versichern. Und ich kann mir einfach nicht vorstellen, wer den Schlüssel weggenommen und die Gruft aufgeschlossen hat. Nur der Totengräber hat ihn sich vor einigen Wochen ausgeliehen, und er hat sicherlich wieder abgeschlossen.«

»Aber jemand hat uns eingeschlossen.«

Roc antwortete: »Nein, Liebling, die Tür war nicht verschlossen. Das habe ich selber gemerkt, als ich aufschließen wollte.«

»Nicht verschlossen? Aber ...«

»Wer sollte euch denn einschließen?«

»Das frage ich mich eben auch.«

»Außer mir hat keiner einen Schlüssel. Seit Jahren gibt es nur noch den einen — den in meinem verschlossenen Schrank. Und der hing an seinem Nagel, ich selber habe ihn abgenommen.«

»Aber Roc, ich verstehe bloß nicht, wie ...«

»Das ist doch ganz einfach. Es war ein nebliger Abend, nicht wahr? Du gingst durch das große Tor auf den Friedhof. Die Tür der Gruft war offen, weil der alte Pengally sie damals nicht richtig zugeschlossen hatte, und die Tür ist durch den Wind aufgerissen worden.«

»Es war aber ein windstiller Abend. Kein Lüftchen regte sich.«

»Aber in der Nacht vorher hatten wir wahrscheinlich Sturm, und die Tür war schon den ganzen Tag offen, es hat eben nur keiner gemerkt. Nur selten geht jemand zu dem alten Teil des Friedhofs. Na ja, und dann fandest du sie offen und gingst hinein. Die Tür fiel hinter dir ins Schloß.«

»Aber wenn sie gar nicht zugeschlossen war, warum ging sie dann nicht auf, als wir uns mit aller Kraft dagegenstemmten?«

»Ich nehme an, sie klemmte. Außerdem wart ihr wahrscheinlich ganz kopflos, als ihr euch eingeschlossen glaubtet, sonst hättet ihr vielleicht entdeckt, daß sie nur klemmte.«

»Ich kann es einfach nicht glauben.«

Ganz erstaunt sah er mich an. »Was in aller Welt stellst du dir denn vor?«

»Ich weiß es selber nicht genau ... aber irgend jemand hat uns eingeschlossen.«

Sanft strich er mir die Haare aus der Stirn. »Nur einer könnte es gewesen sein«, sagte er. »Ich.«

»O Roc ... *nein!*«

Er nahm mich in die Arme. »Ich will dir mal was sagen, Liebling«, sagte er. »Ich habe dich viel lieber hier bei mir als dort in der Gruft ...«

Er lachte; er verstand diese Angst nicht, die ich nicht mehr loswerden sollte.

5

Ich konnte mir nicht mehr länger etwas vormachen. Irgend jemand hatte mich in die Gruft gelockt und die Tür hinter mir zugeschlossen. Rocs Erklärung, die Tür habe nur geklemmt, wollte mir nicht einleuchten. Gut, im ersten Moment hatte mich Panik ergriffen, aber dann hatte ich Hyson entdeckt, sie getröstet und meine Fassung wiedergefunden. Gemeinsam hatten wir versucht, die Tür zu öffnen, mit unserer ganzen Kraft, aber umsonst; sie war abgeschlossen.

Wenn nun Deborah nicht gekommen wäre, unser Rufen nicht gehört hätte? Wie lange hätten wir es in der Gruft aushalten können? Es kam etwas frische Luft herein, das stimmte; aber womöglich wären wir vor Hunger gestorben. Es kam wirklich nur selten jemand dort vorbei. Aber selbst wenn; wir hätten nichts davon gemerkt, es sei denn, er wäre ganz dicht an das Gitterfenster getreten und hätte uns gerufen.

Ein, zwei Wochen vielleicht, und wir wären tot gewesen.

Und eben darauf hatte es irgend jemand abgesehen. Und wenn man es entdeckte, sollte es wie ein unglücklicher Zufall aussehen. Aber wer war es? Es mußte jemand sein, der durch meinen Tod gewinnen konnte.

Roc? Nein, nicht eine Sekunde lang glaubte ich, daß Roc mich töten wollte. Er war nicht der Mensch, jemanden umzubringen, und schon gar nicht mich. Er war ein Spieler, war mir vielleicht auch untreu, aber einen Mord verüben, nein, das täte er nie und nimmer. Er wußte, als er mich heiratete, daß ich die Enkeltochter eines Millionärs war. Er hatte mich mit meinem Großvater wieder zusammengebracht, hatte mit Recht annehmen dürfen, daß ich einmal dessen Erbin würde. Er brauchte Geld für Pendorric. Doch Roc und ich waren Eheleute, und mein Geld war sein Geld und sicherte uns Pendorric, ob ich nun tot war oder nicht.

In Gedanken ging ich jede Einzelheit durch, und so kam ich auch auf den Tag, an dem Vater gestorben war. Roc war mir an diesem Tag so sonderbar erschienen. Er war nach Hause gekommen und hatte meinen Vater allein ins Meer hinausschwimmen lassen. Und als er erfahren hatte, was geschehen war, war er da nicht geradezu erleichtert gewesen? Oder hatte ich mir das nur eingebildet?

Als ich damals nach dem großen Regen den gefährlichen Klippenpfad genommen hatte, wo das Warnschild entfernt worden war, das war auch so eine Gelegenheit gewesen. Ganz geheuer war mir nicht gewesen danach. Aber wer war mir dann, aus Angst um mich, nachgelaufen? Wie gut, daß mir das wieder einfiel! Bewies es nicht, daß Roc mich liebte, mich beschützen wollte?

Aber wie war es mit Rachel? Althea? Und was war mit Dinah Bond?

Hatte Dinah mir nicht erzählt, daß auch Morwenna einmal in der Familiengruft eingeschlossen worden war? Und was hatte es mit der Unterhaltung zwischen Morwenna und Charles auf sich, die ich mit angehört hatte? Es war verständlich, daß sie über meine Erbschaft sprachen und sich freuten, daß Roc eine reiche Frau hatte statt eines mittellosen Mädchens. Aber warum sollte Morwenna mich los sein wollen? Was änderte das für sie?

Doch wenn ich aus dem Weg geräumt wäre, dann erbte Roc mein Vermögen und könnte wieder heiraten ... Rachel? Althea?

Rachel war dabeigewesen, als wir über die Frau in der Eichentruhe sprachen, und nach Dinah Bonds Gerede hatte Rachel damals Morwenna in die Gruft gelockt. Sie wußte also, wo der Schlüssel hing; aber es gab nur einen einzigen, hinter Schloß und Riegel. Darum mußten sie ja zuerst einmal Roc finden, als es galt, die Gruft aufzuschließen.

Und das wußte Rachel; sie hatte schon einmal, vor langen, langen Jahren, auf irgendeine Art den Schlüssel aus dem Schrank von Rocs Vater an sich gebracht.

Rachel also! Ich hatte sie vom ersten Tag an nicht leiden können. Nun, ich würde sie nicht mehr aus den Augen lassen.

»Ich habe vor, für gut eine Woche ins Moor zu fahren«, sagte Deborah. »Komm doch mit, Favel. Ich würde mich freuen, dir unser Zuhause zu zeigen.«

Das hieße Roc verlassen, schoß es mir durch den Kopf. Ihn Althea überlassen? Rachel? Und ich mußte herausfinden, wer mich aus dem Weg räumen wollte. Natürlich täte es mir einerseits gut, mich eine Woche mit Deborah im Hochmoor zu erholen, aber andererseits würde ich mich die ganze Zeit nach Pendorric sehnen.

»Leider geht es nicht«, sagte ich, »ich habe zuviel zu tun ... ganz abgesehen davon, daß Roc ...«

»Na gut, dann vielleicht ein andermal. Ich dachte nur, gerade jetzt könntest du ein bißchen Ruhe brauchen.«

»Ich weiß wohl, du meinst es gut. Und ich komme auch bestimmt einmal. Aber könntest du nicht Hyson mitnehmen? Diese Geschichte hat sie mehr aufgeregt, als man glaubt.«

»Warum nicht, dann nehme ich also meine liebe Hyson mit«, erwiderte Deborah. »Aber ich hätte dir so gern unser altes Heim gezeigt. Übrigens, wolltest du nicht gerade ausgehen?«

»Ja, ich wollte nach Polhorgan. Ich habe noch einiges mit Mrs. Dawson zu bereden.«

»Darf ich dich begleiten?«

»Aber gern!«

Wir schlugen den Weg nach Polhorgan ein. Mir war nicht ganz wohl in meiner Haut, weil ich Deborahs Einladung abgelehnt hatte. Also brachte ich noch einmal das Gespräch darauf.

»Natürlich verstehe ich dich, meine Liebe. Du magst deinen Mann nicht allein lassen. Ich hatte mir nur gedacht, nach all dem ...«

»Wenn du nicht gewesen wärest, säßen wir vielleicht jetzt noch dort unten. Ich mag gar nicht mehr daran denken. Es ist alles so verworren. Roc behauptet, die Tür sei nicht verschlossen gewesen, nur verklemmt. Es gibt nur einen Schlüssel, und der hing wohlverwahrt in Rocs Schrank.«

»Dann bliebe also nur Roc, der euch eingeschlossen haben könnte«, sagte sie, und ich stimmte in ihr Lachen ein. »Früher gab es einmal zwei Schlüssel«, sagte sie. »Den einen hatte Rocs Vater in seinem Schrank verschlossen, da, wo ihn auch Roc aufbewahrt.«

»Und wer hatte den anderen?«

Sie schwieg eine Weile und sagte dann: »Barbarina.«

Danach gingen wir stumm nebeneinander her, bis wir uns bei Polhorgan verabschiedeten.

Seit Großvater tot war, machte es mir keine Freude mehr, nach Polhorgan zu gehen. Alles wirkte so leer, seit er nicht mehr da war, machte einen so unbewohnten Eindruck. Ja, wenn ich Polhorgan mit Waisenkindern bevölkerte, würde es vielleicht wieder zum Leben erwachen.

Mrs. Dawson kam mir entgegen und begrüßte mich.

»Guten Morgen, Madam. Dawson und ich fragten uns schon, ob Sie heute kommen würden. Wollen Sie nicht eine Tasse Kaffee bei uns im Wohnzimmer trinken? Wir haben etwas auf dem Herzen ...«

Ich stimmte zu. Zehn Minuten später saß ich in Dawsons gemütlichem Wohnzimmer und trank Kaffee. Dawson kam auf etlichen Umwegen auf den Verdacht zu sprechen, der ihm in der Nacht von Großvaters Tod aufgestiegen war.

»Sie können ganz offen mit mir sprechen, Dawson«, ermunterte ich ihn. »Ich schweige darüber, es sei denn, Sie wollen es anders.«

Dawson seufzte erleichtert auf. »Ich möchte nämlich nicht beim Gericht als Zeuge gegen diese Person auftreten. Obgleich, wenn es sich herausstellen sollte, daß sie schon einmal damit zu tun hatte, auf meine Hilfe gerechnet werden kann.«

»Sie sprechen von Schwester Grey?«

»Von der und keiner anderen«, bekräftigte Dawson. »Ich kann mich nicht damit abfinden, auf welche Art Seine Lordschaft den Tod fand, Madam. Mrs. Dawson und ich haben darüber gesprochen und sind zu dem Schluß gekommen, daß er vorsätzlich herbeigeführt wurde.«

»Sie meinen, weil die Tabletten unter dem Bett lagen?«

»Ja, Madam. Seine Lordschaft hatte an diesem Tag bereits ein oder zwei kleine Anfälle gehabt. Meine Frau und ich hatten festgestellt, daß die Anfälle oft dicht aufeinanderfolgten, und es schien so gut wie sicher, daß er während der Nacht noch einen weiteren Anfall bekommen würde.«

»Hatte er denn nicht die Schwester gerufen, wenn er in der Nacht solche Anfälle bekam?«

»Nur, wenn der Anfall so schlimm war, daß er Morphium brauchte. Dann läutete er nach ihr mit der Glocke auf seinem Nachttisch. Aber zuerst hätte er seine Tabletten eingenommen. Die Glocke lag auf dem Fußboden, Madam, und die Pillen ebenfalls.«

»Ja, und es sah ganz so aus, als ob er alles hinuntergestoßen hätte, als er nach seinen Tabletten greifen wollte.«

»Vielleicht sollte es auch nur so aussehen, Madam?«

»Sie glauben also, Schwester Grey habe absichtlich die Tabletten und die Glocke außerhalb seiner Reichweite hingestellt?«

»Ich behaupte dies nur innerhalb dieser vier Wände, Madam.«

»Aber warum sollte sie seinen Tod wünschen? Er hat sie eine gute Stellung gekostet?«

»Dafür hat sie eine gute Erbschaft gemacht«, warf Mrs. Dawson ein. »Was hindert sie daran, sich eine andere Stellung zu suchen, wo sie wieder etwas erben kann?«

»Aber Sie können doch nicht annehmen, daß sie ihre Patienten umbringt, falls sie eine Erbschaft wittert?«

»Warum nicht, Madam?«

»Dawson«, sagte ich, »mein Großvater ist tot und begraben. Und Dr. Clement war überzeugt, daß er eines natürlichen Todes gestorben ist.«

»Meine Frau und ich zweifeln nicht an Dr. Clements Wort. Aber wir glauben, daß Seine Lordschaft zu früh gestorben ist.«

»Das ist eine schreckliche Anklage, Dawson.«

»Ich weiß, Madam, und darum soll sie ja auch innerhalb dieser vier Wände bleiben. Wir wollten Sie nur warnen, Madam; denn diese Person lebt noch in unserer Nachbarschaft.«

Mrs. Dawson blickte gedankenvoll in ihre Kaffeetasse. »Ich habe mit Mrs. Greenock gesprochen«, sagte sie, »der die Cormorant-Hütte gehört.«

»Dort wohnt Schwester Grey jetzt, nicht wahr?«

»Ja, sie will sich ein bißchen ausruhen, ehe sie eine neue Stelle antritt, behauptet sie. Mrs. Greenock hätte das Häuschen viel lieber den ganzen Winter über vermietet. Doch Schwester Grey wollte es nur auf unbestimmte Zeit haben. Aber anscheinend hat Mr. Pendorric Mrs. Greenock überredet, es Schwester Grey zu überlassen.«

Jetzt begann ich zu verstehen, warum die Dawsons mit mir reden wollten. Sie wollten mich nicht nur auf ihren Verdacht hinweisen, wieso und warum mein Großvater gestorben war, sondern mir auch zu verstehen geben, daß eine Abenteurerin in unserer Mitte weilte, die keine Skrupel kannte und freundschaftlicher mit meinem Mann stand, als sie es für geraten hielten. Wenn sie darauf aus waren, mich zu beunruhigen, dann hatten sie es geschafft.

So unauffällig wie möglich wechselte ich das Gesprächsthema. Wir besprachen die Probleme von Polhorgan, und ich erklärte ihnen, daß vorläufig alles wie bisher weiterlaufen solle, bis ich mich endgültig entschlossen hätte, was ich mit dem Haus anfangen wolle. Auf keinen Fall würde ich verkaufen, und mir wäre es nur lieb, wenn sie hierblieben, und zwar für immer.

Mrs. Dawson versicherte mir mit Tränen in den Augen, wie froh sie seien, daß ich jetzt ihre Herrin sei, und selbst Dawson gab mir zu verstehen, daß es ihm ein Vergnügen sei, mir zu dienen.

Am selben Nachmittag ging ich noch zu Clements, weil ich einmal mit dem Doktor persönlich und ohne Rücksicht auf seinen Beruf über meinen Großvater sprechen wollte.

Mabell Clement kam mir strahlend entgegen, aus dem Töpferhaus, wie sie es nannte, das Haar teils flatternd, teils aufgesteckt, angetan mit einer blauen Baumwollbluse und einem bauschigen, gelben Rock.

»Welch reizende Überraschung«, rief sie munter, »Andrew wird sich freuen. Kommen Sie herein, ich mache Ihnen gleich eine Tasse Tee.«

Andrew erschien und meinte, ich hätte einen glücklichen Zeitpunkt erwischt, er habe nämlich heute seinen freien Nachmittag.

Mabell machte Tee, und als sie den Teewärmer nicht finden konnte, stülpte sie eine Wollmütze über die Kanne. Es gab angebrannten Toast und einen Kuchen, der in der Mitte zusammengefallen war. Ich mochte Mabell gern; sie war einer der wenigen Menschen, die von meinem plötzlichen Wohlstand unbeeindruckt geblieben waren.

Während wir unseren Tee tranken, erzählte ich Dr. Clement, daß ich mir immer noch Gedanken darüber mache, wie Großvater gestorben sei. »Hätte er nicht noch viel länger leben können, wenn er nicht diesen Anfall gehabt hätte?«

»Ja, gut möglich, aber wir mußten immer auf solche Anfälle gefaßt sein, und jeder konnte schlimm ausgehen. Ich war gar nicht überrascht, als der Anruf kam.«

»Aber vielleicht hätte er ihn überlebt, wenn er seine Tabletten rechtzeitig gefunden hätte.«

»Hat Dawson schon wieder mit Ihnen darüber gesprochen?«

»Dawson hat auch mit Ihnen darüber gesprochen, nicht wahr?« entgegnete ich.

»Ja, damals, als Ihr Großvater starb. Er fand die Tabletten und die Glocke auf dem Fußboden.«

»Aber wenn er seine Tabletten oder seine Glocke hätte erreichen können ...«

»Ganz offensichtlich hat er es versucht und sie dabei heruntergestoßen. Und so kam es zu diesem schlimmen Anfall und damit zum Ende.«

»Glauben Sie mir, die Dawsons kamen nicht gut aus mit der Krankenschwester«, sagte Mabell. »Krankenschwestern sind von Natur aus herrschsüchtig und Butler von Natur aus die Würde in Person. Und Haushälterinnen neigen dazu, das Haus als ihr eigenes anzusehen, und lassen niemanden gelten außer ihren Brotgebern. Ich halte das Ganze für den üblichen Dienstbotenstreit, und nun sehen die Dawsons eine Chance, noch weiter in diese Kerbe hineinzuhauen.«

»Verstehen Sie«, sagte Andrew, »selbst wenn Dawson den Verdacht aussprechen würde, die Krankenschwester hätte vorsätzlich die Tabletten und die Glocke außer Reichweite gestellt, sie würde es mit Entschiedenheit von sich weisen. Einen Beweis dafür gibt es nicht.«

»Wie lange war sie eigentlich bei ihm?« fragte Mabell.

»Gut achtzehn Monate«, antwortete Andrew.

»War sie eigentlich eine gute Krankenschwester?« fragte ich.

»Sie war recht tüchtig.«

»Mir kam sie immer so ... kalt vor«, wandte ich ein. »Ich weiß, ich kann Ihnen beiden vertrauen, und deshalb frage ich Sie: Halten Sie es für möglich, daß die Schwester Großvater frühzeitig ins Grab gebracht hat, weil sie wußte, daß er ihr tausend Pfund ausgesetzt hatte?«

Beide schwiegen. Mabell nahm eine lange Zigarettenspitze, öffnete eine Silberdose und bot mir eine Zigarette an.

»Wenn sie nämlich dazu fähig war«, fuhr ich langsam fort, »so ist es eine ziemlich ernüchternde Vorstellung, daß sie weiterhin in andere Krankenzimmer geht und das Leben anderer Patienten in ihrer Hand liegt.«

Dr. Clement sah mich fest an. Dann sagte er: »Im Augenblick hat sie sich frei genommen, ehe sie einen neuen Posten antritt. Ich halte es für sehr unklug, außerhalb dieses Zimmers von diesem Verdacht zu sprechen.«

Mabell wechselte das Thema in der ihr eigenen, unverblümten Art. »Hoffentlich haben Sie sich wieder ganz erholt von Ihrem Abenteuer.«

»O ... ja.«

»Das war eine schlimme Geschichte«, bemerkte Andrew. »Die Tür klemmte, so war es doch?«

»Ich war überzeugt, daß sie verschlossen war.«

»Nach dem vielen Regen, den wir gehabt haben, konnte es wohl sein, daß die Tür klemmte«, meinte Andrew.

Gedankenvoll strich Mabell die Asche von ihrer Zigarette. »Wer in aller Welt sollte Sie denn einsperren?«

»Das frage ich mich ja auch die ganze Zeit.«

Andrew lehnte sich vor. »Und Sie glauben also nicht, daß die Tür nur klemmte?«

Ich zögerte. Was mußten sie bloß von mir denken? Zuerst kam ich ihnen mit Dawsons Verdacht gegen Schwester Grey, und nun ließ ich durchblicken, daß mich jemand in der Gruft eingeschlossen hätte. Womöglich dachten die beiden noch, ich litte an Verfolgungswahn.

»Es wird allgemein behauptet, daß die Tür geklemmt hat. Es gibt nur einen Schlüssel, und der hing unter Verschluß im Schrank im Arbeitszimmer meines Mannes. Er selber holte ihn, und als er aufschließen wollte, stellte er fest, daß gar nicht zugeschlossen war. Wenn Deborah nicht zufällig diesen Weg genommen hätte, dann weiß der Himmel, wie lange wir noch dort drin hätten bleiben müssen. Vielleicht säßen wir jetzt noch da.«

»O nein!« rief Mabell entsetzt.

»Warum nicht? Solche Sachen sind schon vorgekommen.«

Andrew hob die Schultern. »Nun, diesmal jedenfalls nicht.«

»In Zukunft«, warf Mabell ein, »müssen Sie sehr vorsichtig sein.«

Andrew beugte sich vor. »Ja«, wiederholte er. »In Zukunft müssen Sie sehr vorsichtig sein.«

Mabell lachte nervös auf und sprach dann über einen ungewöhnlichen Topf, den sie in Arbeit hätte. Wenn er gebrannt wäre, müsse ich ihn mir unbedingt anschauen.

Mein Unbehagen wuchs. Ich wollte zu niemandem mehr über die Gedanken sprechen, die mir im Kopf herumgingen; ich fürchtete schon, daß ich den Clements gegenüber zuviel ausgeplaudert hatte. Ja, mit Roc hätte ich gern über meine Ängste gesprochen, aber wahrscheinlich würde er mich nur auslachen — und außerdem hatte er selbst viel zuviel damit zu tun.

Genau eine Woche nach meinem unheimlichen Abenteuer

besuchte ich Jesse Pleydell wieder. Er begrüßte mich noch herzlicher als sonst und bedeutete mir, wie froh er sei, mich wiederzusehen.

Wir konnten nicht mehr draußen sitzen — der Nachmittag war zu kühl. Er bestand darauf, daß ich seinen Lehnstuhl nahm, und kochte uns Tee. Als wir uns gegenübersaßen, sagte er: »Ich habe mich sehr aufgeregt, als ich davon hörte. Und ausgerechnet, als Sie von mir kamen ... Das gefällt mir ganz und gar nicht.«

»Wir glauben, der Totengräber hat die Tür offengelassen, als er das letztemal dort war; sie muß die ganze Zeit offengestanden haben. Keiner bemerkte es, weil keiner in die Nähe kam.«

»Ich weiß nicht«, sagte Jesse. Eine Weile schwiegen wir, dann fuhr er fort: »Das eine sag ich Ihnen, seien Sie auf Ihrer Hut.«

»Jesse, was wollen Sie damit sagen?«

»Wenn diese alten Augen nicht so blind gewesen wären, dann hätte ich gesehen, wer dort oben auf der Galerie neben ihr stand.«

»Jesse, haben Sie eine Ahnung, wer es gewesen sein könnte?«

Jesse verzog das Gesicht und schlug sich aufs Knie. »Ich fürchte, ich habe eine«, flüsterte er.

»Sie glauben, es war Lowella Pendorric?«

»Ich konnte es nicht erkennen. Aber ich fürchte es. Sie war die neue Braut, und hinterher hieß es, der Tod sei ihr bestimmt, sobald sie Braut von Pendorric wäre. Sie müssen sich vorsehen, Mrs. Pendorric, und Sie dürfen nirgends hingehen, wo Ihnen etwas zustoßen könnte.«

»Vielleicht haben Sie recht, Jesse«, antwortete ich.

Bald darauf ging ich. Vor dem Tor zum Friedhof blieb ich stehen und schaute hinein.

»Hallo, Mrs. Pendorric.«

Es war Dinah Bond. Sie kam auf mich zu und rief: »Ich hab' davon gehört, Mrs. Pendorric. Wie müssen Sie sich wohl gegrault haben.« Sie sah mich fast belustigt an.

»Sie waren nicht zufällig in der Nähe, als es passierte, wie?« fragte ich.

»O nein, mein Jim hatte mich zum Markt mitgenommen. Wir kamen erst sehr spät zurück. Hörte erst am anderen Morgen davon, und Sie taten mir sehr leid; ich kann gut nachfühlen, wie einem an diesem Ort zumute ist.« Sie kam näher und lehnte sich an das schmiedeeiserne Tor. »Es will mir nicht aus dem Sinn«, fuhr sie fort, »irgend etwas ist sonderbar daran. Fällt es Ihnen nicht auf, daß so was schon zweimal passierte?«

»Was meinen Sie damit?«

»Na ja, Morwenna war doch auch in der Gruft eingeschlossen. Und dann Sie mit Hyson. Sieht ganz so aus, als ob sich jemand daran erinnert hat und es noch einmal versuchte.«

»Sie glauben also, mich hätte jemand dort eingeschlossen? Im allgemeinen glaubt man doch an die verklemmte Tür.«

Sie zuckte die Achseln. »Barbarina war eine reiche Erbin und heiratete einen Pendorric, und Louisa Sellick mußte gehen und in der Nähe von Dozmary leben. Und da sind Sie — schrecklich reich, wie es heißt, Mrs. Pendorric, und Sie sind die neue Braut, und ...«

»Und?«

Sie lachte. »Sie würden mir nicht glauben, was ich Ihnen erzählen könnte. Und doch gehört alles zusammen, mußte alles so kommen, wenn Sie verstehen, was ich meine.«

»Leider verstehe ich kein Wort.«

Sie ging durch das Tor an mir vorbei und lächelte mir zu.

»Sie sind schrecklich reich, Mrs. Pendorric«, sagte sie, »aber Sie sind nicht sehr glücklich dabei.«

Sie blickte noch einmal über ihre Schulter zurück und ging dann auf die Schmiede zu, in ihrem aufreizend schwingenden Gang.

Das alles diente nicht dazu, mich zu beruhigen. Ich sehnte mich danach, mich einmal mit Roc auszusprechen, aber irgend etwas hielt mich zurück, wahrscheinlich weil ich mir selber nicht sicher war, was Roc mit alldem zu tun hatte.

Deborah hatte Hyson und Carrie mit nach Devonshire genommen, und Lowella weigerte sich, ihre Unterrichtsstunden zu nehmen, solange ihre Schwester in Ferien war. »Es wäre Hyson gegenüber nicht fair«, erklärte sie feierlich. »Ich würde ihr so weit voraus sein, daß sie mich nicht mehr einholen könnte.«

Morwenna ließ ihr ihren Willen, und Lowella, die sich plötzlich sehr zu ihrem Vater hingezogen fühlte — ihre Zuneigungen wechselten bei ihr so schnell wie der Wind —, setzte es durch, daß sie fast immer mit ihm zusammen draußen war.

Eines Nachmittags nahm ich den Wagen und fuhr aufs Moor hinaus. An einer einsamen Stelle machte ich halt, zündete mir eine Zigarette an und lehnte mich zurück, um nachzudenken. Jede Einzelheit seit meiner ersten Begegnung mit Roc ging ich durch; doch wie immer ich es auch wendete und drehte, eines war sicher: er hat es von Anfang an gewußt — er hat die reiche Erbin geheiratet. Barbarina wurde wegen ihres Geldes geheiratet, obwohl ihr Mann Louisa Sellick lieber gehabt hätte. Ich wurde auch wegen meines Geldes geheiratet, und wen hätte mein Ehemann mir vorgezogen?

Nein, ich wollte und konnte es nicht wahrhaben. Roc mußte mich lieben; solche Leidenschaft konnte man nicht heucheln! Niemals hatte er vorgegeben, ein Heiliger zu sein, hatte mir nie weisgemacht, daß ich die erste Frau in seinem Leben sei.

Aber was passierte an dem Tag, als er mit Vater zum Schwimmen ging? Daran durfte ich nicht denken! Vaters Tod hatte mit alldem nichts zu tun. Es war ein Unglücksfall.

Ich warf meine Zigarette weg und fuhr los. Ich war wohl einige Meilen gefahren, als ich merkte, daß ich mich verfahren hatte.

Das Moor sah überall gleich aus, welche Straße man auch nahm. Es blieb mir nur eines übrig, so weit zu fahren, bis der nächste Wegweiser kam. Das tat ich auch, und als ich dann ›Dozmary‹ las, trieb es mich, diesen Jungen, der Roc so ähnlich sah, noch einmal zu Gesicht zu bekommen. Immerhin hatte Louisa Sellick eine Rolle in der Geschichte von Barbarina gespielt, und es sah ganz so aus, als seien ihr Geschick und meines eng miteinander verknüpft.

Ich ließ den Wagen am See stehen; alles sah kalt und grau und öde aus. Da war auch die Straße, die zu dem Haus führte. Schon wollte ich den Weg dorthin einschlagen, als es mir einfiel: wenn ich den Jungen nun treffe, erkennt er mich womöglich wieder und fragte sich, was mich hierherführt. Ich bog also ab und landete auf einem kleinen Hügel.

Von hier aus hatte ich eine gute Aussicht auf die Vorderfront des Hauses. Ich besah mir das Anwesen in aller Ruhe. Ich erkannte einen Stall, wahrscheinlich hatte der Junge ein eigenes Pferd. Auch eine Garage war da, und der Garten mit den Gewächshäusern war gut gepflegt. Was für ein stattliches Haus, dachte ich, aber wie einsam mußte es für Louisa Sellick sein, weit und breit ohne einen Nachbarn. Der Junge mußte doch sicherlich tagsüber zur Schule. Und wer war er? Ihr Sohn? Dazu war er zu jung. Er war nicht älter als dreizehn oder vierzehn Jahre.

Plötzlich öffnete sich die Tür der Veranda, und der Junge kam heraus. Selbst von hier aus konnte ich erkennen, wie ähnlich er Roc sah. Er schien mit jemand im Haus zu sprechen, und dann trat sie heraus: die Frau, die jetzt vor Bedivere-Haus stand, war Rachel Bective.

Zusammen mit dem Jungen ging sie auf ein Auto zu; es war der graue Morris aus Pendorric. Sie stieg ein, und der Junge winkte ihr so lange nach, bis sie verschwunden war.

Langsam ging ich zu meinem Wagen und fuhr gedankenvoll nach Hause. Warum, fragte ich mich, besuchte Rachel Bective diesen Jungen, der doch offensichtlich ein Pendorric war?

Bald darauf kam Deborah mit Hyson und Carrie wieder nach Pendorric zurück. Ich fand, daß das Kind blaß aussah und die paar Tage Ferien so gut wie umsonst gewesen waren.

»Lowella hat ihr gefehlt«, meinte Morwenna. »Die eine hält es nicht aus ohne die andere; dabei zanken sie sich dauernd, wenn sie zusammen sind.«

»Ich bin froh, daß du wieder da bist, Deborah, du hast mir sehr gefehlt«, sagte ich.

Das hörte sie gern. »Komm mit mir hinauf, ich habe dir etwas mitgebracht. Es ist etwas, was mir sehr am Herzen liegt.«

»Aber das kann ich doch nicht annehmen.«

»Du mußt, meine Liebe.« Sie hakte mich unter, und ich dachte mir, vielleicht kann ich Deborah fragen. Natürlich nicht rundheraus, aber auf Umwegen vielleicht. Schließlich wußte sie besser als jeder andere, was das alles auf sich hatte.

Ich ging mit ihr hinauf in ihr Schlafzimmer, wo Carrie beim Kofferauspacken war.

»Carrie«, rief Deborah, »wo ist das kleine Geschenk für Mrs. Pendorric?«

»Hier«, sagte Carrie, ohne mir einen Blick zu gönnen.

»Carrie haßt es, ihr geliebtes Moor zu verlassen«, flüsterte Deborah mir zu.

Sie hielt mir einen kleinen Gegenstand in Seidenpapier hin. Ich wickelte ihn aus, und obgleich ich noch nie so etwas Bezauberndes gesehen hatte, war ich bestürzt. Ein mit Jade und Topasen besetzter Rahmen umgab die Miniatur eines jungen Mädchens. Das Haar fiel ihr über die Schultern, und die Augen strahlten ruhige Heiterkeit aus.

»Barbarina«, hauchte ich.

Deborah lächelte. »Ich weiß ja, wie sehr du dich für sie interessierst, und da dachte ich mir, du würdest es gern haben.«

»Es ist wunderwunderschön.«

»Ich freue mich, daß es dir gefällt.«

»Gibt es auch eine von *dir*? Die wäre mir fast noch lieber.«

Meine Worte schienen ihr zu schmeicheln. »Alle wollten immer nur Barbarina malen«, sagte sie. »Vater lud immer wieder Künstler zu uns nach Hause ein, und jeder sagte sofort: Er möchte die Zwillinge malen und wolle mit Barbarina anfangen. Und dabei blieb es; alle vergaßen mich über sie. Ich sagte dir doch, sie hatte etwas, was mir fehlte. Obgleich ich ihr so ähnlich sah, war ich nur ein schwacher Abglanz von ihr.«

»Ich glaube, Deborah, du unterschätzt dich, du warst bestimmt ebenso anziehend wie sie.«

»O Favel, was bist du doch für ein liebes Kind! Ich bin Roc so dankbar, daß er dich gefunden hat und zu uns brachte.«

»Ich habe dankbar zu sein. Jeder ist so freundlich zu mir — du besonders.«

»Ich? Indem ich dich mit alten Fotografien und Redereien von der Vergangenheit langweile?«

»Ich finde es sehr interessant und möchte dich noch viele Dinge fragen.«

»Und was hält dich davon zurück? Komm, setz dich zu mir ans Fenster. Es ist so schön, wieder hier zu sein. Ich liebe das Moor; aber die See ist viel aufregender.«

»Wie mußt du das Moor vermißt haben, als Roc und Morwenna noch klein waren und du dich um sie gekümmert hast!«

»Manchmal, wenn sie in der Schule waren, fuhr ich nach Devonshire.«

»Und in den Ferien, gingen sie da auch nach Devon?«

»Nein, sie blieben fast immer auf Pendorric, und dann brachte Morwenna ja immer Rachel in die Ferien mit, und mit der Zeit wurde das ganz selbstverständlich. Aus irgendeinem Grund liebte Morwenna sie heiß; dabei war sie wirklich kein nettes Kind. Einmal schloß sie Morwenna in die Gruft ein, nur so zum Spaß! Du kannst ja verstehen, wie verstört die arme Morwenna war. Aber das tat der Freundschaft keinen Abbruch. Und als Roc und Morwenna nach Frankreich fuhren, ging Rachel mit.«

»Wann war das?«

»Als sie etwa achtzehn Jahre alt waren. Ich hoffte immer, daß Morwenna sie einmal fallenlassen würde, aber sie tat es nie, und damals wurden die drei sehr gute Freunde. Morwenna wollte unbedingt nach Frankreich. Sie wollte ihr Französisch verbessern und zwei Monate dort bleiben. Ich dachte natürlich, sie wolle drüben auf irgendeine Schule gehen, aber sie behauptete, in einer Pension im täglichen Umgang mit allen möglichen Menschen lerne sie besser Französisch als auf einer Schule. Und so fuhr sie dann nach Frankreich, zusammen mit Rachel und Roc. Ich war damals etwas in Sorge, Roc war so viel mit ihnen zusammen, daß ich fürchtete, er und Rachel . . .«

»Und das wäre dir nicht recht gewesen?«

»Meine Liebe, irgendwie hätte ich Rachel nicht gern als Herrin auf Pendorric gesehen. Sie hat nicht das Format dazu. Sie ist ein wohlerzogenes Mädchen, aber irgend etwas an ihr stört mich. Ich traue ihr nicht ganz. Das bleibt aber unter uns, nicht wahr? Ich würde das keinem anderen gegenüber erwähnen. Man wird den Gedanken nicht los, daß Rachel stets nur auf ihren Vorteil bedacht ist. Vielleicht ist es albern von mir, aber ich kann dir versichern, daß ich damals manche schlaflose Nacht hatte, weil Roc so sehr bemüht war, daß die Mädchen gut in ihrer Pension untergebracht waren. Er blieb dann auch eine Zeitlang dort und besuchte sie später immer wieder. Und jedesmal, wenn er zurückkam, fürchtete ich, er würde mir seine Absichten mitteilen. Gott sei Dank wurde nichts daraus.«

Ich rechnete im Geiste nach: die drei waren damals achtzehn, und der Junge mußte ungefähr vierzehn sein. Roc ist zweiunddreißig.

Ich hatte schon oft das Gefühl gehabt, daß Rachel irgendeine Macht über die Pendorrics hatte. Es war, als gäbe sie einem dauernd zu verstehen: behandelt mich als Familienmitglied, sonst . . .! Und besuchte sie nicht den Jungen, der bei Louisa Sellich wohnte?

Ich erwiderte: »Damals war ihr Vater doch schon tot, nicht wahr? Ich meine, Rocs und Morwennas.«

»Ja, sie waren elf, als er starb, sechs Jahre nach Barbarina . . .«

So konnte der Junge also nicht vom Vater sein! O Roc, warum hältst du das alles vor mir geheim — wozu nur? Mein erster Impuls war, jetzt gleich mit Roc darüber zu sprechen, ihm alles zu sagen.

In meinem Zimmer stellte ich die Miniatur auf den Kaminsims und schaute versonnen in die klaren Augen Barbarinas. Und dann beschloß ich, noch ein wenig zu warten, um vielleicht noch mehr von dem Spinnennetz zu erkennen, in dem ich mich verfing.

Mabell Clement gab ein kleines Fest. Als Roc und ich hinüberfuhren, waren wir beide etwas bedrückt. Mir wollte und wollte dieser Junge auf dem Moor nicht aus dem Sinn. Es drängte mich, mit Roc zu sprechen, und gleichzeitig hatte ich Angst davor, daß Roc mir nicht die Wahrheit sagen würde. Ich wollte es nicht darauf ankommen lassen, daß er mich belog, und versuchte verzweifelt, mir das Glück zu erhalten, das er mir geschenkt hatte.

Mabell war eine wundervolle Gastgeberin; ein jeder fühlte sich wie zu Hause. Natürlich waren auch einige Künstler, die hier seit langem ihr Domizil aufgeschlagen hatten, anwesend, und es schmeichelte mir, als einer meinen Vater erwähnte und mit Hochachtung von seinem Werk sprach.

Von der anderen Seite des Raumes her hörte ich Rocs Lachen und sah ihn im Mittelpunkt einer fröhlichen Gruppe, vornehmlich Frauen.

»Hier möchte Sie jemand sprechen!« Mabell ergriff mich am Ellenbogen; neben ihr stand ein junger Mann.

»John Poldree, erinnern Sie sich?« fragte er.

»Ach ja, der Ball ...«

Mabell stieß ihn aufmunternd an und ließ uns allein.

»Es war ein so schönes Fest«, fuhr er fort. »Und ich bedaure sehr, daß ...«

Ich nickte.

»Ich wollte Ihnen noch etwas mitteilen, Mrs. Pendorric. Obgleich es heute wahrscheinlich keine Rolle mehr spielt. Es handelt sich um die Krankenschwester.«

»Schwester Grey?«

»Hm! Ich wußte nicht, wo ich sie vorher schon gesehen hatte. Ich hatte ein Bild von ihr in der Zeitung gesehen. Inzwischen ist es mir wieder eingefallen. Ich war damals in Genua, und es war gar nicht so einfach, englische Zeitungen zu bekommen. Ich habe mich vergewissert an Hand der alten Nummern hier, und richtig, sie war es. Schwester Althea Stoner Grey. Hätte ich gleich den Doppelnamen gehört, wäre ich sofort darauf gekommen. Aber das Gesicht habe ich nicht vergessen. Man sieht nicht oft so ein makellos geschnittenes Gesicht.«

»Und was haben Sie nun herausgefunden?«

»Ich fürchte, ich habe ihr Unrecht getan. In meiner Erinnerung hatte ich sie mit einem Verbrechen in Verbindung gebracht. Hoffentlich haben Sie dadurch keinen falschen Eindruck gewonnen. Immerhin handelte es sich um etwas Unangenehmes. Sie verlor einen Prozeß. Sie hatte einen alten Mann gepflegt, der ihr nach seinem Tod ein hübsches Sümmchen hinterließ, und die Ehefrau hat das Testament dann angefochten.«

»Wann war denn das?«

»Vor etwa sechs Jahren.«

»Dann hat sie sicherlich, bevor sie zu meinem Großvater kam, noch an zwei Pflegestellen gearbeitet.«

»Das würde ich auch sagen.«

»Sie muß meinem Großvater schon gute Zeugnisse vorgelegt haben. Er gehörte zu den Menschen, die auf so etwas Wert legten.«

»Das ist für eine schöne Frau wie sie nicht schwierig. Sie versteht es, jemanden um den Finger zu wickeln. Sie konnten es ja selbst feststellen, sie ist, glaube ich, ziemlich hartgesotten.«

»Das glaube ich auch.«

Er lachte. »Ich wollte es Ihnen schon die ganze Zeit erzählen, seit ich das Geheimnis gelüftet habe. Wahrscheinlich ist sie inzwischen über alle Berge.«

»Nein, sie lebt noch hier, ganz in der Nähe. Sie hat sich Urlaub genommen und ein Häuschen gemietet. Mein Großvater hinterließ ihr etwas Geld, so daß sie sich eine Erholungspause leisten kann.«

»Das muß ein lukrativer Beruf sein, Privatpflegerin — vorausgesetzt, man wählt sich reiche Patienten aus.«

»Doch kann man nicht immer wissen, ob sie sterben und einem etwas vermachen!«

»Die ist gerissen. Die sucht sich schon die richtigen aus.«

Damit war für ihn der Fall erledigt, nicht aber für mich. Ich konnte Schwester Grey aus meinen Gedanken nicht verscheuchen. Und sooft ich an sie dachte, dachte ich auch an Roc.

Auf der Heimfahrt war ich sehr still.

Seit geraumer Zeit bemerkte ich an Morwenna eine Veränderung. An manchen Tagen kam es mir vor, als träumte sie, und es schienen glückliche Träume zu sein, so verklärt wie sie einherging.

Und eines Abends — wir zogen uns gerade zum Abendbrot um — kam sie in unser Zimmer.

»Ich möchte euch etwas mitteilen.«

»Wir sind ganz Ohr«, bemerkte Roc.

Sie setzte sich und schwieg eine Weile. Roc sah mich an und hob die Brauen.

»Ich wollte es euch nicht sagen, ehe ich nicht ganz sicher war. Charles habe ich es natürlich schon gesagt, und jetzt sollt ihr es wissen ...«

»Sollen wir vielleicht bald das Getrippel kleiner Füße in Pendorrics Kinderstuben hören?« unterbrach sie Roc.

Sie stand auf. »O Roc!« rief sie und warf sich ihm in die Arme. Er fing sie auf und tanzte mit ihr durchs Zimmer. Dann aber hielt er mit betonter Fürsorglichkeit inne. »Ab jetzt heißt es, behutsam mit dir umgehen.« Er legte ihr die Hand auf die Schulter und küßte sie zart auf die Wange. »Ich freue mich für dich. Es ist wunderbar, Gott segne dich.«

Echte Rührung lag in seiner Stimme, und beim Anblick dieser geschwisterlichen Zuneigung wurde mir ganz warm ums Herz.

Plötzlich schien sich Morwenna meiner zu erinnern. »Du mußt uns für verrückt halten, Favel.«

»Aber nein. Es ist eine großartige Neuigkeit. Meine herzlichen Glückwünsche!«

»Hoffentlich wird es ein Junge«, sagte Roc.

»Es muß ein Junge werden diesesmal — es muß.«

»Und was sagt der alte Charlie dazu?«

»Der ist wie närrisch! Er denkt sich schon Namen aus.«

»Sucht euch nur einen guten alten cornischen Namen aus. Aber bitte keinen weiteren Petroc. Davon haben wir noch für eine kleine Weile genug.«

»Und wenn es nun ein Mädchen wird?« fragte ich.

Ein Schatten ging über ihr Gesicht. »Ich würde es schon liebhaben, aber es wäre nicht dasselbe. Ich möchte so gern einen Sohn haben, Favel. Ich kann dir gar nicht sagen, wie gern.«

»Wie soll er denn heißen? Oder seid ihr euch noch nicht einig?«

»Charles sagt, sein Sohn soll Ennis heißen. Der Name kommt oft bei den Pendorrics vor. Der Name Petroc bleibt dir und Rocs

Sohn vorbehalten. So will es der Brauch. Der älteste Sohn des ältesten Sohnes heißt Petroc. Aber der Name Ennis ist ebenfalls so cornisch wie Petroc, er klingt hübsch, findest du nicht auch?«

»Ennis«, wiederholte ich.

»Es wird bestimmt ein Ennis«, fuhr sie fort.

Eines Tages kam Roc damit heraus, daß er mit mir über Land fahren wolle. Ich hätte von Cornwall ja nur eine kleine Ecke gesehen und sollte nun etwas mehr kennenlernen.

Herbstlicher Nebel lag in der Luft, als wir Pendorric in dem großen Daimler verließen, aber Roc versicherte mir, das Wetter wäre nur in der Frühe so, nicht lange, dann würde die Sonne wieder durchbrechen. Und so war es auch.

Wir fuhren ins Moor nach Norden und aßen in einem Wirtshaus am Wege zu Mittag.

Erst während des Essens wurde mir klar, daß Roc mich zu dieser Fahrt mitgenommen hatte, um ernsthaft mit mir zu reden.

»Nun«, sagte er und füllte mein Glas wieder, »leg mal los.«

»Was denn?«

»Was in dir vorgeht.«

»Was soll in mir vorgehen?«

»Liebling, du weißt ganz genau, was ich meine. Du hast mich in der letzten Woche mit Augen betrachtet, in denen die Frage stand, ob ich nicht vielleicht der König Blaubart sei und du meine neunte Frau.«

»Roc«, erwiderte ich, »obgleich du mein Mann bist und wir seit einigen Monaten verheiratet sind, kenne ich dich eigentlich noch gar nicht richtig.«

Er sah mich mit seinem entwaffnenden Lächeln an. »Ich weiß, was dich stört. Du hast inzwischen entdeckt, daß ich vor meiner Ehe nicht wie ein Mönch gelebt habe. Aber du willst ja wohl nicht die Einzelheiten zu jedem kleinen Seitensprung hören.«

»Nein«, erklärte ich. »Nicht zu jedem. Nur hätte ich gern von den wichtigsten gewußt.«

»Als ich dir begegnete, merkte ich erst, daß alles, was vorher war, nicht die geringste Bedeutung für mich hat.«

»Du hast deine alten Lebensgewohnheiten seit unserer Heirat nicht wiederaufgenommen?«

»Ich versichere dir, daß ich dir treu gewesen bin in Gedanken und in der Tat. Bist du nun zufrieden?«

»Ja, aber ... es gibt Menschen, die dich in einem anderen Licht sehen, und ich frage mich, ob sie auch wissen, daß alles, was zwischen euch war, nun zu bloßer Freundschaft geworden ist.«

»Ich weiß, du denkst an Althea. Damals, als sie herkam, um deinen Großvater zu pflegen, hielt ich sie für die schönste Frau, die ich je gesehen hatte. Wir schlossen Freundschaft. Meine Familie drängte mich ständig zur Heirat. Morwenna war schon seit Jahren verheiratet, und sie lag mir in den Ohren, daß es meine Pflicht sei zu heiraten. Aber nicht eine Frau weckte in mir den Wunsch, sie zu heiraten.«

»Bis du Althea Grey trafst?«

»Ich war noch zu keinem festen Entschluß gekommen. Aber es schien mir nicht unmöglich.«

»Und dann bat dich mein Großvater, uns zu besuchen und mich zu begutachten, und das hieltest du für das bessere Geschäft?«

»Das könnte dein Großvater gesagt haben. Aber es war keine Frage des ›Geschäfts‹. Ich wußte schon genau, daß ich Althea Grey nicht heiraten wollte, noch bevor dein Großvater mich um diese Gefälligkeit bat. Doch als ich dich sah, war es um mich geschehen.«

»Althea war darüber sicherlich nicht begeistert.«

»Schließlich gehören zwei zum Heiraten.«

»Nun beginne ich zu verstehen. Du mußt Althea Grey sehr nahe gestanden haben, ehe du deinen Entschluß geändert hast. Und was ist mit Dinah Bond?«

»Wieso mit Dinah? Sie verhalf sozusagen fast allen jungen Männern in der Umgebung zu dieser Erfahrung.«

»Also nichts Ernsthaftes.«

»Absolut nicht.«

»Und Rachel Bective?«

»Niemals!« sagte er geradezu heftig. Er füllte wieder mein Glas. »Favel, ich frage mich, ob du nicht etwa eifersüchtig bist.«

»Ich glaube nicht, daß ich eifersüchtig bin, jedenfalls nicht ohne Grund.«

»Jetzt weißt du es – du hast keinen Grund.«

»Roc ...« Ich zögerte, doch er drängte mich weiterzusprechen. »Was ist mit dem Jungen im Bevidere-Haus?«

»Wieso?«

»Er sieht aus wie ein Pendorric.«

»Du glaubst doch wohl nicht, er sei der lebende Beweis meiner sündenreichen Vergangenheit, Favel!«

»Trotzdem möchte ich wissen, wer er ist.«

»Weißt du was, mein Herz, du hast nicht genug zu tun. Am Wochenende muß ich auf die Besitzungen an der Nordküste fahren. Komm doch mit. Wir werden ein paar Tage fortbleiben.«

»Ach ja, das wäre schön.«

»Bedrückt dich sonst noch was?«

»Viele Dinge sind mir unklar, und wenn ich an die erste Zeit zurückdenke, als wir uns kennenlernten, kommt es mir vor, als hätte sich seitdem alles geändert. Sogar mein Vater war auf einmal nicht mehr derselbe.«

Roc sah plötzlich ganz ernst aus. Und dann schien er zu einem Entschluß gekommen zu sein. »Es gibt so manches, was du von deinem Vater nicht weißt, Favel.«

»Aber er hat mir immer vertraut. Wir standen uns so nahe — Mutter, er und ich.«

»Nimm nur das eine: er erzählte dir nicht, daß er deinem Großvater geschrieben hatte.«

Dem mußte ich zustimmen.

»Und warum, glaubst du, hat er deinem Großvater geschrieben?«

»Vielleicht meinte er, es wäre an der Zeit, daß wir uns kennenlernten.«

»Warum sollte er das ausgerechnet damals denken, wenn er es doch neunzehn Jahre lang nicht für nötig gehalten hatte? Ich wollte es dir nicht erzählen, Favel, ich wollte es dir erst nach Jahren sagen. Aber ich bin zu dem Schluß gekommen — in der letzten halben Stunde —, daß keine Geheimnisse zwischen uns bestehen sollen. Er schrieb deinem Großvater, weil er selbst krank war. Er hat sich bei deiner Mutter angesteckt. Sie wollte nicht von ihm fort, und er nicht von ihr. Er sagte mir, sie hätte vielleicht etwas länger leben können, wenn sie fortgegangen wäre. Aber sie wollte es nicht. Er machte sich Sorgen um dich, und darum schrieb er deinem Großvater. Er hoffte, daß er dich nach Cornwall einladen würde. Er selbst wäre dann in Capri geblieben. Und wenn es dann mit ihm zu Ende gegangen wäre, wärest du nicht mehr dagewesen.«

»Aber er hätte doch Pflege haben können. Er hätte in ein Sanatorium gehen können.«

»Das habe ich ihm auch gesagt, und ich glaubte auch, er würde es tun.«

»Das alles hat er dir erzählt und nicht seiner eigenen Tochter?«

»Mein Liebling, die Umstände waren außergewöhnlich. Sobald ich in seiner Wohnung auftauchte, wußte er, weshalb ich kam. Außerdem kannte er die Methoden deines Großvaters nur zu gut. So erriet er sofort, daß ich als Kundschafter ausgeschickt worden war.«

»Und du hast es zugegeben, nicht wahr?«

»Dein Vater ließ sich nichts vormachen. Wir kamen jedoch überein, daß wir dir nichts sagen wollten. Und daß ich schreiben sollte und berichten, was ich gesehen hatte; dann würde der Großvater voraussichtlich seiner Enkelin schreiben und sie nach England einladen. Das war's, was dein Vater erhoffte. Aber, wie du weißt, als wir uns trafen — erübrigte sich alles andere.«

»Und während der ganzen Zeit war er schwer krank.«

»Er wußte, daß er an dem Punkt war, schwer krank zu werden. Und daher freute es ihn ganz besonders, als er hörte, daß wir uns verloben wollten.«

»Und glaubst du nicht, daß er doch etwas bekümmert darüber war?«

Roc lachte. »Vergiß bitte nicht, daß er seine Erfahrungen mit deinem Großvater gemacht hatte. Daß du seine Enkeltochter warst, hieß noch lange nicht, sein Vermögen erben. Wenn er nun dich oder mich nicht hätte ausstehen können, dann wärest du ohne einen Penny ausgegangen. Nein, dein Vater hat sich schon gefreut. Er wußte, daß ich für dich sorgen würde, und ich schmeichle mir, daß es ihm wohler war, dich in meiner Obhut zu wissen als in der deines Großvaters.«

»Aber es kam mir doch so vor, als machte er sich über irgend etwas Gedanken — kurz vor seinem Tod. Was passierte denn nun wirklich an dem Tage, als ihr zusammen zum Baden gingt?«

»Favel, ich glaube, ich weiß, warum dein Vater starb. Er wollte nicht mehr länger leben. Ich glaube, er suchte einen schnellen und schmerzlosen Ausweg und fand ihn. Wir gingen zusammen zum Strand hinunter. Es war — du erinnerst dich sicherlich — spät geworden inzwischen, und die Bucht war so gut wie leer. Als wir am Strand anlangten, fragte er: ›Sag mal, wärst du nicht lieber bei Favel geblieben?‹ Ich konnte es nicht leugnen. ›Kehr um‹, sagte er. ›Laß mich allein, ich möchte allein sein.‹ Dann schaute er mich fest an und sagte: ›Ich bin sehr froh, daß du sie geheiratet hast. Behalt sie lieb.‹«

»Du glaubst also, daß er ins Meer hinausschwamm mit der Absicht, nicht mehr zurückzukehren?«

Roc nickte. Ich war so bewegt, daß ich nicht sprechen konnte.

»Favel«, sagte Roc, »wir wollen jetzt gehen. Dein Vater hat dich mir anvertraut, und so mußt auch du mir trauen.«

Wenn ich mit Roc zusammen war, glaubte ich jedes Wort, was er sagte; nur wenn ich allein war, stiegen Zweifel in mir auf. Hatte sich wirklich alles so zugetragen?

Meine Aussprache mit Roc hatte meine Ängste nicht beseitigt. Sie hatte sie eher vergrößert.

Vielleicht wäre die Lösung des Rätsels im Haus am Dozmary-See zu finden? Wenn ich nun Louisa Sellick besuchte? Warum eigentlich nicht? Ich konnte ihr sagen, wer ich war, daß ich wußte, wie sie zu Pendorric stand.

Ich hatte sie einmal kurz gesehen, sie schien mir eine freundliche Frau zu sein. Konnte ich zu ihr gehen und ihr gestehen, daß ein jeder mich mit Barbarina Pendorric verglich und daß ich mich für jeden interessierte, der sie gekannt hatte? Wohl kaum. Und doch ließ mich dieser Gedanke nicht los.

Das beste war, erst einmal hinzufahren. Ich nahm also den kleinen blauen Morris und fuhr ins Moor.

Als ich vor dem Haus anhielt, öffnete sich die Verandatür, und eine Frau, nicht mehr jung und ziemlich dick, trat heraus; offensichtlich hatte sie mich vom Fenster aus gesehen und wollte mich nun nach meinen Wünschen fragen.

Ich stieg aus und sagte: »Guten Morgen. Mein Name ist Pendorric, Mrs. Pendorric.«

»Oh«, sagte sie. »Mrs. Sellick ist heute nicht da. Ich bin Polly, die Haushälterin.«

»So ... Mrs. Sellick ist also heute nicht zu Hause.«

»Sie bringt den Jungen in die Schule, bleibt über Nacht weg und kommt erst morgen wieder.«

Ich bemerkte, daß die Frau zitterte.

»Geht es Ihnen nicht gut?« fragte ich.

Sie trat näher und raunte: »Sind Sie hier, um den Jungen abzuholen, wie ...?«

Ich blickte sie verdutzt an.

»Na, kommen Sie schon«, fuhr sie fort. »Hier draußen können wir nicht reden.«

Ich folgte ihr über den Rasen ins Haus. Sie öffnete die Tür zu einem gemütlichen Wohnzimmer.

»Setzen Sie sich doch, Mrs. Pendorric. Mrs. Sellick würde es sicher gern sehen, wenn ich Ihnen etwas anbiete. Möchten Sie Kaffee oder lieber von meinem Holunderbeerwein?«

»Mrs. Sellick wußte ja nicht, daß ich komme. Vielleicht sollte ich mich gar nicht aufhalten.«

»Ich freue mich, daß Sie ausgerechnet mich treffen, Mrs. Pendorric. Kommt mir vor wie ein Wink des Schicksals, daß Mrs. Sellick heute mit dem Jungen weggefahren ist.«

»Ich glaube, wir mißverstehen uns.«

»Nein, nein, keinesfalls, Mrs. Pendorric. Sie kommen von Pendorric, und davor hat sie schon immer gezittert. Wie oft hat sie nicht gesagt: ›Ich habe damals keine Bedingungen gestellt, Polly, und werde auch heute keine stellen.‹ Sie bespricht nämlich alles mit mir. Ich bin schon bei ihr, seit sie hier einzog in Bedivere — damals, als er heiratete ...«

»Ich verstehe.«

»Soll ich Ihnen nicht doch einen Kaffee machen?«

»Vielen Dank. Mrs. Sellick wäre vielleicht nicht davon erbaut, wenn sie wüßte, daß ich hier in ihrem Haus sitze.«

»Sie ist das liebste, nachsichtigste Wesen, das ich kenne. Mit solchen Menschen wie sie kann man alles machen. Zuerst verlor sie *ihn* und nun gar noch den Jungen. Das wäre zuviel. Sie hat den Jungen bei sich, seit er drei Wochen alt war — seit dem Tag, als Mr. Roc ihn brachte.«

»Mr. Roc!«

»Ich sehe es noch wie heute. Es wurde schon dunkel. Sie kamen geradewegs vom Festland. Mr. Roc fuhr den Wagen. Die junge Frau war ja fast noch ein Kind. Sie hatte den Hut tief heruntergezogen, als ob sie nicht erkannt werden wollte. Sie trug das Baby und legte es in Mrs. Sellicks Arme. Dann ging sie zum Auto zurück und überließ Mr. Roc alles Weitere.«

Rachel! war mein erster Gedanke.

»Sehen Sie, Mrs. Sellick hatte ein schlechtes Gewissen. Sie hatte Rocs Vater geliebt und gedacht, er heirate sie. Und das wollte er eigentlich auch. Es hieß aber, die Pendorrics brauchten Geld, und so heiratete er Miß Hyson. Zwar hat er Louisa nie aufgegeben, und sie war die einzige, an der ihm wirklich lag. Und als seine Frau dann starb, bat er Louisa, ihn zu heiraten. Aber sie wollte nicht mehr, nicht, nachdem seine Frau auf diese Weise gestorben war. Dann war er lange Zeit unterwegs, aber er kam immer wieder zu Louisa zurück. Als er dann starb, brach ihr fast das Herz. Sie hatte sich immer ein Kind von ihm gewünscht, selbst wenn es unehelich gewesen wäre. Sie nahm großen Anteil an den Zwillingen. Die beiden hatten viel von ihrem Vater gehört und von diesem Haus, und einmal kamen sie her, um sich Louisa Sellick anzusehen. Es war schon nach seinem Tod. Louisa holte sie herein und gab ihnen Kuchen und Tee. Von da an kamen sie hin und wieder vorbei. Und Louisa, wie sie nun mal war, sagte, wenn sie mal nicht mehr aus noch ein wüßten, würde sie ihnen nach Kräften helfen. Ja, und dann bekam sie diesen Brief von Mr. Roc. Da gab es nun wirklich großen Kummer. Ein Baby war unterwegs, und ob sie helfen könnte.«

»Ich verstehe.«

»So nahm sie den kleinen Ennis zu sich und war wie eine Mutter zu ihm. Er wuchs zu einem hübschen Kind heran, aber es war nun mal nicht ihr Kind. Und nicht einen Penny nahm sie an, stellte keine Bedingungen. Und deshalb lebte sie dauernd in der Angst, eines Tages komme Mr. Roc und wolle den Jungen wieder holen. Und als sie hörte, er habe geheiratet, stand das fest für sie.«

»Kommt er öfter vorbei, um nach dem Jungen zu schauen?«

»Ja, hin und wieder. Er mag den Jungen schrecklich gern und der Junge ihn auch.« Sie sah mich flehend an. »Bitte, Mrs. Pendorric, Sie sehen so freundlich aus ... bitte, verstehen Sie. Er ist jetzt vierzehn Jahre hier. Man kann ihn nicht einfach wegholen.«

»Regen Sie sich bitte nicht darüber auf«, beschwichtigte ich sie. »Das haben wir keineswegs vor.«

Sie atmete auf und lächelte glücklich. »Na ja, als Sie sagten, Sie seien ...«

»Es tut mir leid, wenn ich Sie erschreckt habe. Ich hätte lieber nicht kommen sollen. Es war reine Neugier. Ich hörte von Mrs. Sellick und wollte sie gern einmal kennenlernen. Das war alles.«

»Und Sie wollen den Jungen nicht haben?«

»Nein, bestimmt nicht. Das wäre zu grausam.«

»Zu grausam«, wiederholte sie. »Ich danke Ihnen, Mrs. Pendorric, Sie nehmen uns einen Stein vom Herzen. Darf ich Ihnen jetzt eine Tasse Kaffee machen?«

Ich sagte nur zu gern ja, und während Polly in der Küche hantierte, dachte ich: Wie kann ich Roc je wieder trauen? So, wie er mich über den Jungen getäuscht hat, belügt er mich ohne Frage auch in anderen Dingen. Warum hatte er nicht mit mir darüber gesprochen? Es wäre doch so leicht gewesen.

Polly kam mit dem Kaffee, strahlend: sie hatte ihre Gemütsruhe wieder. Sie erzählte mir noch, wie Louisa und sie es mit der Zeit gelernt hatten, das Moor zu lieben, und wie schwierig die Gartenarbeit hier sei.

»Hier oben auf dem Moor will und will nichts so richtig gedeihen, das können Sie mir glauben, Mrs. Pendorric«, sagte sie gerade, als wir einen Wagen vor dem Haus halten hörten.

»Nanu, Mrs. Sellick kann doch nicht schon wieder zurück sein«, sagte Polly und ging zum Fenster. »Du meine Güte«, fuhr sie fort, »na so was — Mr. Pendorric!«

Ich stand auf. Mir zitterten die Knie, mir war, als würde ich umfallen, und dann hörte ich Rocs Stimme: »Nanu, Polly, da draußen steht ja ein Wagen. Wer ist denn da?«

»Oh, Sie sind's, Mr. Pendorric!« rief Polly munter. »Mrs. Sellick meinte, sie nimmt sich lieber zwei Tage für die Fahrt. Sie will in London übernachten und morgen zur Schule weiterfahren. Sie dachten sicherlich, sie fahre erst heute.«

Er kam durch die Veranda in das Wohnzimmer, wie jemand, der sich gut auskennt.

»Du!« rief er. So wütend hatte er mich noch nie angesehen.

Polly folgte ihm auf dem Fuß und plapperte: »Mrs. Pendorric sagte mir gerade, Sie wollen den Jungen nicht zu sich nehmen.«

»So?« antwortete er und ließ kein Auge von den benutzten Kaffeetassen.

»Und das freut mich von ganzem Herzen. Ich hätt's Ihnen auch gar nicht zugetraut, Mr. Roc, aber immerhin war es nett, endlich Ihre Frau kennenzulernen.«

»Das kann ich mir denken«, erwiderte er böse. »Aber, mein Schatz, warum eigentlich hast du nicht gewartet, bis ich mit dir hierhergefahren wäre?«

»Wie wär's mit einer Tasse Kaffee, Mr. Roc?«

»Nein, vielen Dank, Polly. Ich wollte nur noch mal den Jungen besuchen, ehe er wieder zur Schule muß.«

»Tut mir leid, Mrs. Sellick hätt Ihnen Bescheid geben sollen, aber Sie wissen ja, sie mag Sie nicht anrufen zu Hause.«

»Ich weiß«, sagte Roc und wandte sich zu mir. »Wie ist es, können wir gehen?«

»Ja«, sagte ich. »Auf Wiedersehen, Polly, und vielen Dank für den Kaffee.«

»Es war mir ein Vergnügen.«

Sie stand noch in der Tür, als wir zu unseren Wagen gingen.

In der Nähe der Brücke, wo Arthus seine letzte Schlacht geschlagen haben soll, überholte mich Roc und hielt vor mir an.

»So, du belügst mich also!« warf ich ihm vor.

»Und du steckst deine Nase in Angelegenheiten, die dich überhaupt nichts angehen.«

»Sollte mich der Sohn meines Mannes vielleicht nicht interessieren?«

»Ich hätte nie gedacht, daß du so kleinlich wärst, daß du ... herumspionieren würdest.«

»Ich kann gar nicht begreifen, warum du mich angelogen hast, ich hätte bestimmt alles verstanden.«

»Wie lieb von dir! Du bist außerordentlich tolerant und nachsichtig!«

»Roc!«

Sein Blick war so kalt, daß ich zurückschreckte. »Darüber ist wohl nichts mehr zu sagen, oder?«

»Doch, ich denke schon! Mir ist noch so manches unklar.«

»Du wirst schon noch dahinterkommen. Dein System funktioniert ja vorbildlich.«

Er ging zu seinem Wagen und fuhr mir voraus nach Pendorric. Zu Hause sprach Roc zu mir nur das Nötigste; davon, daß ich ihn an die Nordküste begleiten sollte, war nicht mehr die Rede.

Die nächsten Tage wurden mir unerträglich lang, und ich fühlte mich zum erstenmal wieder so trostlos und verlassen wie nach Vaters Tod. Zwei Tage nach diesem verhängnisvollen Besuch in Bedivere ging ich in den Hof und setzte mich unter die Palme. Bald würde der Sommer vorbei sein und mit ihm mein Glück.

Einer von den Zwillingen mußte mich gesehen haben. Er kam heraus und schlenderte summend zu dem Brunnen.

»Hallo«, sagte er. »Mummy sagt immer, wir sollen uns nicht

auf die feuchten Sitze setzen. Wir könnten uns sonst den Tod holen. Und wie ist das mit dir?«

»So feucht sind sie gar nicht.«

»Alles ist feucht. Du kriegst noch Lungenentzündung und stirbst.«

Jetzt wußte ich, daß es Hyson war. Mir schien es, daß sie sich seit unserem gemeinsamen Erlebnis in der Gruft verändert hatte.

»Allerdings wäre das auch eine Möglichkeit ...«

»Eine Möglichkeit zu sterben, meinst du?«

Sie verzog das Gesicht. »Sprich nicht vom Sterben, ich kann es nicht hören.«

»Seit wann bist du so empfindlich, Hyson?«

Nachdenklich schaute sie zu den Ostfenstern hinauf, als sähe sie dort etwas.

»Erwartest du jemanden?« fragte ich.

Sie gab keine Antwort. Nach kurzer Zeit: »Du warst sicherlich sehr froh, daß ich mit dir zusammen in dem Grab war.«

»Ja, das war ich.«

Sie kam näher, legte ihre Hände auf meine Knie und sah mir ins Gesicht.

»Ich war auch froh, daß ich dabei war«, sagte sie.

»Nanu? Du hast dich doch auch gegrault.«

Sie lächelte ihr seltsames, kleines Lächeln. »Ja, aber wir waren zu zweit, und das ist der Unterschied.«

Sie trat zurück und spitzte ihre Lippen wie zu einem Pfiff.

»Kannst du pfeifen, Favel?«

»Nicht sehr gut.«

»Ich auch nicht. Aber Lowella kann es.«

Wieder sagte sie nichts und schaute zu den Ostfenstern hinauf.

»Da ist es ...«, sagte sie.

Man hörte Geigenspiel.

Augenblicklich stand ich auf und packte Hyson am Handgelenk. »Wer ist das?« fragte ich.

»Du weißt es, nicht wahr?«

»Nein, ich weiß es nicht, aber ich will es jetzt wissen.«

»Es ist Barbarina.«

»Barbarina ist tot, das weißt du genau.«

»O Favel, geh nicht dahin. Bedenke, was es bedeutet ...«

»Hyson, was weißt du? Wer spielt Geige, wer hat uns eingeschlossen in der Gruft?«

»Es ist Barbarina«, flüsterte sie. »Hörst du ihr Spiel? Sie will uns sagen, daß sie müde wird. Sie will nicht mehr länger warten.«

»Ich gehe jetzt und schaue nach, wer Geige spielt, und du kommst mit. Wir werden zusammen diese Person finden.«

Sie sträubte sich sehr, aber ich zog sie hinter mir her, zum Tor des Ostflügels. Als ich es öffnete, konnte man das Geigenspiel genau hören.

»Komm mit«, sagte ich, und wir stiegen die Treppen hinauf. Die Geige war inzwischen verstummt, aber wir gingen weiter. Ich riß die Tür auf zu Barbarinas Zimmer, die Geige lag auf dem Stuhl wie immer, die Noten waren auf dem Ständer.

Ich sah Hyson an, aber sie hielt die Augen gesenkt und hob den Blick nicht vom Boden.

Noch nie hatte ich mich so gefürchtet, mich so allein gefühlt. Früher hatte ich meine Eltern gehabt, dann meinen Mann, meinen Großvater.

Ich hatte sie alle verloren, und ich konnte sie nicht um Schutz bitten vor einer Gefahr, die, wie ich fühlte, sehr nahe war.

6

Roc ging auf seine Wochenendreise. Beim Abschied sagte er noch zu mir: »Ich wünschte nur, Favel, du hättest nicht herumgeschnüffelt. Der Zeitpunkt war so unglücklich gewählt.«

Er war fast so wie früher, und ich sofort bereit, ihm auf halbem Weg entgegenzukommen.

»Es gibt für alles eine einfache Erklärung«, fuhr er fort. »Aber die kann ich dir heute noch nicht geben. Kannst du nicht ein bißchen warten und mir vertrauen?«

»Aber Roc ...«

»Schon gut«, sagte er. »Du kannst es nicht. Aber so geht es nicht weiter. Ich werde während meiner Reise darüber nachdenken. Aber eines mußt du mir versprechen: denk bitte nicht zu schlecht von mir. So ein Schurke, wie du glaubst, bin ich wirklich nicht.«

»O Roc«, sagte ich traurig. »Es ist alles so unnötig. Du hättest mich nicht zu belügen brauchen.«

»Und wer einmal lügt, dem glaubt man nicht. Ist es nicht so?«

»Roc, erzähl es mir doch«, bat ich ihn. »Erzähl es mir jetzt, damit wir wieder glücklich werden können.«

Er zögerte. »Jetzt nicht, Favel.«

»Aber warum nicht jetzt?«

»Es geht nicht nur mich an. Ich muß mich erst noch mit jemand anderem bereden.«

»Aha, ich verstehe.«

»Nichts verstehst du. Hör zu, Favel. Ich liebe dich. Und du mich auch. Du mußt mir vertrauen. Himmel, kannst du das denn nicht?«

Ich brachte kein Ja über die Lippen.

»Na gut.« Er legte seine Hände auf meine Schultern, gab mir einen leichten Kuß, ohne Wärme und ohne Leidenschaft. »Also, dann bis Montag oder Dienstag.«

Und fort war er, ließ mich so enttäuscht und unglücklich zurück wie zuvor -- oder fast so.

Es klopfte an die Tür, und Morwenna trat ein. Ich beneidete sie um ihre strahlende Fröhlichkeit.

»Hallo, Favel, da bist du ja. Roc ist richtig ärgerlich abgefahren. Warum hast du ihn nicht besänftigt?« Ich blieb stumm. »Er braust wohl mal auf«, fuhr sie fort, »und dann ist alles wieder gut. Doch ihr zwei lauft ja seit Tagen aneinander vorbei.«
»Mach dir keine Sorgen deswegen.«
»Nein, das tue ich nicht. Aber eine andere ärgerliche Sache ist passiert. Ich mußte meinen Austin in der Garage lassen und möchte dich fragen, ob du heute früh den Morris brauchst.«
»Nimm ihn ruhig«, sagte ich. »Ich kann zu Fuß gehen nach Polhorgan.«
»Wirklich? Ich möchte nämlich nach Plymouth fahren, Wolle kaufen und Strickvorlagen.« Sie gab mir einen Kuß. »Zwischen euch beiden wird es schon bald wieder stimmen, glaub mir«, sagte sie.

Sobald sie fort war, machte ich mich auf den Weg nach Polhorgan. Mr. und Mrs. Dawson kamen mir schon entgegen, und ich sah, daß sie etwas auf dem Herzen hatten.

Als wir im Wohnzimmer saßen und Kaffee tranken, kam es heraus. »Eigentlich wollten wir nichts erwähnen, Madam, aber nun hat zufällig Mrs. Penhalligan mit Mrs. Dawson gesprochen, und dadurch bekam unsere Vermutung neue Nahrung. Also, Madam, am Morgen bevor Seine Lordschaft starb, wurde ich zufällig Zeuge eines Gespräches zwischen der Krankenschwester und Seiner Lordschaft. Seine Lordschaft drohte, sie zu entlassen, wenn sie sich weiterhin mit Mr. Pendorric träfe.«

Ich wollte protestieren, aber meine Kehle war wie zugeschnürt.

»Und es kommt uns ziemlich auffällig vor, daß Seine Lordschaft wenige Stunden später seine Tabletten nicht finden konnte. Meine Frau und ich haben auch nicht vergessen, Madam, daß die Krankenschwester im Testament Seiner Lordschaft mit einem ganz hübschen Sümmchen bedacht worden war.«

Ich hörte kaum noch hin. Meine Gedanken kreisten nur noch um eines: Wieviel Lügen hat Roc mir erzählt? Er gab zu, daß er mit Althea Grey fast verlobt war. Dann hörte er von meiner Existenz und heiratete mich, wie sein Vater Barbarina heiratete. Barbarina wurde wegen ihres Geldes nach Pendorric verheiratet, obwohl ihr Mann immer noch Louisa Sellick liebte. Wurde ich aus dem gleichen Grund geheiratet, während *mein* Mann ein Verhältnis mit Althea Grey hatte? Wer war der Schatten, den

Jesse Pleydell an Barbarinas Unglückstag wahrgenommen hatte? War es ihr Mann Petroc Pendorric?

Hatte Althea Grey absichtlich die Pillen zur Seite gestellt? Ehe ich Großvaters Geld erben konnte, mußte er tot sein — und nun mußte ich noch sterben, ehe es endgültig ihr gehörte.

Mrs. Penhalligan hatte mit Mrs. Dawson gesprochen. Wußten sie denn alle schon von dem Streit zwischen Roc und mir? Wußten sie auch den Grund?

Die Dawsons sahen mich voller Mitgefühl an. Wollten sie mir andeuten, daß Roc und Althea Grey ein Liebespaar waren? Nahmen sie an, daß, nachdem die Schwester keine Gewissensbisse gehabt hatte, meinen Großvater umzubringen, sie auch keine bei mir haben würde?

»Wie konnte mein Großvater sich so etwas nur einbilden!« brachte ich schließlich heraus. »Aber er war ja so krank; er regte sich leicht unnötigerweise auf. Es heißt, das sei ein Symptom seiner Krankheit.«

Die Dawsons sahen mich besorgt an. Mrs. Dawson wollte weitersprechen, doch Dawson gebot ihr mit einer Geste zu schweigen. Auf seinem Gesicht lag der zufriedene Ausdruck eines Menschen, der seine Pflicht erfüllt hat.

Als ich Polhorgan verließ, hatte ich Mühe, mir nichts anmerken zu lassen. Ich war außer mir. Es gab so vieles, das ich herausfinden mußte; ich konnte nicht mehr tatenlos zusehen.

Ich wollte mit irgend jemandem sprechen, und wenn Morwenna nicht nach Plymouth gefahren wäre, hätte ich ihr mein Herz ausgeschüttet. Doch da war ja noch Deborah, mit ihr konnte man offen sprechen.

Ich begab mich sogleich in Deborahs Zimmer. Aber sie war nicht da. Unentschlossen machte ich kehrt und überlegte gerade, ob es nicht besser wäre, ins Freie zu gehen, als das Telefon in der Halle klingelte.

Ich meldete mich und hörte ein leises Lachen.

»Ich hoffte, Sie zu erwischen. Hier spricht Althea Grey. Ich möchte Sie fragen, ob Sie mich nicht einmal besuchen wollen, ehe ich abreise.«

»Ehe Sie abreisen?«

»Ja, ich fahre schon sehr bald, morgen.«

»Sie gehen fort?«

»Kommen Sie herüber, und ich werde Ihnen alles genau erzählen. Ich wollte schon lange mal ausführlicher mit Ihnen reden. Wann paßt es Ihnen?«

»Nun ... jetzt.«

»Sehr gut.« Wieder hörte ich ihr leises Lachen, und dann legte sie auf.

Ich lief aus dem Haus und über die Küstenstraße, zur Cormorant-Hütte.

Es war ein zutreffender Name; die Möwen und ein paar Kormorane kreisten über der kleinen Bucht. Die Hütte, weiß-blau angestrichen, klebte an einem Felsen, der weit ins Meer ragte. Ein idealer Sommeraufenthalt.

»Hallo!« Ein Fenster flog auf. »Ich habe Sie schon gesehen. Ich komme.«

Ich stieg langsam den Pfad hinauf, der fast ganz mit Johanniskraut überwuchert war. Althea stand schon auf der Schwelle.

»Ich bin gerade beim Packen. Kommen Sie herein und setzen Sie sich.«

Wir kamen gleich von der Tür in ein Wohnzimmer mit großen Flügelfenstern, die aufs Meer schauten. Das Zimmer enthielt nur das Notwendigste.

»Ein großer Unterschied zu Polhorgan«, bemerkte sie und hielt mir ein Zigarettenetui hin. Sie schaute mich leicht belustigt an. »Es ist nett von Ihnen, daß Sie zu mir gekommen sind. Ich war froh, daß ich Sie erwischt habe.«

»Ja, ich war gerade nach Hause gekommen. Roc ist übrigens für ein paar Tage verreist.«

»Ja, ich weiß.«

Erstaunt zog ich die Augenbrauen hoch. Und wieder glitt dieses belustigte Lächeln über ihre Züge. »Sie können hier so gut wie keinen Schritt tun, ohne daß alle darüber Bescheid wissen. Hat Sie auf dem Weg hierher irgend jemand gesehen?«

»Nein, warum ...«

»Weil sonst gleich wieder das Gerede losgehen würde.«

»Ich hatte keine Ahnung, daß Sie Cornwall schon so bald verlassen wollten.«

»Die Saison ist vorbei. Es ist einsam. Man kann meilenweit umherwandern, ohne eine Menschenseele zu treffen. Und dafür habe ich nichts übrig. Aber möchten Sie nicht eine Tasse Tee haben?«

»Nein, danke.«

»Kaffee vielleicht?«

»Nein, danke, ich kann nicht lange bleiben.«

»Schade. Wir haben nie richtig miteinander geplaudert. Und es ist hier so friedlich. Ich hab' mir oft gedacht, daß ich Ihnen ziemlich verdächtig vorkomme, und das möchte ich jetzt richtigstellen. Ich habe inzwischen eine andere Anstellung bekommen und möchte alles klar haben, ehe ich gehe.« Sie streckte ihre langen, schlanken Beine aus und betrachtete sie zufrieden. »Ein reicher alter Herr will eine Weltreise machen und braucht eine Schwester zur ständigen Pflege. Reiche alte Herren scheinen meine Spezialität zu sein.«

»Reiche junge kreuzen wohl niemals Ihren Weg?«

»Das Ärgerliche bei den jungen ist, daß sie keine Krankenschwester brauchen.« Sie brach in Lachen aus. »Mrs. Pendorric, haben Sie keine Angst?«

»Wieso?«

»Nun ja, dies hier ist ein einsamer Fleck, und ich glaube, Sie haben keine hohe Meinung von mir. Es tut Ihnen wohl schon leid, daß Sie gekommen sind, und Sie fragen sich heimlich, wie Sie am besten wieder fort können. Doch erinnern Sie sich bitte, Sie sind aus eigenen Stücken gekommen, haben sofort zugesagt, als ich Sie fragte. Es war vielleicht nicht klug, oder? Jetzt sind Sie hier, und kein Mensch weiß, wo Sie stecken. Sie handeln impulsiv, Mrs. Pendorric, unbesonnen. Kommen Sie und schauen Sie sich diese Aussicht an.«

Sie ergriff meine Hand und zog mich zum Fenster. Sie hielt meinen Arm fest, während sie mit der freien Hand das Fenster öffnete. Steil fiel der Felsen zum Meer hinab, tief unten brachen sich die Wellen.

»Stellen Sie sich vor«, sagte sie ganz dicht an meinem Ohr, »wenn jemand aus diesem Fenster fällt! Der hat keine Chancen mehr. Es wäre nicht ratsam, diese Hütte jemandem zu überlassen, der Neigung zum Schlafwandeln hat oder der einen kleinen Mord beabsichtigt.«

Eine Sekunde lang glaubte ich wirklich, sie hätte mich hergelockt, um mich zu beseitigen — dann wäre der Weg zu Roc und zu Großvaters Vermögen frei.

Es war, als könnte sie meine Gedanken lesen. Aber als sie meinen Arm losließ, schenkte sie mir einen belustigten Blick.

»Ich meine«, sagte sie langsam, »Sie sollten sich wieder hinsetzen.«

»Warum also haben Sie mich hergebeten?« drängte ich.

»Das will ich Ihnen erzählen.« Sie schob mich fast auf das Sofa und setzte sich mir gegenüber in den Lehnstuhl.

»Mrs. Pendorric«, sagte sie, »Sie brauchen keine Angst zu haben. Ich will nur mit Ihnen sprechen. In einigen Tagen bin ich weit fort von hier. Sie waren eifersüchtig auf mich, nicht wahr? Dazu haben Sie keinen Grund. Schließlich haben Sie ihn geheiratet, oder? Es stimmt, einmal hat er daran gedacht, mich zu heiraten.«

»Und Sie?«

»Ich auch, natürlich. Ich hätte eine gute Partie gemacht. Aber ich weiß nicht recht, ob es mir immer gefallen hätte, ich liebe nämlich das Abenteuer. Aber, um die Wahrheit zu sagen: ich bin heute etwas über dreißig, vielleicht ist es allmählich an der Zeit, mich niederzulassen. Ich mache Ihnen einen Vorschlag, Mrs. Pendorric: ich werde Ihnen jetzt alles erzählen, was Sie hören wollen.«

Sie lachte mich an, und so seltsam es war, ich war bereit, ihr alles zu glauben. »Was machten Sie, ehe Sie nach Polhorgan kamen?« fragte ich sie.

»Natürlich Krankenpflege.«

»Als Schwester Stoner Grey?«

»Zuletzt nannte ich mich nur Grey. Vorher Stoner Grey.«

»Und warum ließen Sie dann Stoner weg?«

»Wegen der unbequemen Publicity. Nicht daß es mir was ausmachte. Aber es wäre für mich viel schwieriger geworden, einen Pflegeplatz zu bekommen. Die Menschen haben ein gutes Erinnerungsvermögen. Sie wissen ja von der Affäre Stoner Grey. Ich nehme an, die Dawsons haben Ihnen davon erzählt.«

»Sie waren sich nicht ganz sicher. Es war ... ein ähnlicher Fall.«

»Wenn alles gutgegangen wäre, hätte ich die ganze Pflegerei an den Nagel hängen können. Eigentlich war alles in Ordnung. Der alte Herr machte sein Testament zu meinen Gunsten; aber hinterher fanden sie heraus, daß er nicht ganz zurechnungsfähig war, und so gewann seine Frau den Prozeß.«

»Wahrscheinlich haben Sie ihn zu diesem Testament überredet.«

»Natürlich, was denken Sie sonst?« Sie lehnte sich vor. »Sie sind eine nette Frau, Mrs. Pendorric, und ich bin nicht so nett. Ich habe nicht Ihre Vorteile. Keinen Millionär als Großvater, und so eine wie mich bringt man nicht als Frau nach Pendorric. Ich bin eine Abenteuerin, ich liebe die Abwechslung. Das gibt dem Leben erst den richtigen Reiz. Meine Kindheit verbrachte ich auf einem Hinterhof, und das war nicht nach meinem Geschmack. Ich war entschlossen herauszukommen. Ich bin wie Ihr Großvater, nur habe ich nicht seinen Instinkt für Geschäfte. Ich hab' keine Ahnung, wie man es anfangen muß, um Millionen zu verdienen. Aber schließlich ging mir auf, daß ich schön sei, und Schönheit ist immer noch die beste Mitgift für ein Mädchen. Ich lernte Krankenpflege und nahm nur Privatpatienten, mit dem Hintergedanken, das zu bekommen, was ich wollte. Und so kam ich auch zu Ihrem Großvater.«

»Sie hofften also, *er* würde Ihnen sein Geld hinterlassen?«

»Man soll die Hoffnung nicht aufgeben, und außerdem war auch noch Roc da. Mädchen wie ich wägen immer alle Möglichkeiten ab.«

»Und Roc kam Ihnen wohl bald als die bessere vor ... nachdem Sie meinen Großvater kennengelernt hatten.«

Sie lachte wieder. »Ganz recht, aber Roc ist zu schlau. Er durchschaute mich. Er mochte mich und ich ihn. Aber er hielt sich immer zurück. Wir wurden gute Freunde, und als er zurückkam, hatte er Sie geheiratet. Er hat ein gutes Herz und wollte mich nicht vor den Kopf stoßen, er war betont nett zu mir.« Wieder lachte sie. »Alles klar nun?«

»Nicht ganz«, erwiderte ich. »Wie war das, als mein Großvater starb?«

Sie schien so ernst zu werden wie während unserer ganzen Unterhaltung noch nicht.

»Ich sag's Ihnen doch, ich nehme alle Gelegenheiten wahr, mein Los zu verbessern, aber eine Mörderin bin ich nicht. Gut, ich gebe es zu, ich nutze die Leute aus. Aber bei Mord mache ich nicht mehr mit.« Wieder kam ein Lächeln in ihre Augen. »Es liegt mir daran, diesen kleinen Punkt noch zu klären, ehe ich fortgehe. Ihr Großvater verlegte oft seine kleine Tablettendose. Sie haben es ja selber einmal miterlebt, wissen Sie noch?«

Und ob ich es noch wußte! Als ich von Polhorgan fortgegangen war, hatte ich Althea und Roc zusammen am Strand von Pendorric getroffen.

»Er ließ seine Tabletten fallen, und es regte ihn auf, daß er sie nicht finden konnte, und in dieser Aufregung stieß er die Glocke herunter. So starb er, Mrs. Pendorric, das kann ich beschwören. Das stimmt allerdings, er war in einem ziemlichen Erregungszustand. Er machte sich Sorgen um Sie, er wußte nämlich, daß Ihr Mann und ich uns näherstanden. Und darüber sprach er mit mir. Es bekümmerte ihn, obgleich ich immer wieder versicherte, daß wir nur noch Freunde seien. Doch das eine sag' ich Ihnen, ich hab' nichts getan, was den Tod Ihres Großvaters beschleunigen konnte.«

»Ich glaube Ihnen«, sagte ich, und das stimmte auch.

»Das freut mich, ich möchte nämlich nicht, daß Sie mir so etwas zutrauen. Alles mögliche ... aber keinen Mord.« Sie gähnte und streckte die Arme. »In einem Monat liege ich irgendwo in der Sonne, wenn der Südweststurm die Mauern von Polhorgan peitscht. Aber vorerst heißt es packen.«

Ich erhob mich. »Dann gehe ich wohl lieber.«

Sie begleitete mich zur Tür. Wir sagten uns Lebewohl, und sie schaute mir nach, während ich mich auf den Weg machte.

Althea Grey hatte mich verblüfft mit ihrer entwaffnenden Offenheit. Wollte sie wirklich fort? Immerhin, mit Roc war sie nicht fortgefahren, und allein darin lag schon ein gewisser Trost.

Eigentlich wollte ich noch nicht wieder nach Pendorric zurück. Und es lag mir auch gar nichts mehr daran, mich Deborah anzuvertrauen.

Als ich auf das Haus zuging, kam mir Mrs. Penhalligan entgegengelaufen und stotterte: »O Mrs. Pendorric, ein Unfall ...«

Mir stockte das Herz. Roc! durchfuhr es mich. Wäre ich nur mit ihm gefahren ...

»Mrs. Morwenna, Madam, ein Unfall mit dem Auto. Das Krankenhaus hat angerufen.«

»Morwenna!?«

»Ja, am Ganter-Hügel.«

»Ist sie ...«

»Sie sagen, es ist sehr ernst. Mr. Charles ist schon hingefahren.«

Mir drehte sich alles, aber ich mußte doch irgend etwas sagen. »Die Zwillinge ...«, begann ich.

»Miß Bective ist bei ihnen. Sie hat es ihnen gesagt.«

In diesem Augenblick kam Deborah angefahren, stieg aus dem Wagen und rief: »Ist es nicht ein herrlicher Morgen? Nanu ... ist etwas passiert?«

»Morwenna hat einen Unfall gehabt«, sagte ich. »Sie wollte nach Plymouth fahren.«

»Ist es schlimm?«

Ich nickte. »Charles ist schon ins Krankenhaus gefahren.«

»O mein Gott«, sagte Deborah, »und Hyson und Lowella?«

»Sie sind bei Rachel.«

Deborah legte die Hand auf die Augen. »Das ist entsetzlich.« Schluchzen erstickte ihre Stimme. »Gerade jetzt. Wie schwer mag es sie wohl getroffen haben? Und wenn nun dem Kind etwas zugestoßen ist — nicht auszudenken! Wir hätten sie auf keinen Fall fahren lassen dürfen. Sie war in der letzten Zeit immer so abwesend.«

»Ja, ich hätte sie nach Plymouth fahren sollen«, sagte ich.

»Oder ich. Was wollte sie denn dort?«

»Wolle kaufen und Strickmuster.«

Plötzlich kam mir etwas in den Sinn, und ich wurde blaß vor Schreck. »Deborah«, begann ich langsam, »Morwenna fuhr nicht ihren eigenen Wagen; sie nahm den kleinen blauen Morris, den ich immer benutze.«

»Na und — sie hat ihn früher stets gefahren, und sie ist eine gute Fahrerin.«

Dieser Zufall schien Deborah nicht so zu beeindrucken wie mich. Ich schüttelte meinen Gedanken gewaltsam ab. Zuerst mußte ich erfahren, welche Ursache der Unfall hatte.

Und selbst wenn zufällig irgend etwas an dem Wagen nicht ganz intakt gewesen wäre, sollte ich nicht so töricht sein und mir einbilden, jemand hätte daran herumgepfuscht und damit gerechnet, ich würde den Wagen benutzen und zu Schaden kommen. Ich war nicht so eine geübte Fahrerin wie Morwenna. Was wäre wohl passiert, wenn ich heute morgen den Wagen genommen hätte?

Deborah legte ihre Hand auf meine.

»Favel, wir wollen nicht gleich das Schlimmste denken. Wir wollen hoffen und beten, daß sie durchkommt.«

Morwennas Leben war in Gefahr — ebenso wie meines. Was ihr heute zugestoßen war, gehörte zu einem Plan, war kein Zufall. Nur war die falsche Person in die Falle gegangen.

Einen Zeugen des Unfalls gab es. Es passierte am Ganter-Hügel, der nicht so steil ist wie die Hügel sonst in Cornwall, aber dafür lang auslaufend, geradewegs bis nach Preganter hinein. Ein Einheimischer hatte gesehen, wie der Wagen plötzlich anfing zu schleudern. Er hatte noch das entsetzte Gesicht einer Frau am Steuer gesehen, ehe der Wagen gegen einen Baum prallte.

Am Spätnachmittag kam ein Anruf aus dem Krankenhaus, und daraufhin fuhr Charles mit den Zwillingen zu Morwenna. Auf seinen Wunsch kamen Deborah und ich mit. Er hatte offensichtlich Angst vor dem, was ihn dort erwartete.

Deborah und ich warteten vor der Tür, Morwenna, hieß es, sei sehr schwach und nur ihr Mann und die Kinder dürften ins Krankenzimmer.

Niemals werde ich Hysons blasses Gesicht vergessen, als sie aus dem Zimmer kam. Lowella weinte, aber Hyson vergoß nicht eine Träne.

Charles berichtete, daß Morwennas Zustand immer noch sehr ernst sei. Er wollte im Krankenhaus bleiben und bat uns, die Zwillinge nach Hause mitzunehmen. Ich fuhr den Wagen, während Deborah mit den Zwillingen hinten saß, einen Arm um die schluchzende Lowella gelegt, den anderen um Hyson.

In Pendorric warteten Rachel und Mrs. Penhalligan schon auf uns. Wir waren alle sehr schweigsam. Mrs. Penhalligan redete uns zu, doch etwas zu essen. Wir gingen also in den Wintergarten hinüber; dort brach es plötzlich aus Hyson heraus: »Ihr Kopf war ganz verbunden. Sie hat uns nicht erkannt. Mummy hat mich nicht erkannt! Sie muß sterben ... Und der Tod ist so schrecklich.«

Deborah legte sanft ihren Arm um das Kind. »Still, mein Liebchen, sei ruhig. Du machst Lowella ja Angst.«

Hyson riß sich los, sie blickte wild um sich. »Sie soll auch Angst haben. Wir alle, weil Mummy sterben muß, und ich ... ich will es doch nicht.«

»Paß auf, Mummy geht es bald wieder besser«, tröstete sie Deborah. Hyson blickte stumm vor sich hin; plötzlich sah sie mich an. Sie sah mich unverwandt an, bis Deborah es merkte, Hysons Kopf nahm und ihn gegen die Brust drückte.

»Ich nehme Hyson mit in mein Zimmer. Sie kann heute nacht da schlafen. Es war zuviel für sie.«

An der Tür drehte Hyson sich noch einmal zu mir um und rief: »Ich will es nicht ... ich will es nicht.«

Roc kam sofort nach Hause zurück, und wieder spürte ich die tiefe Zuneigung, die ihn mit seiner Schwester verband. Er schien unser angespanntes Verhältnis darüber ganz vergessen zu haben.

Die nächsten Tage waren durch Besuche im Hospital ausgefüllt, obgleich nur Charles und Roc zu Morwenna ins Zimmer durften. Deborah war voller Fürsorge für die Zwillinge, und vor allem Hyson brauchte in diesen Tagen viel Aufmerksamkeit und Liebe. Erst jetzt fiel mir auf, wie innig sie ihre Mutter liebte.

Drei Tage nach dem Unfall erfuhren wir, daß Morwenna das Schlimmste überstanden hatte; doch ihr Baby hatte sie verloren; man hatte es ihr aber bis jetzt noch nicht gesagt.

Als Morwenna außer Gefahr war, fuhr Roc wieder fort. Er könnte doch nichts zu Hause tun, wie er sagte; einer müsse sich um die geschäftlichen Belange kümmern, und Charles gehöre jetzt natürlich hier nach Hause, zu Morwenna.

Während der letzten Tage war ich so beansprucht gewesen von Morwennas Unglück, daß mir gar keine Zeit geblieben war, über meine eigene Situation nachzudenken, doch sobald Roc wieder fort war, kamen auch die Ängste wieder, besonders nachdem es als sicher galt, daß ein Versagen der Steuerung den Unfall verursacht hatte.

Ich verbrachte eine schlaflose Nacht. Am nächsten Morgen rief mich Mabell Clement an, ob ich nicht zu ihr hinüberkommen und mit ihr Kaffee trinken wollte. Ihre Stimme klang erregt, und als ich in Tremethick ankam, ergriff Mabell meine Hände und sagte: »Gott sei Dank, daß Sie gekommen sind.«

»Was ist denn los?« wollte ich wissen.

»Ich habe kaum ein Auge zugetan heute nacht, dauernd mußte ich an Sie denken. Auch Andrew macht sich große Sorge. Fast die ganze Nacht haben wir über Sie gesprochen. Andrew meint, es träfen zu viele Zufälle zusammen, als daß man darüber hinweggehen könnte.«

»Sie glauben ...«

»Setzen Sie sich nur erst einmal. Ich habe gleich den Kaffee fertig. Andrew muß jeden Augenblick kommen. Es sei denn, das Baby der jungen Mrs. Pegelly läßt auf sich warten.«

»So aufgeregt habe ich Sie noch nie gesehen, Mabell.«

»Ich *war* auch noch nie so aufgeregt. Ich habe bisher auch noch niemanden gekannt, der in der Gefahr schwebte, ermordet zu werden.«

Ich blickte sie entsetzt an. Auf einmal begriff ich, wovon sie sprach. Und die Tatsache, daß dieser Gedanke nicht nur mir, sondern auch ihr gekommen war, gab ihm Gewicht.

»Wir müssen ganz nüchtern denken, Favel. Es hat keinen Zweck zu sagen, ›so was kann mir gar nicht passieren‹. Wir wissen, daß es so etwas gibt. Und Sie sind nun mal sehr reich. Und Reichtum neiden einem die Menschen mehr als alles andere; dafür nehmen sie sogar einen Mord auf sich.«

»Ja, ich glaube, Sie haben recht, Mabell.«

»Nun hören Sie einmal zu, Favel. Jemand hat Sie in diese Gruft gelockt und wollte Sie dort lassen, bis Sie aus Furcht, Hunger oder sonst was sterben würden. Das war die Absicht. Wenn Miß Deborah nicht zufällig dort vorbeigekommen wäre und Ihre Rufe gehört hätte, wären Sie vielleicht jetzt noch dort ... oder Ihre Leiche, Ihre und die des kleinen Mädchens.«

»Ja, das mag wohl stimmen.«

»Selbst wenn es eine Erklärung dafür gibt, wenn die Tür geklemmt hätte ... gut, das wäre möglich. Aber daß kurz darauf der Wagen, den sonst nur Sie benutzen, verunglückte, das ist das Seltsame. Als Andrew und ich davon hörten, waren wir wie vor den Kopf gestoßen. Und wie gesagt, uns kam beiden der gleiche Gedanke.«

Ich gab mir Mühe, ruhig zu sprechen, das Zittern in meiner Stimme zu verbergen. »Sie glauben also, die Person, die mich in der Gruft eingeschlossen hat, hat auch an dem Wagen herumgepfuscht?«

»Ich glaube, zwei Ereignisse dieser Art sind kein bloßer Zufall mehr.«

»Da ist noch etwas anderes«, und ich erzählte ihr von der Warntafel auf dem Klippenpfad. »Jemand hatte das Schild entfernt, einer, der wußte, daß ich auf Polhorgan war. Und dann ist natürlich noch die Sache mit dem Geigenspiel und dem Gesang und die Legende von den Bräuten.«

Einige Minuten schwiegen wir, dann platzte Mabell heraus: »Der Gedanke, daß Sie auf Pendorric wohnen, behagt mir ganz und gar nicht.«

»Aber es ist doch mein Zuhause.«

»Meiner Meinung nach sollten Sie für eine Weile fortgehen, um Abstand zu gewinnen. Warum kommen Sie nicht ein, zwei Tage zu uns? Wir machen es uns gemütlich, und hier sind Sie sicher.«

Ja, hier könnte ich Ruhe finden, könnte alles mit Mabell und Andrew besprechen. Aber welchen Grund sollte ich angeben? »Es würde einen seltsamen Eindruck machen«, begann ich.

»Nun, ich könnte Sie ja malen. Wäre das nicht eine gute Ausrede?«

»Kaum. Jeder würde sagen: Warum fährt sie nicht zu den Sitzungen hinüber?«

»Aber der Gedanke, Sie dort zu wissen, behagt uns gar nicht. Wir haben Angst, was als nächstes passieren wird.«

Ich dachte an Roc; dieses Mal hatte er nicht den Vorschlag gemacht, daß ich mitkommen sollte. Warum also sollte ich nicht ein paar Tage meine Freunde besuchen?

»Ich fahre Sie schnell nach Hause«, sagte Mabell, »und Sie packen das Nötigste zusammen.«

Sie war so fest entschlossen und ich so unsicher, daß ich es zuließ, als sie den Wagen aus der Garage holte und mich nach Pendorric fuhr.

Als wir dort ankamen, sagte ich: »Ich will rasch Mrs. Penhalligan Bescheid sagen, daß ich ein, zwei Tage nicht da bin. Ich sage ihr, Sie malen mein Porträt. Allerdings, es wird ihr sonderbar vorkommen.«

»Es sind noch sonderbarere Dinge vorgekommen«, sagte Mabell fest.

Ich ging in mein Zimmer hinauf und packte. Jetzt glaubte ich es auch, daß mir jemand nach dem Leben trachtete, und zwar jemand hier auf Pendorric.

Meine Tasche war gepackt. Charles wollte ich nicht behelligen, aber Deborah wollte ich wenigstens auf Wiedersehen sagen.

Sie saß in ihrem Zimmer und las. Als sie mich sah, sprang sie auf. »Favel, was ist los? Du bist ja ganz verstört.« Sie nahm mich bei der Hand und führte mich zu ihrem Fensterplatz. »Setz dich und erzähle.«

»Ich wollte dir nur sagen, daß ich für ein, zwei Tage zu den Clements gehe.«

Sie sah mich verblüfft an. »Du meinst den Doktor und seine Schwester?«

»Ja, Mabell will mich porträtieren.« Als ich diese Worte aussprach, kamen sie mir sehr kindisch vor. Sie mußte ja merken, daß ich nach einer Ausrede suchte. Sie war immer so lieb zu mir gewesen und würde es bestimmt verstehen, wenn ich ihr die Wahrheit sagte. Und so stotterte ich: »Nun ja, Deborah, ich will fort, und wenn es nur für ein oder zwei Tage ist. Ich muß einmal weg.«

»Das verstehe ich gut. Zwischen dir und Roc steht es im Augenblick nicht gerade zum besten. Ganz abgesehen von allem anderen ... Es wird dir guttun, Liebes, wenn du ein Weilchen von hier fortkommst. Zu den Clements also willst du? Ob das klug ist, meine Liebe? Mabell wohnt ja schließlich nicht allein. Dies hier ist ein kleiner Ort, hier blüht geradezu der Klatsch. Die Leute reden bestimmt darüber, daß der Doktor Gefallen gefunden hat an dir.«

Mir wurde glühend heiß. »Dr. Clement!«

»Er ist ein junger Mann. Und die Leute wetzen sich nun mal gern das Maul. Nun ja, es hat immer Redereien über die Pendorrics gegeben, aber nur über die Männer. Nie über ihre Frauen. Das ist natürlich ungerecht, aber der Lauf der Welt. Die Frauen müssen über jeden Verdacht erhaben bleiben, wegen der Kinder, meine Liebe. Du mußt es selbst wissen, Favel, aber unter diesen Umständen halte ich es nicht für ratsam, wenn du nach Tremethick gehst.«

Ich sah sie immer noch fassungslos an, doch dann mußte ich daran denken, wie interessiert die Clements an meiner Freundschaft gewesen waren. Vor allem Andrew Clement hatte immer sein Vergnügen an meiner Gesellschaft offen gezeigt, und Mabell wußte davon. War sie deshalb immer so freundlich zu mir?

»Mabell Clement wird dich sicherlich verstehen«, redete Deborah weiter. »Wir wollen sie hereinbitten und es ihr erklären.«

Mabell war sehr überrascht, doch Deborah erörterte den Fall sehr taktvoll, und wenngleich Mabell sich ganz offensichtlich nicht überzeugen ließ, machte sie doch keine weiteren Versuche, mich zu überreden.

»Nein, ich weiß, es wäre falsch«, bekräftigte Deborah. »Seht, ihr Lieben, wenn Favel porträtiert werden soll — warum soll sie dann nicht jeden Tag zu Ihnen kommen?« Sie wandte sich an mich. »Und wenn du für eine Weile von hier weg möchtest, warum fährst du dann nicht mit mir übers Wochenende nach Devon? Du wolltest doch schon immer einmal mein Haus sehen. Wenn du willst, können wir morgen schon reisen. Nun, wie wäre das?«

»Das wäre sehr schön«, antwortete ich.

Mabell schien beruhigt, obgleich sie etwas enttäuscht war, daß ich nicht mit ihr zurückfuhr.

Als Mabell fort war, erzählte Deborah Charles, was wir vorhatten. Er fand die Idee ausgezeichnet und meinte, Rachel Bective könne sich um die Zwillinge kümmern, und wenn wir zurückkämen, wisse er wahrscheinlich, wann Morwenna aus dem Krankenhaus entlassen würde.

»Meine Liebe«, sagte Deborah, »ich sehe eigentlich nicht ein, warum wir nicht gleich heute fahren. Warum bis morgen warten? Wenn du fertig bist — ich bin es auch.«

Ich hatte es sehr eilig, von Pendorric wegzukommen, weil ich überzeugt war, daß die Gefahr hier in diesem Haus auf mich laure.

Während ich noch schnell ein paar Sachen in die Reisetasche stopfte, packte Carrie Deborahs Koffer. Dann fuhr Deborah ihren Wagen zu dem westlichen Eingang, und Carrie kam mit dem Gepäck herunter. Als wir um das Haus herumfuhren, rannten die Zwillinge gerade aus dem nördlichen Tor auf uns zu.

»Hallo, Großmama«, rief Lowella. »Hallo, da ist ja auch die Braut. Wir dürfen heute nachmittag Mummy besuchen. Daddy nimmt uns mit ins Krankenhaus.«

»Das ist ja wundervoll, Liebchen«, erwiderte Deborah. »Paßt auf, bald ist Mummy wieder daheim.«

»Wo fahrt ihr denn hin?« fragte Lowella.

»Favel will endlich einmal mein Haus sehen.«

Hyson zerrte an der Wagentür und rief: »Laß mich mit.«

»Nein, dieses Mal nicht, Liebling. Du bleibst bei Miß Bective. Wir kommen ja bald wieder.«

»Ich will aber mit. Ich will dabeisein. Ich will nicht hierbleiben«, zeterte Hyson.

»Dieses Mal nicht, Schatz«, beruhigte sie Deborah. »Nimm deine Hände weg.« Sie tätschelte sie freundlich. Hyson ließ los, und Deborah fuhr an. Als ich mich umdrehte, sah ich Rachel Bective aus dem Haus treten und Hyson hinter dem Auto herlaufen.

Aber Deborah fuhr bereits rascher, und wir ließen die Auffahrt hinter uns.

Es kam mir vor, als höbe sich Deborahs Stimmung, je weiter wir uns von Pendorric entfernten. Sie sprach viel von Morwenna und welche Erleichterung es sei zu wissen, daß es ihr wieder bessergehe. »Wenn sie wieder gesund ist«, sagte sie, »hole ich sie ins Moor, das wird ihr guttun.«

Auch Carrie war sehr munter, und bald steckte mich die gute Laune an; zum ersten Male seit dem Streit mit Roc fühlte ich mich wieder frei und leicht.

Das Laranton-Manor-Haus lag abseits vom Wege, eine Meile etwa von dem Dorf Laranton entfernt. Es war ein eindrucksvolles Gebäude im Queen-Anne-Stil. Auf dem Grundstück befand sich noch ein Häuschen, in dem, wie Deborah mir erklärte, Mr. und Mrs. Hanson mit ihrem unverheirateten Sohn wohnten und sozusagen als Hauswart bei ihr Dienst taten.

Sie zog einen Schlüssel heraus und öffnete die mit Clematis umrankte Haustür. Es mußte herrlich aussehen, wenn sie blühten.

»Ah, es tut gut, wieder daheim zu sein«, rief sie aus. »Komm herein, mein Schatz. Komm herein und schau dir mein Haus an.«

Mrs. Hanson zeigte keinerlei Überraschung über die unvorhergesehene Rückkehr ihrer Herrin, und Deborah gab ihre Anweisungen in freundlichem, doch bestimmtem Ton.

»Mrs. Hanson, das ist die Frau meines Neffen. Sie wird ein, zwei Tage bei uns bleiben. Carrie soll das blaue Zimmer für sie zurechtmachen.«

»Das blaue Zimmer?« wiederholte Mrs. Hanson.

»Ja. Bitte. Das blaue Zimmer, sagte ich. Carrie, leg bitte zwei Wärmflaschen in das Bett. Du weißt, die erste Nacht in einem fremden Bett ist nicht immer die beste. Und dann möchten wir noch etwas zu essen haben, Mrs. Hanson. Es ist eine ganz hübsche Fahrt von Pendorric hierher.«

»Nun werde ich dich einmal so richtig verwöhnen«, fuhr sie fort. »Es ist schön, dich hier zu haben. Das habe ich mir schon lange gewünscht.«

Ich saß an dem großen Fenster, von dem ich eine schöne Aussicht auf den Garten mit dem sauber geschnittenen Rasen und den gepflegten Blumenbeeten hatte. Ich blickte mich im Zimmer um und betrachtete die Kaminecke, die gemütlichen Möbel und die große Vase mit Chrysanthemen auf einem marmornen Wandtischchen.

»Ich habe Mrs. Hanson gebeten, immer Blumen in den Zimmern zu halten«, meinte sie und folgte meinen Blicken. »Vor ihrer Ehe hat Barbarina sich immer um die Blumen gekümmert. Dann habe ich es übernommen, doch ich konnte sie nie so künstlerisch arrangieren wie sie. Ich bin gespannt, was du zu deinem Zimmer sagst. Doch zuerst wollen wir etwas essen. Moorluft macht hungrig.«

»Du bist so glücklich hier, daß es mich eigentlich wundert, warum du so oft in Pendorric bist.«

»Oh, das ist wegen der Familie. Morwenna, Roc, Hyson und Lowella sind in Pendorric zu Hause, und wenn ich mit ihnen zusammen sein will, muß ich nach Pendorric fahren. Hyson habe ich schon oft mitgenommen; Lowella bleibt lieber am Meer, doch Hyson hat Geschmack am Moor gefunden.«

»Sie wollte ja auch dieses Mal unbedingt mitkommen.«

»Ich weiß, liebes Kind. Doch ich sagte mir, du brauchst Ruhe. Und solange ihre Mutter noch im Krankenhaus liegt, sollte sie dort bleiben. Es sind so viele Erinnerungen für mich mit diesem Haus verknüpft. Ich könnte mir fast vorstellen, mein Vater lebte noch und Barbarina käme im nächsten Augenblick durch diese Tür dort herein.«

»Kam Barbarina nach ihrer Heirat oft hierher?«

»Ja. Sie liebte dieses Haus genau wie ich. Schließlich war es ihre Heimat.«

Ich mußte denken, daß ich Pendorric zwar entronnen war; aber um den Preis, daß ich in dem Haus wohnte, wo Barbarina ihre Jugend verlebt hatte!

Mrs. Hanson kam herein und meldete, es sei angerichtet.

Nach dem Essen gingen wir wieder in den Salon und nahmen dort den Kaffee. Danach zeigte Deborah mir mein Zimmer, eine geräumige Mansarde in eigentümlicher Form. Zwei Fenster unterbrachen reizvoll die Schrägwand. Das Bett stand in einem Alkoven. Außerdem gab es noch einen Schreibtisch, einen Kleiderschrank, einen Nachttisch und einen Frisiertisch. Das Bett war blau und mit einer blauen Überdecke zugedeckt.

»Wie entzückend!« rief ich aus.

»Nicht wahr? Und ganz oben im Haus, licht und luftig. Schau mal hier aus dem Fenster.«

Wir traten ans Fenster; es war Halbmond, so daß ich hinter dem Garten das Moor erkennen konnte.

»Das mußt du erst einmal bei Tageslicht sehen«, meinte Deborah. »Meilenweit nichts als Moor. Der Stechginster und das Heidekraut wirken so malerisch. Die kleinen Bäche kann man an dem silbernen Aufblitzen in der Sonne erkennen.«

»Da werde ich morgen gleich einen Spaziergang machen.« Sie antwortete nicht, sondern blickte nur verzückt aufs Moor hinaus.

Dann wandte sie sich mir zu. »Soll ich dir auspacken helfen?«

»Das ist nicht nötig. Ich habe ja nur wenig mitgebracht.«

»Da hast du eine Menge Platz für deine Sachen.« Sie öffnete den Kleiderschrank.

Ich holte mein Nachtzeug hervor und die zwei Kleider, die ich mitgenommen hatte, und hängte sie auf die Kleiderbügel.

»Nun will ich dir noch die anderen Zimmer zeigen«, sagte sie.

Ich genoß den Rundgang durch das Haus. Ich sah das Kinderzimmer, wo Deborah und Barbarina zusammen gespielt hatten, das Musikzimmer, wo Barbarina Geige spielen gelernt hatte, und das große Wohnzimmer mit dem Flügel. Und immer wieder warf ich einen Blick hinaus in den Garten mit der hohen Mauer.

»An diesen Mauern wachsen die herrlichsten Pfirsiche. Der Gärtner hob die schönsten immer für Barbarina auf.«

»Warst du nicht ein bißchen eifersüchtig auf sie?« fragte ich.

»Eifersüchtig auf Barbarina? Nie und nimmer! Warum auch? Sie und ich waren so verbunden, wie Zwillinge es nur sein können. Wie hätte ich auf sie eifersüchtig sein können!«

»Barbarina muß glücklich gewesen sein, dich zur Schwester zu haben.«

»Ja, sie war glücklich — nur zum Schluß nicht mehr.«

»Was ist ihr nun wirklich zugestoßen?« Wie unter einem Zwang mußte ich diese Frage stellen. »Es war doch ein Unfall, oder?«

Sie wandte sich ab. »Es hieß, daß noch jemand mit auf der Galerie war.«

»Glaubst du das?«

»Ja.«

»Wer denn?«

»Viele Leute sagten, er sei es gewesen.«

»Ihr Mann?«

»Nun, die Gemüter waren erregt wegen Louisa Sellick. Er besuchte sie noch immer. Auch als er Barbarina heiratete, gab er sie nicht auf. Barbarina heiratete er nur wegen ihres Geldes. Er brauchte es. Häuser wie Pendorric brauchen ständig Futter.«

»Du meinst, er hätte Barbarina getötet, um ihr Vermögen zu erben und Louisa Sellick zu heiraten?«

»Es gab manchen, der das glaubte.«

»Aber er hat sie nicht geheiratet.«

»Vielleicht wagte er es nicht.« Sie lächelte mich an. »Reden wir lieber nicht darüber. Es ist nicht fair Petroc gegenüber.«

»Verzeih. Sie ist mir so nahe hier in diesem Haus.«

»Reden wir von etwas anderem. Erzähl mir, was du am liebsten tun möchtest, solange du hier bist.«

»Soviel wie möglich von dem Land sehen. Ich werde morgen ganz früh aufstehen. Schließlich bin ich nur ganz kurze Zeit hier, und da gilt es, jeden Augenblick auszukosten.«

»Dann wünsche ich dir einen guten und ruhigen Schlaf. Ich schicke dir Mrs. Hanson mit einem Schlummertrunk. Was möchtest du haben? Tee? Punsch? Kakao? Oder Milch?«

Ich bat um ein Glas Milch.

Während wir die schöne Treppe hinaufstiegen, meinte sie: »Ruhig hast du es hier oben, ganz ruhig. Barbarina sagte immer, es sei ihr das liebste Zimmer vom ganzen Haus. Es war ihr Zimmer, bis sie nach Pendorric übersiedelte.«

»Barbarinas Zimmer?«

»Es ist mein hübschestes Schlafzimmer. Darum habe ich es dir zugedacht. Du magst es doch, wie? Sonst lasse ich dir ein anderes herrichten.«

»Ja, schon ...«

Plötzlich lachte sie auf. »Spuken muß sie in Pendorric, nicht hier in Manor-Haus.«

Sie zog die Vorhänge zu, und der Raum wurde noch gemütlicher. Dann knipste sie die Lampe auf dem Nachttisch an.

»Wenn das nicht bequem ist! Ich hoffe, es ist dir warm genug. Haben sie dir auch zwei Wärmflaschen ins Bett gelegt?« Sie fühlte nach. »Ja, da sind sie.« Sie lächelte mir zu. »Gute Nacht, meine Liebe, schlaf gut.« Dann nahm sie mein Gesicht in ihre Hände und küßte mich. »Die Milch kommt gleich. Wann willst du sie haben — in fünf, in zehn Minuten?«

»In fünf Minuten bitte«, antwortete ich.

»Na, dann gute Nacht.«

Ich war allein. Ich zog mich aus, schob die Vorhänge beiseite und schaute aufs Moor hinaus.

Es klopfte, und zu meiner Überraschung brachte mir Deborah selbst die Milch auf einem kleinen Tablett. Sie stellte sie auf den Nachttisch.

»So, meine Liebe, da hast du dein Glas Milch.«

»Ich danke dir.«

»Laß sie nicht kalt werden! Und schlaf gut.« Sie küßte mich nochmals und ging hinaus.

Ich setzte mich auf die Bettkante, nahm das Glas und nippte von der heißen Milch.

Dann legte ich mich ins Bett, doch ich war überhaupt nicht müde. Ich sah mich im Zimmer um nach einem Buch. Schließlich zog ich die Nachttischschublade auf und entdeckte ein Buch mit Ledereinband. Ich nahm es und las, von Kinderhandschrift auf die erste Seite geschrieben: *Das Tagebuch von Deborah und Barbarina Hyson. Es ist bestimmt das einzige Tagebuch, das von zwei Personen gleichzeitig geführt wird, doch sind wir nicht zwei gewöhnliche Personen, sondern Zwillinge.* Unterzeichnet: *Deborah Hyson. Barbarina Hyson.* Ich besah mir die zwei Unterschriften; sie hätten von einer Hand geschrieben sein können.

Meine Entdeckung machte mich ganz aufgeregt. Ich nahm noch einen Schluck von der Milch.

Barbarinas Aufzeichnungen! Wenn ich sie lesen würde, konnte ich vielleicht etwas mehr von ihr erfahren. Vielleicht gab mir das Buch einen Fingerzeig, wie Barbarina zu Tode gekommen war. Aber das war ein Tagebuch von Kindern; Barbarina hatte es mit ihrer Schwester Deborah geteilt. Es würde wohl kaum etwas über ihr Leben auf Pendorric darinstehen.

Doch überzeugen mußte ich mich, und so öffnete ich das Buch. Da stand unter dem *6. Dezember:* ›Heute kam Petroc. Wir finden, so einen netten Jungen haben wir noch nie kennengelernt.

Er prahlt ein bißchen, aber das tun alle Jungen. Wir glauben, er mag uns auch, er hat uns nämlich zu seinem Geburtstag nach Pendorric eingeladen.‹

Die nächste Eintragung war der 12. September. ›Carrie näht uns neue Kleider. Sie kann sie nicht auseinanderhalten und will Schildchen dranheften: Barbarina. Deborah. Aber wozu? Wir tragen doch immer unsere Sachen abwechselnd. Die von Barbarina gehören Deborah und umgekehrt; aber sie sagte, jede müsse ihre eigenen haben.‹

Es handelte sich um ein kindliches Aneinanderreihen von Episoden aus ihrem Leben hier in diesem Haus im Moor. Ich hatte keine Ahnung, wer was geschrieben hatte; es hieß niemals *ich*, sondern immer nur *wir*. Ich las weiter, bis ich zu einer leeren Seite kam, wo ich zuerst glaubte, es sei zu Ende; doch einige Seiten weiter waren wieder Eintragungen, diesmal andere. Die Schriftzüge waren ausgeglichener, und ich schloß daraus, daß das Tagebuch vergessen und später wieder aufgegriffen worden war. Ich las:

13. August. ›Ich hatte mich im Moor verlaufen. Es war wunderbar.‹ Mir klopfte das Herz, das hatte Barbarina geschrieben.

16. August. ›Petroc hat Vater gefragt, und Vater ist begeistert. Er hat natürlich so getan, als wäre er überrascht. Dabei haben wir doch alle nur darauf gewartet! Ich bin so glücklich. Wäre ich doch schon in Pendorric! Dann kann ich Deborah entkommen. Ja, Deborah, die bis jetzt immer mit mir eins war. Sie empfindet das gleiche für Petroc wie ich. Ehe wir Petroc kennenlernten, war alles wunderbar. Doch das ist jetzt vorbei. Ich will weg – weg von Deborah. Ich kann ihre Augen einfach nicht mehr ertragen, wenn sie mich ansieht, als haßte sie mich. Fange ich an, sie zu hassen?‹

1. September. ›Gestern fuhren Vater, Deborah und ich auf Besuch nach Pendorric. Die Vorbereitungen zur Hochzeit kommen rasch voran, und ich bin so aufgeregt. Heute, bei einem Ausritt mit Petroc, hab' ich Louisa Sellick gesehen. Die Leute sagen, sie sei eine Schönheit. Sie sieht so traurig aus. Sie weiß, sie hat Petroc für immer verloren. Ich fragte Petroc nach ihr. Vielleicht hätte ich nichts sagen sollen. Petroc sagte, alles sei aus und vorbei. Ist das wahr? Wenn nicht, wäre ich in der Lage, sie umzubringen. Ich will Petroc mit niemandem teilen. Manchmal wünschte ich, ich würde einen andern lieben. George Fanshawe wäre ein guter Ehemann geworden, und er hat mich so geliebt, oder Tom Kellerway. Aber es mußte Petroc sein. Wenn doch Tom oder George sich in Deborah verliebt hätten — warum taten sie es eigentlich nicht? Wir sehen uns so ähnlich, daß man uns nicht auseinanderhalten kann, und doch verlieben sie sich nicht in Deborah. Sie hält sich immer im Hintergrund, ich nie. Sie glaubt, sie steht in meinem Schatten, und so glauben es die anderen auch allmählich. Wie gut, daß Deborah nicht weiß, daß ich das alte Tagebuch wiedergefunden habe. Nun kann ich schreiben, wie mir ums Herz ist.‹

3. September. ›Pendorric! Ein wundervolles altes Haus! Ich liebe es. Und Petroc! Was ist es nur, das ihn von allen anderen unterscheidet? Er ist so fröhlich — doch manchmal habe ich Angst. Ist er innerlich nicht bei mir?‹

3. Juli. ›Heute fiel mir das alte Tagebuch in die Hand. Es sind Jahre vergangen, seit ich hier hineingeschrieben habe. Ich sehe, daß ich nur die Tage und Monate notiert habe, nicht aber die Jahre. Das sieht mir ähnlich! Ich weiß nicht, warum ich wieder schreiben will. Vielleicht zum Trost. Seit die Zwillinge geboren wurden, habe ich nicht mehr daran gedacht. Erst jetzt wieder. Letzte Nacht wachte ich auf, und er war nicht da. Ich mußte an diese Frau denken, an Louisa Sellick. Ich hasse sie. Womöglich besucht er sie immer noch — und andere auch. Was Wunder bei einem Mann wie ihm. Hätte ich einen treuen Ehemann haben wollen, hätte ich nicht einen so attraktiven Mann wie Petroc heiraten dürfen. Die Dienstboten sehen mich schon mitleidig an, zum Beispiel Mrs. Penhalligan — sogar der alte Jesse. Manchmal meine ich, ich müsse verrückt werden. Doch wenn ich mit Petroc darüber reden möchte, bleibt er nie ernst bei der Sache. Er sagt: Was dann, natürlich liebe ich dich. Und wenn ich dann fragte: Wie viele außerdem noch? antwortet er: Ich habe nun einmal ein großes Herz. Für ihn ist das Leben ein einziger Spaß, aber nicht für mich.‹

Ich war so ins Lesen vertieft, daß ich gar nicht merkte, wie müde ich war. Ich mußte gähnen, die Lider wurden mir schwer, und doch mußte ich weiterlesen.

8. August. ›Deborah war die letzten vierzehn Tage hier. Sie kommt jetzt oft. Sie ist ganz anders als früher, viel lebendiger. Sie lacht herzlicher, ja, irgend etwas hat sie verwandelt. Die anderen sehen es vielleicht nicht so — sie kennen sie ja auch nicht so gut wie ich. Gestern setzte sie sich meinen Reithut auf — den schwarzen mit dem blauen Band —, stellte sich vor den Spiegel und sagte: Ich glaube, nicht einer könnte dich und mich unterscheiden — nicht *einer*. Und das stimmt, sie ist fast genau wie ich, seitdem sie so vor Leben sprüht. Selbst die Dienstboten haben sie schon mit mir verwechselt, sie mit Mrs. Pendorric angesprochen statt mit Miß Hyson. Sie hat ihren Spaß daran, aber mir kommt es vor, als würde sie gern an meiner Stelle sein. Wenn sie wüßte! Aber das würde ich nicht einmal ihr erzählen! Das ist zu demütigend. Nein, ich kann nicht einmal zu Deborah davon sprechen, wie oft ich nachts aufwache und Petroc liegt nicht neben mir; wie ich dann aufstehe und im Zimmer herumlaufe, mir vorstelle, was er wohl macht. Wenn sie wüßte, was ich erdulde, sie würde sich nicht an meinen Platz wünschen. Sie sieht Petroc, wie ihn viele andere auch sehen — einen faszinierenden Mann, wie man ihm nicht oft begegnet. Es ist ein Unterschied, seine Frau zu sein. Manchmal hasse ich ihn.‹

20. *August.* ›Gestern gab es wieder eine Szene zwischen uns. Petroc sagt, er wisse nicht, was werden solle, wenn ich mich nicht besser in der Hand habe. Er sagt, ich sei zu egoistisch. Er sagt: Laß mir mein Leben, und ich lasse dir deines. Was ist das für eine Ehe!‹

27. *August.* ›Seit über einer Woche war er nicht mehr bei mir. Manchmal denke ich, alles ist aus. Er sagt, er kann Szenen nicht leiden. Natürlich kann er das nicht, weil er im Unrecht ist. Es darf keinen Skandal geben. Petroc haßt Skandale. Pendorric brauchte Geld. Darum hat er mich geheiratet. Ich hatte es. Es war einfach. Heirate das Geld, und alle Sorgen haben ein Ende! Warum ist er äußerlich so amüsant, so reizend — und so wertlos und grausam im Innern? Wenn ich nur auch so heiter und gelassen sein könnte wie er! Wenn ich nur sagen könnte: So ist Petroc nun mal. Man muß ihn nehmen, wie er ist. Aber das kann ich nicht. Dazu liebe ich ihn zu sehr. Deborah könnte mich trösten, aber selbst sie hat sich verändert.‹

29. *August.* ›Vom Fenster aus sah ich Deborah heute von einem Ausritt zurückkommen. Sie trug einen Hut mit einem blauen Band, aber nicht meinen. Sie hatte sich genau den gleichen angeschafft. Als sie von den Stallungen kam, gingen die Kinder gerade mit der Nurse zu einem Spaziergang fort. Sie riefen ihr zu: Hallo, Mummy! Deborah beugte sich zu ihnen herab und küßte

zuerst Morwenna und dann Roc. Die Nurse sagte: Morwennas Knie heilt sehr schön, Mrs. Pendorric. Mrs. Pendorric! Ich haßte Deborah in diesem Augenblick, und ich haßte mich selbst. Warum hat es Deborah nicht richtiggestellt? Sie ließ die Nurse in dem Glauben, sie sei die Mutter der Kinder — die Herrin des Hauses.‹

2. *September.* ›Wenn das so weitergeht, bringe ich mich um. Kein Petroc mehr. Keine Eifersucht mehr. Ich sehne mich manchmal danach. Oft kommt mir die Legende von den Bräuten in den Sinn. Die Dienerschaft glaubt steif und fest, daß Lowella Pendorric hier spukt. Sie gehen nicht nach Einbruch der Dunkelheit auf die Galerie, wo ihr Bild hängt. Diese Lowella starb ein Jahr nach ihrer Hochzeit, kurz nachdem sie einem Sohn das Leben geschenkt hatte; sie wurde von der Geliebten ihres Mannes verflucht. Wenn ich so mein Leben auf Pendorric betrachte, bin ich bereit zu glauben, daß auf den Frauen des Hauses ein Fluch liegt.‹

12. *September.* ›Deborah ist immer noch da. Sie hat scheint's keine Lust, heimzukehren ins Moor. Und wie sie sich verändert hat. Manchmal kommt es mir vor, als würde sie immer mehr wie ich und ich immer mehr wie sie. Sie legt es geradezu darauf an, meine Sachen zu benutzen, als wären es ihre. Gestern, als wir wieder einmal miteinander sprachen, nahm sie eine Jacke von mir — aus senffarbenem Stoff. Du trägst sie ja kaum, sagte sie. Sie schlüpfte hinein, und wie ich sie so ansah, hatte ich das eigenartige Gefühl, als wäre ich Deborah und sie Barbarina. Es kam mir vor, als sähe ich mir selbst zu. Deborah zog die Jacke wieder aus, doch als sie hinausging, nahm sie sie wie absichtslos über den Arm, und ich habe sie seither nicht mehr gesehen.‹

14. *September.* ›Ich weine viel. Ich bin ganz erschöpft. Kein Wunder, Petroc läßt sich kaum mehr sehen. Seit einigen Wochen schläft er im Ankleideraum. Ich versuche, mir selbst einzureden, daß es besser so sei. Dann weiß ich wenigstens nicht, ob er da ist oder nicht, und brauche mich nicht mit der Frage abzuquälen, mit wem er die Nacht verbringt. Aber ich tue es trotzdem.‹

20. *September.* ›Ich kann es immer noch nicht fassen. Ich muß es niederschreiben. Ich werde sonst verrückt. Alles andere kann ich ertragen, aber dieses nicht. Von Louisa Sellick weiß ich und kann es sogar verstehen — und verzeihen. Immerhin wollte er sie heiraten. Aber das! Ich hasse Deborah. Es ist kein Platz für zwei von uns auf dieser Welt. Vielleicht war es das niemals. Es

wäre besser gewesen, wir wären ein Wesen geworden. Petroc und Deborah! Es ist nicht zu fassen! Aber warum eigentlich nicht? Warum sollten wir uns nicht Petroc teilen, wie wir uns schon so vieles andere geteilt haben. Nach und nach hat sie mir alles genommen — meinen Mann, meine Persönlichkeit. Die Art, wie sie jetzt lacht, wie sie singt — das ist nicht Deborah; das ist Barbarina. Ich bin äußerlich ruhig und lasse alle in dem Glauben, daß es mich nicht kümmert. Ich lächele sie an und heuchle Interesse — so wie heute, als der alte Jesse Pflanzen in die Halle bringen wollte. Es würde zu kalt draußen und das Gewächshaus sei nicht das Richtige. Armer alter Jesse! Er ist fast blind. Ich habe ihm gesagt, wir würden uns schon um ihn kümmern, und das tut Petroc bestimmt. Das muß man ihm lassen — er ist immer gut zu seinen Leuten. Deborah und Petroc — ich habe sie zusammen gesehen. Ich weiß es. Er geht in ihr Zimmer. Es liegt neben der Galerie, nicht weit von dem Bild von Lowella Pendorric. Ich lag gestern nacht wach und hörte die Tür. Deborah und Petroc. Wie ich sie hasse — alle beide! Es sollte nicht zwei von uns geben. Vieles habe ich erduldet — aber dieses nicht!‹

21. September. ›Ich bin zu dem Entschluß gekommen, Selbstmord zu begehen. Ich kann nicht mehr. Ich frage mich nur noch wie. So würde sich auch die Legende wieder bewahrheiten von der Braut von Pendorric, und ich, Barbarina, würde dieses Mal die Braut sein.‹

Der Rest der Seite war leer, und ich glaubte schon, am Ende des Tagebuches zu sein. Ich war schrecklich müde. Doch als ich umblätterte, fand ich noch weitere Eintragungen, und was ich da las, machte mich hellwach vor Entsetzen.

19. Oktober. ›Sie glauben, ich sei tot. Doch ich bin noch da, nur sie wissen es nicht. Selbst Petroc hat keine Ahnung. Es ist nur gut, daß er es nicht ertragen kann, lange in meiner Nähe zu sein, vielleicht würde er sonst die Wahrheit erkennen. Die meiste Zeit ist er unterwegs. Louisa Sellick tröstet ihn. Es kümmert mich jetzt nicht mehr. Alles ist anders geworden. Ich sollte nichts in dieses Buch schreiben. Es ist viel zu gefährlich, doch ich muß es niederschreiben. Ich fürchte, ich vergesse es sonst. Das Buch darf niemandem in die Finger geraten. Nur Carrie hat es einmal gesehen, und sie weiß sowieso alles. Ich fühle mich jetzt lebendiger denn je. Plötzlich kam mir die Erleuchtung, wie eine neue Braut den Platz von Lowella Pendorric einnehmen könnte, damit sie endlich Ruhe fände in ihrem Grab. Deborah trat in mein Zimmer. Sie trug meine senffarbene Jacke, ihre Augen leuchteten; ich sah es ihr an, daß er die Nacht bei ihr gewesen war. Du siehst müde aus, Barby, sagte sie. Müde! Sie würde auch müde sein, hätte sie so wie ich die ganze Nacht wach gelegen. Auch sie mußte bestraft werden. Es gab keine Entschuldigung für sie, und ich bezweifelte, ob sie und Petroc nach meinem Tode sich noch lieben würden. Petroc macht sich wirklich Sorgen um die Galerie, sagt sie. Man wird wahrscheinlich die ganze Galerie erneuern müssen. Wie besitzergreifend redete sie von Petroc und Pendorric! Alle ihre Sinne waren erfüllt von Petroc. Sie nahm eines meiner Halstücher — Petroc hatte es mir einmal in Italien gekauft —, ein hübsches Stück aus smaragdgrüner Seide. Wie absichtslos legte sie es sich um den Hals. Es paßte vorzüglich zu dem senffarbenen Jackett. Irgend etwas brach in mir, als sie das Halstuch ergriff. Mein Mann — mein Halstuch. Ich hatte das Gefühl, als wenn ich kein eigenes Leben mehr führte. Ich frage mich heute, warum ich es ihr nicht entriß. Aber ich tat es nicht. Komm mit und schau dir auch mal die Galerie an, bat sie mich, es ist wirklich gefährlich; morgen sollen die Arbeiter kommen. Wie unter einem Zwang folgte ich ihr auf die Galerie hinaus; wir standen unter dem Bild von Lowella Pendorric. Hier, sagte sie, schau, Barby. Dann geschah es. Ich beugte mich vor und stieß sie mit aller Kraft hinunter. Ich höre noch ihren Entsetzensschrei. Ich höre noch ihre Stimme. Ich höre sie immer wieder: Nein, Barbarina! Dann weiß ich bestimmt, daß ich Barbarina bin, und Deborah in der Gruft von Pendorric ruht. Sie halten mich für tot, und doch lebe ich die ganzen Jahre mit ihnen. Doch nur wenn ich dieses Buch lese, weiß ich genau, wer ich bin.‹

20. *Oktober.* ›Ich sollte nichts mehr in dem Buch notieren. Doch kann ich nicht widerstehen. Irgend jemand war in der Halle, und ich hatte Angst. Doch war es nur der alte Jesse, der nicht sehen konnte. Ich stand oben auf der Galerie und betrachtete das zersplitterte Holz. Ich brachte es nicht über mich, hinunter in die Halle zu blicken. Der alte Jesse lief, um Hilfe zu holen; er hatte mich sicherlich nicht gesehen, doch ahnte er, daß etwas nicht stimmte; ich lief in das erste beste Zimmer. Es war Deborahs Zimmer. Ich warf mich auf ihr Bett mit klopfendem Herzen. Ich wußte nicht, wie lange ich dort lag. Es kam mir wie Stunden vor, aber natürlich handelte es sich nur um Minuten. Stimmen,

Schreckensschreie. Was ging in der Halle vor sich? Es trieb mich nachzusehen, aber ich mußte bleiben, wo ich war. Nach einiger Zeit klopfte es, und Mrs. Penhalligan kam herein. Sie stotterte: Miß Hyson, ein Unglück, ein schreckliches Unglück. Ich setzte mich auf und starrte sie an. Sie sagte: Das Geländer auf der Galerie. Es war schlechter, als wir annahmen. Mrs. Pendorric ... Ich starrte sie immer noch an, sie lief hinaus, und ich hörte noch von draußen ihre Stimme: Miß Hyson hat einen fürchterlichen Schock erlitten. Die Ärmste. Das wundert mich gar nicht — sie standen sich so nahe und waren sich so ähnlich.

Ich ging zum Meer hinunter. Es war grau und kalt. Ich brachte es nicht fertig. Man spricht vom Tod; aber wenn man ihm gegenübersteht ... Ich hatte schreckliche Angst. Sie ließen mich im Bett, bis alles vorbei war. Ich begegnete Petroc erst im Beisein anderer wieder. Und das war gut so, ich hatte Angst, er würde seine eigene Frau wiedererkennen. Doch auch er hatte sich verändert. Er war nicht mehr derselbe. Seine Fröhlichkeit war dahin, sein Leichtsinn. Er fühlte sich schuldig. Die Dienstboten wisperten, das hätte so kommen müssen. Barbarina hätte sterben müssen, damit Lowella Pendorric ruhen könnte. Im Dunkeln ging keiner mehr dort oben auf der Galerie vorbei. Sie glauben nun, daß Barbarina auf Pendorric spukt. Und sie tut es auch. Sie verfolgt Petroc bis zu seiner Sterbensstunde. So hat sich die Legende bewahrheitet, und die Braut von Pendorric hat ihr Ende gefunden, wie es vorausgesagt wurde, und sie wird keine Ruhe in ihrem Grab finden. Ich kann die Kinder nicht verlassen. Sie nennen mich nun Tante Deborah. Ich *bin* Deborah. Ich bin ruhig und heiter. Nur Carrie weiß Bescheid. Manchmal nennt sie mich Miß Barbarina. Doch wird sie mir keinen Schaden zufügen, dazu liebt sie mich zu sehr. Ich war immer ihr Liebling, ich war überhaupt aller Liebling. Jetzt hat sich das geändert. Die Menschen verhalten sich mir gegenüber anders.

Sie nennen mich Deborah, und es ist so, daß Deborah lebt und Barbarina gestorben ist.‹

1. Januar: ›Es gibt nichts mehr zu sagen. Barbarina ist tot. Petroc spricht kaum mit mir. Er glaubt vielleicht, ich hätte es aus Eifersucht getan, in der Hoffnung, daß er mich dann heiraten würde; er hat Angst vor der vermeintlichen Wahrheit. Und meine ganze Sorge gilt den Kindern, Petroc ist mir gleichgültig geworden. Ich bin jetzt glücklicher, als ich während meiner ganzen Ehe gewesen bin; obgleich ich an meine Schwester denken muß. Bei Nacht besucht sie mich und blickt mich an, traurig und anklagend. Sie kann nicht ruhen. Sie läßt mir und Petroc keine Ruhe. So geht die Sage, und sie muß auf Pendorric spuken, bis eine andere junge Braut sie ablöst. Dann kann sie ihren Frieden finden.‹

Und dann folgte eine letzte Eintragung. Ein kurzer Satz:

›Einmal kommt eine neue Braut auf Pendorric, und dann soll Barbarina ihre Ruhe haben.‹

Barbarina also hatte mich in dieses Haus gelockt — so wie damals in die Gruft. Sie wollte mich umbringen. Was sollte ich nur tun? Ich war allein in diesem Haus, allein mit Barbarina und Carrie.

Ich mußte meine Tür abschließen. Vergeblich versuchte ich, aus dem Bett zu kommen, meine Beine trugen mich nicht, und trotz meiner Aufregung kam ich nicht an gegen diese Schlaftrunkenheit. Ich spürte, wie mir das Buch aus den Fingern glitt und ich in tiefen Schlaf fiel.

Plötzlich fuhr ich hoch. Wo war ich? Da war der Nachttisch, das Tagebuch fiel mir ein — und da wußte ich, wo ich war.

Ich fühlte, daß mich etwas geweckt hatte, und ich folgerte daraus, daß ich nicht allein war. Jemand war noch in diesem Zimmer.

Ich war so müde — zu müde, um mich zu ängstigen, zu müde, um mich aufzuregen, daß ich nicht allein im Zimmer war. Ich träume, dachte ich. Natürlich träume ich. Aus den Schatten formte sich eine Person. Es war eine Frau in einem blauen Morgenmantel. Als der Mondschein auf ihr Gesicht fiel, wußte ich, wer es war.

Die Lider legten sich mir schwer auf die Augen; undeutlich hörte ich ihre Stimme:

»Diesmal, kleine Braut, gibt es keinen Ausweg. Jetzt werden sie nicht länger von Barbarinas Geist tuscheln, sondern von deinem.«

Ich wollte schreien; aber ein Instinkt warnte mich davor. Noch nie in meinem Leben hatte ich solche Angst gehabt, aber auch noch nie war ich so schläfrig gewesen. Das Entsetzen kämpfte gegen meine Müdigkeit an.

Sie stand am Fußende meines Bettes und sah auf mich herab, während ich sie durch meine halbgeschlossenen Augenlider beobachtete und darauf wartete, was als nächstes geschehen würde.

Aus einem Impuls heraus wollte ich sie anreden, doch irgend etwas warnte mich davor; ich mußte wissen, was sie vorhatte.

Plötzlich wurde mir alles klar. Man hatte mir ein Schlafmittel gegeben in der Milch. In der Milch, die Deborah mir gebracht hatte. Nein — nicht *Deborah*. Aber ich hatte die Milch nicht ganz ausgetrunken.

Sie lächelte. Dann bemerkte ich ihre Hände, und es sah so aus, als wenn sie etwas über mein Bett sprühte. Sie ging zum Fenster und bückte sich; dann richtete sie sich auf und lief, ohne noch einen Blick auf mein Bett zu werfen, aus dem Zimmer.

Ich wurde hellwach. Vor mir stand die Wand in Flammen. Die Gardinen brannten lichterloh. Für ein, zwei Sekunden starrte ich sie entgeistert an. Ein Geruch von Petroleum stieg mir in die Nase. Mit einem Satz war ich aus dem Bett und an der Tür. In der nächsten Sekunde stand mein Bett in hellen Flammen.

Ich riß an der Türklinke, einen gräßlichen Augenblick lang glaubte ich, ich sei eingeschlossen — wie damals in der Gruft. Ich stieß die Tür auf und hatte noch die Geistesgegenwart, sie hinter mir zuzuschlagen. Dann sah ich sie. Sie rannte den Korridor entlang, und ich lief hinter ihr her. Sie sah sich um und erkannte mich.

»Du wolltest mich töten — *Barbarina*!« schrie ich.

Sie erschrak. Ich hörte sie flüstern: »Das Tagebuch ... O mein Gott, sie hat das Tagebuch gelesen.«

Ich packte sie am Arm. »Du hast mein Zimmer in Brand gesteckt«, sagte ich hastig. »Das Feuer breitet sich aus. Wo ist Carrie? Auf diesem Stockwerk? Carrie! Carrie! Komm schnell!«

Barbarinas Lippen bewegten sich; sie sagte immer nur vor sich hin: »Es steht ... in dem Tagebuch ... sie hat das Tagebuch gesehen ...«

Carrie kam uns entgegengestürzt.

»Carrie!« schrie ich. »Mein Zimmer brennt! Rufen Sie schnell die Feuerwehr!«

»Carrie. Carrie! Sie *weiß* es ...«, stöhnte Barbarina.

Ich zerrte Carrie am Arm. »Zeigen Sie mir, wo das Telefon ist. Wir haben keine Zeit zu verlieren. Wir müssen das Haus verlassen. Verstehen Sie mich nicht?«

Ich zog Carrie die Treppe hinunter. Ich sah nicht zurück. Barbarina würde uns schon folgen!

Aber ich sah Barbarina nie wieder. Während wir nach der

Feuerwehr telefonierten, brannte das oberste Stockwerk lichterloh.

Ich glaube immer noch, daß sie an nichts weiter gedacht hat als an das Tagebuch. Sie wollte es um keinen Preis verlieren, enthielt es doch für sie den Schlüssel zu allem, was ihr geschehen war. Und ich mag nicht daran denken, wie Barbarina sich in das Zimmer stürzte, das einer Hölle glich.

Es dauerte fast eine Stunde, ehe die Feuerwehr das abseits gelegene Haus erreicht hatte, und dann war es zu spät. Erst nachdem wir nach der Feuerwehr telefoniert hatten und die Hansons im Haus waren, vermißten wir Barbarina. Hanson stieg noch die Treppe hinauf, um sie zu retten, doch es war hoffnungslos. Wir mußten Carrie zurückhalten; sie wollte unbedingt ihre Herrin aus den Flammen herausholen.

Ich erinnere mich noch, wie ich in Hansons Häuschen saß und Tee trank, als ich plötzlich eine vertraute Stimme hörte.

»Roc!« schluchzte ich und lief ihm entgegen; wir hielten uns eng umschlungen. Und das war ein Roc, so wie ich ihn noch nie gesehen hatte — stark in seinem Wunsch und Willen zu beschützen, schwach in seiner Sorge um mich, zu jedem Kampf bereit gegen die Mächte, die mich bedrohten, und voller Angst, daß mir ein Leid geschehen könne.

7

Seit jener Nacht ist ein Jahr vergangen, und doch ist die Erinnerung an dieses Erlebnis in mir noch so lebendig, als wäre es gestern gewesen.

Wie oft sage ich zu Roc: »Wenn ich nicht so in das Tagebuch vertieft gewesen wäre, hätte ich das ganze Glas Milch ausgetrunken und nicht gemerkt, wie Barbarina in mein Zimmer kam — und das wäre mein Ende gewesen.«

Es ist sehr schwierig zu verstehen, was in Barbarina vorgegangen ist. Sie muß davon überzeugt gewesen sein, sie sei Deborah. Sonst hätte sie diese Rolle nie so blendend spielen können. Je mehr sie sich wie Deborah benahm, desto ähnlicher wurde sie ihr — genau wie Deborah, als Petroc ihr Geliebter wurde, Barbarina immer mehr glich. Der Fluch, der auf den Bräuten von Pendorric lag, wurde ihr zur Wahnvorstellung. Es könnte gut sein, daß sie wirklich geglaubt hat, Deborahs Geist wäre in ihren Körper eingezogen, und sie wäre Deborah; und durch den ständigen Gedanken an die Schwester, die sie selbst in den Tod geschickt hatte, glaubte sie sich von ihr verfolgt und sann nur darauf, daß eine andere junge Braut diese Rolle auf Pendorric übernahm. Aber wer vermag den Gedankengängen eines kranken Gemüts zu folgen?

Carrie wurde schon immer von ihren Schützlingen beherrscht und war nun mit in die morbide Traumwelt eingeschlossen; Barbarina und Deborah waren ein und dieselbe, und Carrie glaubte es, obwohl sie allein wußte, daß Deborah zu Tode gekommen war. Von Carrie erhielten wir ein paar flüchtige Einblicke in Barbarinas Wahnvorstellungen; aber die Jahre, die sie mit Barbarina zusammengelebt hatte, hatten auch ihre Gesundheit angegriffen; Roc war besorgt, daß sie durch die Aufregung richtig krank werden könne. Er schickte sie in die Obhut seiner alten Nanny, die ein kleines Haus an der Küste hatte. Dort lebt sie noch heute.

Barbarina hatte Hyson ganz in ihren Bann gezogen. Sie sah in Lowella und Hyson eine Wiederholung von sich und Deborah, und da sie die meiste Zeit glaubte, Deborah zu sein, hatte sie eine

217

große Zuneigung zu der weniger anziehenden Hyson gefaßt. Und Hyson war von der seltsamen Art Barbarinas fasziniert, die sich dem Mädchen gegenüber mehr offenbarte als sonst jemandem. Und wie Barbarina lernte sie es, sich in ihre eigene Traumwelt einzuspinnen. Barbarina hatte ihr immer wieder vorgesagt, daß sie, Barbarina, noch am Leben sei, und Hyson hatte ihr geglaubt; sie glaubte, daß Barbarina mich in den Tod locken wollte, damit sie endlich Ruhe in ihrem Grab fände.

Von Carrie erfuhren wir auch, daß Barbarina manchmal in das Musikzimmer ging und dort Geige spielte und das Ophelia-Lied sang, und daß sie auf mich bei Polhorgan wartete, um das Warnschild auf dem Klippenpfad vorher zu entfernen, in der Hoffnung, ich würde dort verunglücken. Sie lockte mich auch in das Grab, zu dem sie einen zweiten Schlüssel hatte. Sie hätte mich dort meinem Schicksal überlassen, wenn nicht Hyson vermißt worden wäre. Daraufhin hatte sie es mit dem Wagen versucht, aber wieder hatte der Zufall ihren Plan vereitelt.

Wie leicht hätte die Legende der Bräute von Pendorric weiterleben können! Wäre Barbarina eine kaltblütige Mörderin gewesen, hätte ich keine Chance gehabt; aber sie vermochte Traum und Wirklichkeit nicht zu trennen. Welchen Schaden hätte sie wohl Hyson zugefügt, wäre ich nicht nach Pendorric gekommen? Das Kind war übernervös und hatte den Kopf voller phantastischer Vorstellungen. Sie war schon so weit zu glauben, sie stünde im gleichen Verhältnis zu Lowella wie Deborah zu Barbarina. Barbarina hatte sie für sich gewonnen, weil sie sie der fröhlicheren Schwester verzog, und damit fing das Übel an. Doch dann begannen die Ereignisse gegen Barbarina zu arbeiten. Hyson hatte das schreckliche Erlebnis in der Gruft mit mir zusammen durchgemacht. Sie wußte durch die Andeutungen, die Barbarina dem Kind gegenüber machte, daß an diesem Tage etwas passieren würde. Sie glaubte, daß die Gestalt, die sie im Kirchhof gesehen hatte, als sie sich versteckte, der Geist Barbarinas gewesen sei. Und als Barbarina die Tür zu der Gruft öffnete und dort das Lied sang, um mich anzulocken, schlüpfte Hyson hinein. Und von dem Augenblick an ahnte Hyson die Schrecken des Todes, daß er nicht leicht und sanft kam, sondern daß man erst leiden müßte, bis man erlöst würde.

Dann sah sie ihre Mutter im Krankenhaus und wußte sofort, daß ich eigentlich dort liegen sollte. Sie hatte Angst um mich, weil sie mich gern hatte, und als sie mich mit Barbarina davonfahren sah, ahnte sie, was mir bevorstand, und bekam einen Nervenzusammenbruch. Ihr Vater rief sofort Dr. Clement, aber es brauchte einige Zeit, bis sie ihre unzusammenhängenden Worte verstanden. Dr. Clement verständigte sofort Roc, und Roc fuhr unverzüglich nach Manor-Haus.

Seit Roc zu mir nach Devon gekommen war und die Schrecken ein Ende hatten, lernte ich erst, was Sicherheit und Ruhe bedeuteten.

Ich erfuhr auch, wer der Junge war, der auf dem Moor bei Louisa Sellick lebte. Morwenna gestand Charles, daß es ihr Sohn sei. Der Junge war der Sproß einer kurzen, leidenschaftlichen Liebe, die ihr mit siebzehn Jahren begegnet war. Rachel Bective, die sich als Kind so nach Pendorric gesehnt und Morwenna mit der Drohung in die Gruft eingeschlossen hatte, sie erst wieder herauszulassen, wenn sie wieder eingeladen würde, hatte sich damals als gute Freundin erwiesen. Sie blieb in dieser schweren Zeit bei Morwenna, und natürlich hatte auch Roc ihnen geholfen. Es war seine Idee gewesen, Louisa Sellick um Hilfe zu bitten, und er und Rachel brachten ihr dann das Kind; Louisa war nur zu froh, daß sie endlich einmal etwas für Petrocs Kinder tun konnte.

»Ich durfte es dir nicht sagen, ich hatte Morwenna geschworen, es geheimzuhalten«, sagte Roc. »Ich habe oft mit ihr darüber gesprochen, ob wir dich nicht einweihen sollten, aber leider hatte sie große Angst vor Charles.«

Während des vergangenen Jahres hatten wir viel Arbeit, Polhorgan in ein Waisenhaus umzuwandeln. Rachel Bective wird als Erzieherin für die Waisen dort tätig sein, und Dr. Clement übernimmt die ärztliche Betreuung. Auch die Dawsons werden bleiben, obgleich sicherlich dann und wann kleine Meinungsverschiedenheiten zwischen ihnen und Rachel auftreten werden. Ich mag Rachel immer noch nicht — und das wird sich wohl auch nie ändern —, aber ich habe ihr in Gedanken so viel Unrecht getan, daß ich mir alle Mühe gebe, nett zu ihr zu sein.

Die Zwillinge sind nun auf der Schule — jeder in einer anderen. Vorher war Hyson mit ihrer Mutter noch zur Erholung in Bournemouth, und wir hoffen, daß Hyson mit der Zeit die dunklen Vorstellungen, die ihr Barbarina vermittelt hat, vergessen wird.

Morwenna ist ein Stein vom Herzen gefallen, der ihr vierzehn

Jahre das Leben schwer gemacht hat, und Charles erwies sich zu ihrer Überraschung weniger selbstgerecht, als sie geglaubt hatte. Er war eigentlich nur traurig und nahm es ihr ein bißchen übel, daß sie ihm so wenig vertraut hatte.

Nun sind Louisa und Ennis also auf Pendorric. Morwenna wollte den Jungen nicht Louisa wegnehmen, und ich glaube fest, daß mit der Zeit Ennis für Charles der Sohn wird, den er nicht hatte.

Es kann gut sein, daß wir eines Tages Pendorric nicht mehr halten können und für die Öffentlichkeit freigeben müssen. Natürlich werden wir immer unsere eigene Wohnung behalten, aber es wird nicht mehr dasselbe sein. Roc hat sich schon mit dem Gedanken vertraut gemacht.

Mein ganzes Geld soll für Polhorgan bleiben, so will es Roc.

Wie oft neckt er mich damit, daß ich geglaubt habe, er hätte mich nur wegen des Geldes geheiratet und mir nach dem Leben getrachtet. »Und doch«, meinte er, »liebtest du mich – auf deine Art.«

Und er hat recht. Während der gefahrvollen Monate liebte ich Roc aus ganzem Herzen. Wenn wir zusammen durch den Klippengarten von Pendorric gehen, hinunter zur Pendorric-Bucht, und nach Polhorgan hinübersehen, hoch oben auf den Klippen, oder nach Cormorant-Haus, wo Althea Grey sich einmal aufhielt, erinnern wir uns der Zweifel, die doch unsere Liebe nicht verringern konnten – die nur ein Zeichen dafür waren, daß wir die Entdeckungsreise in unser gemeinsames Leben erst angetreten hatten.

Das Gesamtverzeichnis der Heyne-Taschenbücher informiert Sie ausführlich über alle lieferbaren Titel. Sie erhalten es von Ihrer Buchhandlung oder direkt vom Verlag.

Wilhelm Heyne Verlag, Postfach 20 12 04, 8000 München 2

HEYNE TASCHENBÜCHER

Klassiker unter den Frauenromanen: fesselnde Lebens- und Schicksalsromane von Weltautorinnen.

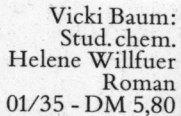

Vicki Baum:
Stud. chem.
Helene Willfuer
Roman
01/35 - DM 5,80

01/6206 - DM 14,80

01/5149 -
DM 6,80

01/6447 -
DM 12,80

Wilhelm Heyne Verlag München

VICTORIA HOLT · PHILIPPA CARR · JEAN PLAIDY –

drei Namen, eine Autorin

Die berühmte Schriftstellerin begeistert die Leser immer wieder mit ihren romantisch-dramatischen Romanen, die sich vor der spannenden Kulisse der Geschichte abspielen.

VICTORIA HOLT

Die geheime Frau
01/5213

Die Rache der Pharaonen
01/5317

Das Haus der tausend Laternen
01/5404

Die siebente Jungfrau
01/5478

Der Fluch der Opale
01/5644

Die Braut von Pendorric
01/5729

Das Zimmer des roten Traums – 01/6461

JEAN PLAIDY

Der scharlachrote Mantel
01/7702

Die Schöne des Hofes
01/7863

PHILIPPA CARR

Die Dame und der Dandy
01/6557

Die Erbin und der Lord
01/6623

Die venezianische Tochter
01/6683

Im Sturmwind
01/6803

Die Halbschwestern
01/6851

Im Schatten des Zweifels
01/7628

Der Zigeuner und das Mädchen
01/7812

Darüber hinaus sind von Philippa Carr noch als Heyne-Taschenbuch erschienen: „Das Schloß im Moor" (01/5006), „Geheimnis im Kloster" (01/5927), „Der springende Löwe" (01/5958), „Sturmnacht" (01/6055), „Sarabande" (01/6288).

Wilhelm Heyne Verlag München

JANET DAILEY

Janet Dailey ist weltweit eine der meistgelesenen amerikanischen Autorinnen leidenschaftlicher Liebesromane. Sie schuf mit der Calder-Sage ein grandioses Epos aus dem Herzland der Vereinigten Staaten.

Janet Dailey:
Die große Sehnsucht
01/6794

Der große Kampf
01/7620

Der große Traum
01/6914

Die große Versuchung
01/7715

Wilhelm Heyne Verlag München